CAMPAGNE

MATTHIEU FALCONE

CAMPAGNE

roman

ALBIN MICHEL

À Bertrand Lacarelle
Pour Esther et Phyllis

« Est-ce qu'ils s'aimaient ? dit Angelo.
– Mon Dieu non, dit la nonne.
– Dans une ville comme ici cependant
il y a bien des gens qui s'aimaient ?
– Non, non », dit la nonne.

Jean Giono,
Le hussard sur le toit

Vendredi, c'est jour de boisson. Disons, plus que d'ordinaire. Rien à faire, c'est comme ça depuis des lustres, on n'y changera pas. Depuis qu'on ne travaille plus le samedi. Bien que beaucoup travaillent le samedi. Ça ne les empêche pas de s'envoûter le cerveau. Vendredi soir, on s'arsouille volontiers jusqu'au coït, ou jusqu'au coma – c'est selon. On se retrouve au Café, et on se biture la tronche bien comme il faut. D'ordinaire, c'est comme ça. Mais une fois par mois, ça se prend un peu plus au sérieux, depuis que le François a repris le bistrot. Alors ça lâche des mots au bistrot, comme d'autres lâchent des vents, dirait le Fou. Mais il a mauvaise langue. On profère des vers, c'est ainsi qu'il faut le dire.

Tenez, ça devait être en septembre, je n'y avais encore jamais assisté, à leur profération de vers, et je n'ai même pas fait exprès d'y être. J'allais simplement boire un godet sans penser plus avant, j'avais bien donné de ma personne cette semaine, me disais-je, et je souhaitais un petit réconfort pour la glotte, une petite chaleur pour le ventre. Nous autres grands solitaires, nous demandons peu de choses, mais ne sommes pas des chiens non plus. J'arrive devant le Café, il y a masse, attroupement, je me rappelle que c'est vendredi, mais tout de même, ça bouchonne beaucoup plus qu'un vendredi normal, si bien que je peine à me frayer un chemin pour entrer, il semble que je dérange, et le plus incroyable, c'est qu'il y a silence quasi religieux.

« Dans quel traquenard que je me suis mis ? », me dis-je une fois entré. Vous auriez vu ça, vous vous seriez sans doute dit la même chose. Une femme longue comme une asperge, et blanche tout comme, poussait des cris de glotte dans un micro. Et bientôt, la voilà qui remue des yeux comme un poisson ivre. D'abord, j'ai eu un peu peur, qu'elle soit pas dans son assiette, faut bien avouer. Puis j'ai voulu rire, mais personne ne riait. Au contraire, ça communiait de tout son plein à la prière de la Madone. Il me semblait tout de même qu'elle forçait un peu le trait. M'enfin, moi, l'art, j'y ai jamais rien compris, alors je me dis que peut-être c'est ça qui les réunit et les apaise, comme on dit de l'art, chez les gens qui savent. Je me dis que c'est peut-être ça qui nous les civilise, nos jeunots. Les choses ont bien changé depuis mes souvenirs d'enfance. J'avance finalement jusqu'au comptoir, et c'est là que je tombe sur le Fou.

« Nom de Dieu, un peu d'intelligence ! », hurle-t-il en me voyant.

Immédiatement, la foule se tourne vers lui, vers nous, à grands chuts exaspérés. Je me sens un peu honteux, je n'aime pas trop qu'on me regarde, mais lui, rien à foutre.

« Sileeeennnnce pour l'aaaartiste ! », crie-t-il de nouveau.

« Chuuuuttttt ! », lui répond-on.

Le Fou sent pourtant le besoin de m'expliquer la scène. Et le Fou ne sait pas parler, il sait seulement crier :

« Ce soir, c'est recueillement, adoration et bénitier, Fils. Le grand toutim ! »

Cette fois, c'est le patron qui lui saute à la gorge. Il semble que ce soit trop. On ne parle plus au bistrot quand il y a cérémonie. Et celle-ci leur est impérieuse. François fait comprendre au Fou, en chuchotis exaspérés, qu'il faut qu'il se taise, par respect pour l'artiste, pour le public. D'ici qu'il s'en allume une, mon Fou, il ne faudrait tout de même pas qu'il exagère ! Nous sommes donc pris par le silence – obligés. J'avoue que le spectacle est tout à fait fascinant. La grande asperge étiolée (c'est le Fou qui m'a donné l'image, un peu plus tard, et je trouve qu'elle est bien trouvée) achève son numéro en poussant des cris qui ont tout l'air orgasmique. Fichtre ! L'art, c'est vraiment pas mon affaire. Quant à eux, ils ont l'air tout à fait dans leur aise. Dans leur assiette, même, mis à part un petit groupe de jeunes qui ricanent, mais ils semblent tout à fait ivres, déjà. Assis par terre, tout collés à la scène, je remarque seulement que s'allonge une farandole d'enfants que l'on a menés au spectacle. Ils ne semblent pas choqués. Les gamins s'habituent rapidement à tout, c'est pas comme nous. N'empêche, ça me fait bizarre, ces cris devant ce public.

Je profite de l'intermède pour faire signe au François que j'ai soif, mais il fait celui qui ne voit pas.

« T'auras rien ! se met à hurler le Fou. Ce n'est plus un café, c'est un cours de caté ! »

Il me fait un peu rire, mais il exagère, il faut dire. Et tout le monde tâche de le lui faire comprendre. Pourtant, il continue :

« Cette radasse qui pérore dans son micro ! Elle chasse ses vers ! »

Et puis, sans crier gare, d'une voix de stentor :

« Vas-y lâche tout, coooo-nnaasse ! »

Ça a tout de même provoqué quelques éclats de rire, très vite réfrénés. Les cris du Fou dans cette ambiance monacale, c'était surtout sacrilège, on le lui a bien vite rappelé. Non pas qu'on soit comme à la messe, il exagérait une fois de plus, mon Fou, mais tous ici essayaient d'y croire, à l'art qui leur sort de la bouche. Ils avaient suspendu des petits papiers avec des pinces à linge un peu partout, il faut dire qu'ils avaient donné de leur personne pour le décorer, le bistrot au François, ça avait fait papier crépon dans tous les coins, et puis ces feuilles suspendues avec des phrases limpides comme « L'art, c'est ce qui nous unit », « La poésie nous rend plus grands », ou encore « Une vie est une œuvre d'art » ; « Pour vivre, une œuvre d'art n'a besoin ni de beauté ni de laideur. Elle a besoin de vie », et même des plus compliquées que je n'étais pas sûr de comprendre, « Les œuvres les plus belles sont celles où il y a le moins de matière ». Ça les dépassait, je suis sûr, pour certains, mais c'est ça qu'ils cherchaient, c'est tout juste ce qu'ils voulaient : qu'un élan les dépasse. Et puis, de toute façon, ça se faisait. Ici, dans le village et alentour, participer au lâcher de vers, ça se faisait. C'est comme cela qu'on fait vivre-ensemble, est venu rappeler le maître de cérémonie qui sermonnait un peu mon Fou.

« Ce soir, nous sommes dans le rituel, disait-il, et sans rituel, l'homme n'est qu'un vieux radeau pourri. »

On a applaudi bien fort, ça a recouvert les beuglements du Fou qui commençait à le traiter de jean-foutre, de fesse-mathieu, de pisse-froid, de jarlot et d'assoiffeur du peuple.

C'est un grand gaillard, notre maître de cérémonie. Un réchappé d'une enclave anarcho-libertaire. Vingt-cinq ans de sa vie, il a passés dans une communauté hippie fermée sur elle-même où rien n'est à personne, même pas sa propre femme, encore moins ses enfants, où l'argent gagné est donné au chef qui redistribue en fonction des besoins – et de ses têtes. Résultat, m'a-t-il dit un jour, celui qui ce soir officiait, les gens ne travaillent pas beaucoup, en tout cas pas pour l'argent. Il s'est tiré, lui, parce qu'il en avait assez de partager les femmes avec le chef. Enfin, le chef, ils disent le sage là-bas, parce qu'en régime anarchiste, il n'y a pas de chef. Il avait appris à retaper des maisons, quand il était dans la communauté, alors il a fait maçon, et c'est devenu l'un des plus respectés du coin – l'un des plus chers en tout cas. Ce soir, il avait enfilé un veston noir un peu élimé sur son bleu de travail. Il avait mis son plus grand anneau à l'oreille, l'anneau de cérémonie, et il portait chapeau, même à l'intérieur du café. J'étais un peu ému de le voir présider ainsi cet office dédié à l'art. Au premier rang, ça se trémoussait drôlement, surtout quand il s'est mis à déverser ses rimes ; je ne voyais pas bien, mais il devait y avoir quelques gamins qui lui appartenaient d'une manière ou d'une autre, parmi la ribambelle qui se cherchait des vers dans le nez.

« Le grand prêtre de cérémonie ! » a hululé le Fou.

Celui-ci, bon enfant, a salué du chapeau et repris sa performance, ainsi qu'il présentait la chose. C'était une drôle de manière de dire des vers, pas du tout comme j'avais appris dans l'enfance. En même temps qu'il récitait, il agitait la main de bas en haut, ça faisait un peu l'impression d'un manchot qui tâche de fendre l'air. On ne peut pas dire qu'il chantait, mais on ne peut pas dire qu'il parlait non plus, il disait sur un rythme lancinant, allongeant la dernière syllabe du vers et montant la note, au lieu de laisser descendre comme on a pour habitude de faire.

« Il *slame* », a fait le Fou, très solennel.

Il semblait que ce fût une pratique courante, car j'étais apparemment le seul à découvrir cette manière étonnante de dire sa vie, tout en rimes plates et pauvres.

Je me suis de nouveau tourné vers François, qui écoutait de l'autre côté du zinc dans un grand recueillement, et je lui ai fait maints signes de nous servir à boire, mais il ne voyait pas, ou ne voulait pas voir. Si bien que le Fou s'en est mêlé :

« Nom de Dieu, sers-nous à boire, coquin ! »

S'il n'y avait pas eu un large respect autour de sa personne du fait qu'il était là depuis bien plus longtemps que beaucoup ici, et qu'il dépensait tout son pognon amassé au cours de la semaine à se biturer tout le week-end au bistrot, et qu'il avait une patte folle, et que tout village a besoin d'un original, on l'aurait jeté dehors *manu militari*, mon Fou. Mais en vérité, sa prestation faisait presque partie de l'ambiance artistique générale. Enfin tout de même, interrompre le grand prêtre de cérémonie, comme il disait lui-même, ça faisait trop. Le patron y tenait, à sa cérémonie – à son lâcher de vers ! À ce qu'on ne lui dézingue pas tout. Ce qui se passait ici ce soir, c'était aussi un peu son œuvre, une sorte de consécration sociale, il faut le dire. Non pas qu'il y fît des affaires, François, car celui qui proférait un vers gagnait un verre, c'était écrit en gros partout, pour inciter les gens à s'élancer sur scène, et pour le reste, il ne servirait pas le public. On écoutait mieux à jeun, disait-il, et il n'y avait pas à discuter. Pourtant, ce que ça lui rapportait, c'était un genre de prestige. François faisait entrer l'art dans le village, et même dans l'enceinte du bar. En temps de barbarie, ce n'est pas rien, comme l'avait fait remarquer le maître de cérémonie, qui avait demandé qu'on applaudisse François avant d'entreprendre son numéro. « Alors que la bête immonde commence de nouveau à engendrer et se répandre en Europe, c'est important ! » avait-il lancé. « Quand on s'intéresse à l'art, on n'a plus le temps de s'intéresser à la guerre ! » avait-il encore dit, avant de rappeler que si Hitler avait réussi les Beaux-Arts, on n'aurait pas connu l'horreur de la Seconde Guerre mondiale, et les camps de concentration.

Ce petit laïus avait jeté un voile de gravité sur la salle, si bien qu'on n'avait plus qu'à la boucler.

Il y avait beau avoir consensus respectueux autour du Fou, François était exaspéré, si bien qu'il nous a servi des verres, rien qu'à nous deux, à condition que le Fou promette d'aller boire dehors, et que je l'y mène.

« Fils ! T'as ma parole ! », a-t-il lancé, très solennel, avant que je l'aide à descendre de son tabouret, rapport à son faux pied qui aurait pu le faire trébucher sur les voisins.

Une femme sans âge, aux cheveux entortillés en mèches épaisses qui lui tombaient le long de la nuque, le visage piercé et tatoué de toutes parts, la peau parcheminée, et que je n'avais encore jamais vue, appelait des voix dans le micro en enroulant d'immenses ongles gris autour des franges de son poncho. Le Fou s'est approché d'elle, est venu faire tourner son bâton tout contre son nez, tandis qu'elle se retournait les yeux dans les orbites en criant : « Voix ! Des voix ! »

Malgré que j'aime pas qu'on me regarde en foule, je suis allé chercher le Fou, que j'ai tiré au-dehors. Quand même, il venait de promettre à François qu'il quitterait les lieux !

Il s'est laissé tomber sur sa chaise, sa place habituelle, il faisait assez froid mais il y avait un groupe de jeunes gens aux tables d'à côté, qui avaient fui la cérémonie pour fumer et blaguer. Il y avait là notamment une femme entre deux âges, plutôt sur le retour que sur le haut de la crête, à vrai dire. Pas vraiment ce qui semblait la femme de bonne vie. Ça devait s'être laissé aller depuis un bout de temps, et je ne dis pas seulement avec l'âge. L'air imbibé plus qu'inspiré – je la connaissais de loin. Elle lançait des rires comme des crécelles.

« Pour sûr qu'elle a envie de se faire ramoner le

chaudron, celle-là », a dit mon Fou, qui n'était pas souvent poète.

Alors, il l'a alpaguée d'une table l'autre.

« Dis donc, beauté ! » a-t-il hurlé, ce qui lui a fait tourner la tête ravie, à la donzelle, dont le moins qu'on pouvait dire, c'est que ce n'était pas une sacrée beauté. À peine avait-elle mordu à l'hameçon qu'il a embrayé, le Fou, sans embarras.

« On dit que c'est dans les vieux chaudrons qu'on fait les meilleures confitures, ça te dirait de venir dans mon garage, faire un peu de tambouille. »

Pas déconfite pour un sou, la donzelle se met à rire de plaisir tandis que tous les autres ricanent.

« Hé, viens un peu là ! » lui crie-t-il, que je t'explique.

Elle de se lever, et c'est moi qui étais bien dans l'embarras. Pas même debout qu'elle titube, manque s'étaler, et ça fait rire toute la compagnie – pas un pour lui tendre la main ou la faire rasseoir. Au contraire, qu'ils s'égosillaient à la voir chambouler de droite de gauche, à faire des paris qu'elle tomberait avant d'être rassise, etc. Mais dans un éclair de lucidité, elle les traite de petits branleurs de merde et s'échappe sous leurs quolibets, tandis que le Fou lui crie de venir le voir, qu'il va lui remettre l'esprit d'aplomb, et tout le reste.

« Hé ! On te la laisse volontiers, la vieille carne ! » lui crient les jeunes gars qui n'en peuvent plus de rire avec leurs yeux et leur nez pincé, que ça crisse au fond de la gorge comme s'ils y avaient des cailloux – il paraît que c'est le haschich qui leur fait ça.

« Fermez-la, bande de scolopendres, vous pourrez parler quand vous aurez des poils au cul ! » leur lance le Fou, et sans se préoccuper de leurs récriminations morveuses, comme il dit, voilà qu'il entreprend la gonzesse, sur le ton du rire, mais pas précisément ce qu'on pourrait appeler chevaleresque, et celle-ci de s'y laisser prendre comme à une bouée de sauvetage. Il lui sort la grande parade habituelle. Qu'il va l'emmener dans son garage lui faire la révision complète, etc. Et la pauvre gamine de glousser, que ça me fait de la peine de voir si peu de soin de sa personne. J'en suis à me demander si je vais déguerpir ou aller coucher le Fou quand l'ouragan nous tombe dessus. Comme une furie, elle lui vole dans les plumes. C'est la Méline.

« T'es vraiment un gros lourd ! Tu ne peux pas la fermer, des fois ? Toujours à te faire remarquer par ta bêtise, tes paroles grasses de vieux pervers.

– Ta gueule, grognasse ! » qu'il se met à lui rétorquer, le Fou, et c'est parti comme cela en bataille verbale pendant quelques minutes, à se harponner l'une et l'autre comme un vieux couple détestable, mais on sait que c'est toujours la bonne femme qui a le dessus, dans ces disputes, parce qu'elle n'hésite pas à porter les coups sous la ceinture. C'est pourquoi l'homme est si vif à l'ôter, sa ceinture, pour lui en faire tâter. Une histoire vieille comme le monde. Mais tout de même, sur la Méline, il n'oserait pas, le Fou. Alors, il finit par la boucler et c'est l'autre qui s'y met, celle à qui il a promis le grand ramonage et tout le toutim. La pauvre essaie de défendre son sigisbée. Elle n'a pas plus tôt fini de l'ouvrir que Méline la lui a bouclée. Et le Fou d'en remettre une couche. Pour qui se prend-elle, à venir s'introduire dans leurs affaires privées ? Bref, elle en prend tant dans le paletot qu'elle finit par se lever et partir, ce qui fait hurler le Fou de rire.

« Si tu croyais que j'allais vraiment l'user, ta vieille carcasse ! »

Pendant ce temps, Méline lui a pris une cigarette et lui demande du feu. Mais elle attaque derechef :

« Putain, c'est répugnant, où est-ce que t'achètes ces merdes ? »

Elle parle du briquet dont le Fou possède d'innombrables exemplaires en quelques variations plus douteuses les unes que les autres. Des briquets de mauvaise façon avec un autocollant de femme à poil sur chaque face. Vous voyez, dans le style calendrier Pirelli, mais bas de gamme.

« C'est le Nègre qui me les vend, dit-il avec sa voix pleine de coffre. Chaque fois qu'il passe, je lui prends tout le stock. Comme ça, il n'est pas venu pour rien, et moi j'ai le monopole.

– Le monopole de la connerie, oui ! lui lance la jeune femme.

– Hé, va te coucher, gamine, tu as vu l'heure qu'il est ! Où est-il ton gosse, il aurait pas besoin de toi ?

– Parce que tu te soucies de mon gosse, maintenant ? Tu te préoccuperais des autres ? Tu aurais des conseils d'éducation à me donner ? »

Ça l'énervait, le Fou, cette discussion, à la fin. Il s'est contenté de cracher, puis il lui a dit de rentrer chez maman, au lieu de venir l'emmerder. J'ai fait signe à Méline qu'elle n'en tirerait rien de bon, que ce n'était pas la peine d'insister, mais c'était peine perdue, elle avait envie de s'y frotter. Aussi tête de mule que le Fou, il n'y avait rien à faire pour les arrêter.

« T'as fini de me prendre pour une gamine ? Tu sais que j'ai passé la trentaine maintenant, et t'as beau avoir le double, tu ressembles à un gamin de trois ans ? Même mon môme te dépasse en sagesse et en intelligence.

– Ça, on le voit bien que t'as passé la trentaine ! Tu commences à flétrir de la chair et toutes les hormones te crient au secours. Alors que moi, soixante ans à peine, je suis dans la fleur de l'âge, elles viennent toutes gratter à ma porte pour que je les emmène faire un tour dans mon garage. »

Il a éclaté d'un gros rire qui s'est fini en quinte de toux. De fait, la discussion était close. Comment voulez-vous parler à quelqu'un qui tousse tout ce qu'il peut pendant dix minutes ? Il a lâché un gros « Nom de Dieu ! » quand ça a pris fin, et il s'en est allumé une autre.

Pendant qu'il toussait, si fort qu'il avait fallu interrompre la cérémonie à l'intérieur où ils ne s'entendaient plus proférer leurs vers, j'étais allé voir la jeune femme pour essayer de l'apaiser :

« Écoute, Méline, ne te formalise pas, il ne pense rien de ce qu'il dit.

– Évidemment, il ne pense rien, c'est un gros con. Mais je n'ai même plus de temps à perdre pour le haïr. Il ne mérite rien. »

Elle ne se laisserait pas sombrer pour si peu, elle profitait de ce que le vieux, comme elle l'appelait, s'étouffe dans sa toux pour faire son numéro à elle. Elle était montée sur une table, aux abords de l'entrée du Café, et dansait en chantant complètement faux un air de Johnny. Tout le petit peuple assis autour des tables riait aux éclats, enamouré par son audace et ses jambes qu'elle promenait par-dessus leurs têtes. Et puis, un plus téméraire que les autres est monté à son tour et ils dansaient tous deux, que ça sentait la drague, à en soulever le cœur du Fou.

« Qu'est-ce t'as besoin de te montrer comme ça pour faire ta maline ? » a-t-il crié, ce qui a provoqué une réaction immédiate de la jeune femme. Ni une ni deux, elle a embrassé le gars qui n'en espérait pas tant, et ça s'est mis à applaudir dans les coins, que le Fou en trépignait de rage.

Il s'est retourné pour ne pas voir la scène tout en grommelant :

« Une traînée comme on en fait plus, celle-là.

– Tu exagères, je lui ai dit. Tu la provoques, elle te répond, c'est tout.

– En emballant tout ce qui passe ?

– Si tu mesurais tes propos, aussi.

– Oh, la barbe, Robert, va plutôt nous chercher à boire. »

La cérémonie semblait terminée, les gens commençaient à sortir avec des verres, c'était bon signe, le Café reprenait sa fonction première. Je suis allé nous chercher une carafe de rouge. Ça m'a pris un peu de temps, eu égard au monde qui faisait la queue – la grande soif après la culture. Et quand je suis revenu, ils avaient trouvé moyen de se reprendre le bec, tous deux. J'ai à peine pu poser le pichet sur la table que Méline s'est mise à embrasser une fille sous les yeux du Fou. Alors là, ça lui a fait hurler tous ses noms de Dieu, et plus il hurlait, plus la Méline y allait, dans la bouche de l'amie. Ça s'écarquillait de droite, de gauche, pour regarder le spectacle, et le Fou s'excitait à toute berzingue :

« Nom de Dieu de mes couilles de foutre à cul ! »

Il a même fini par se lever pour aller la gifler en la

traitant de sale gouine perverse, et il a fallu un bon troupeau de soiffards pour les séparer, tous les deux.

Après quoi, il est revenu s'asseoir et il m'a dit :

« Sers-moi un grand verre, Fils, que j'en oublie le malheur. »

On aurait cru qu'il était crucifié par la vie elle-même, tant il tirait une tronche de douleur. Mais après trois verres de rouge, il s'est retrouvé gaillard. Un peu plus, il allait me demander d'aller en rechercher une, et on allait recommencer tout le manège. Je la connaissais, la cérémonie, alors je lui ai fait signe qu'il était pour moi l'heure de rentrer.

« T'as raison, Fils, m'a-t-il dit. Attends-moi une seconde, je rentre aussi. »

Il est allé faire son affaire, et je l'ai raccompagné chez lui, il avait du mal à marcher, à cette heure. Là-bas, ça finirait comme tous les vendredis en coïts ivres, quand les gendarmes auraient invité les fêtards à déguerpir, à moins que ce ne soit le François, qui sait y faire quand il ne veut pas de problèmes avec la maréchaussée.

Mon Fou, j'ai dû l'aider à monter jusqu'à chez lui. Ça sentait une sombre odeur de mort dans le logement, qu'il n'avait pas dû aérer depuis des lustres.

« Tu te laisses aller, je lui ai dit.

– Rien à foutre », a-t-il répondu en se laissant tomber sur le canapé.

Au milieu de la pièce traînait une prothèse de pied

parmi des bouteilles vides et des cendriers pleins. Il m'a demandé d'attraper le whisky et il a farfouillé un instant pour mettre de la musique. Je lui ai porté la bouteille et lui ai souhaité bonne nuit. Il avait mis Bashung à fond, que toute la rue entendrait jusqu'à la fin du disque : « *Soldat sans joie va déguerpis / L'amour t'a faussé compagnie.* »

C'est un pays de vert et d'eau. De collines aplaties par la charrue qui depuis des mille ans soulève et repasse la terre ; de bosquets giboyeux et de forêts de hêtres, de châtaigniers, de chênes et de charmes. Et quand la pluie a arrosé d'abondance tout ce qu'elle pouvait bercer de ses chagrins, le soleil y tiédit l'humus, et l'on y trouve parmi les plus fabuleux champignons de France, et le grain s'y enfonce et meurt, et rejaillit en tige, surgit en épis ventrus. Les courges y prospèrent comme des panses obèses et c'est tout un gargouillis de graines qui s'éjouit en leur sein, elles courent dans les jardins par-dessous les haricots et les pois qui ont escaladé les mâts ligneux des maïs, selon la logique des trois sœurs chère aux Amérindiens. C'est qu'on n'est pas né d'hier, dans ce pays. On dirait même que l'homme s'y est révélé à lui-même, au fond de grottes dont on ne connaîtra jamais la fin, dans les boyaux calcaires de la terre. Il y a élevé ses premières cathédrales. Non pas bâties, on ne bâtit pas sous le couvercle de la terre, encore que, de nos jours, on se permette tout, mais il y a découvert une voûte protectrice pour raconter son monde intérieur, honorer ses dieux, dire ses prouesses et ses craintes, dessiner son histoire en longues frises circulaires dans les creux et les rebondis de la roche, comme un jeu d'ombres et de lumières qui raconterait aux enfants et à leurs enfants comment il avait gagné ses lettres de noblesse, contre la nature sauvage. Ils ont envoûté le monde depuis ses entrailles, ces hommes, nos ancêtres ; ils l'ont civilisé de l'intérieur. Et puis, quand ils en ont eu perdu l'entrée, de la porte des enfers, ils ont bâti à la surface des édifices semblables, mais à d'autres dieux qui leur avaient comme désenchanté la nature. Ils ont tenu comme cela, nos aïeux, de longs siècles, extraits de l'envoûtement des roches, des bêtes et des forêts. À présent, je me demande si on n'y retourne pas de tout notre plein. Malgré la science, malgré la connaissance. Je dis cela, moi, je ne fais que supputer. Dans le fond, je ne sais rien. Pauvre paysan. Ça m'a jamais empêché de parler, comme disait la femme. Tu causes, tu causes, alors que tu sais rien, disait-elle sans cesse. Mais, dans le fond, tous ceux qui causent, est-ce qu'ils savent mieux que moi ? Et d'ailleurs, est-ce que je parle tant ?

Ici, au village, on en trouve comme cela, qui disent à présent qu'il faut sauver la Terre. Sauver la Terre, je veux bien moi, mais qui nous sauvera, nous ?

C'est un pays de vent et de soleil, aussi. Le pays des vaches et des volailles, un pays de cochons bien nourris, où le jambon est gras et le pâté bien fait – aux baies de genièvre et au cognac. Un pays où il fait bon vivre, d'ordinaire.

C'est encore un pays parsemé de châteaux, choyé d'églises. Mais bien souvent, les premiers sont en ruine et les secondes sont vides. On les visite en été, ça fournit un peu de travail. C'est un pays de vignes et de noix ; de prunes et de pommes ; de melons, de fromages. Un pays tout aimable, où les rivières creusent, lentement, leurs sillons. Un pays longuement façonné où se blottissent les fermes à l'ombre de mamelons tendres et clairs. La chair des femmes est de marbre – fragile, blanche, et parcourue de roseurs ; un rien la marque, le soleil ne lui est pas amical, et le pineau, et tous les vins bus font de petits tracés qui affleurent çà et là en fins picotements de rose sur la peau.

Tout a toujours été calme, ici, depuis plus d'un siècle. On se rappelle simplement, depuis qu'il a été ressorti des mémoires écrits, le désagréable épisode d'un seigneur lynché et mangé par une populace aux abois, mais les grands-parents eux-mêmes n'en ont jamais parlé. À se demander si ce n'est pas un écrivain en mal d'idées qui serait allé l'inventer, l'histoire sordide. Jusqu'à ces derniers temps, donc, tout avait été tranquille. Jusqu'à cette saloperie qui nous est tombée dessus – on ne peut pas la dire autrement. Ça nous a abrutis de tristesse. Dire que cela a eu un effet profond sur l'âme et sur l'intelligence, c'est encore autre chose. Un pas que je ne franchirai pas. Laissez-moi vous dire un peu toute l'affaire, si vous avez le temps.

Le village est comme une anse – courbé sur lui-même. Quand on y vient depuis l'ouest où je suis, dans ma ferme excentrée, on monte une petite route en faux plat qui boucle sur un promontoire. Le village commence juste à la sortie de la boucle. Je suis la petite route à l'enrobé délicieux, qui fait semblant de s'étendre droite tandis qu'elle grimpe l'air de rien, avant de montrer sa bosse sur les derniers cent mètres, et c'est sans doute la bosse qui fait croire au plat antérieur – et suivant cette route, en voiture, à vélo ou à pied, parfois, il faut passer sous les frondaisons, il y a là principalement, de chez moi au village, des châtaigniers et des charmes, des chênes pédonculés, des rouvres aussi, quelques aulnes sans doute, que nous nommons des vergnes – et tout cela s'applique à pousser parmi des taillis de fougères et de houx, de noisetiers, et courbe sa couronne au sommet pour chercher la lumière, faisant au promeneur, selon l'humeur du temps, parapluie ou ombrelle. Les écureuils s'y poursuivent, et les chouettes la nuit, et l'on y entend parfois quelques pics travailler, bien qu'ils préfèrent d'ordinaire la hauteur des frênes, pour l'épeiche, et le pic vert la litière grouillant de vers. Quand on vient de l'autre côté, qu'on arrive du nord-est, le village est dissimulé par une forêt de hêtres. Quoi que l'on fasse, de quelque partie que l'on vienne, le village se cache, ne se montre pas de loin. C'est un village tout plié sur lui-même, en boule la tête dans le cul, comme un chat endormi. Au milieu coule une rivière. C'est-à-dire qu'elle était au milieu, avant qu'il soit désaxé, le village, étendu vers le sud pour les nouvelles constructions. Ils rabotèrent la forêt, c'était il y a un temps déjà, pour laisser se placer les maisons nouvelles, l'école républicaine, la salle des fêtes et, plus tard, quelques pavillons en lots. Autour des bois commencent les étendues de terre cultivées, et il y a bien quelques fermes parsemées, quelques hameaux alentour, comme celui où je suis, mais rien qui laisse vraiment deviner le village – le bourg, qu'on l'appelle ici. Rien ne laisse présager qu'un village comme celui-ci y soit. Pourtant, tout le monde le connaît dans la région, c'est qu'il a ce trait particulier d'abriter une forte population qui nous est en majorité venue des villes, des villes alentour, des villes plus lointaines. Qui, comme on dit, est passée avec armes et bagages. Est parfois venue les mains vides, mais la tête pleine d'idées, qui font rire les anciens d'ici – qui parfois les énervent. C'est qu'ils ont des considérations, les anciens citadins. Ils ont des visions, ils ont des vertus. La plupart sont allés à l'école républicaine. Un certain nombre est allé à l'université ou dans quelque école redoutable. Ils ont vu de l'art, absorbé de la culture, passé en revue des médias. Et nous ici n'avons rien que la terre. Ils ont parfois des idées arrêtées sur la manière dont cela devrait se passer, sur la vie telle qu'elle devrait être, sur la direction à donner au pays – le petit, là, où ils sont, et puis le grand, dirigé par Paris, et même, tant qu'à faire, la planète entière. Certains savent ce qui est bon pour la planète, ce qui ne l'est pas. À les entendre, il n'y aurait qu'à les élire, ils sauraient très bien y faire.

« D'où qu'elles leur viennent, leurs idées ? », demandait la femme, du temps où elle vivait. Je vais vous dire, moi, d'où elles leur viennent. Elles leur viennent de la ville – comme toujours. Les idées ne sortent pas des campagnes. Nous autres paysans, agriculteurs, travailleurs de la terre et des bêtes, nous ne faisons que transmettre. À peine si, d'une génération l'autre, nous osons modifier un peu l'usage des outils. On vit avec son époque, tout de même, on prend les nouveautés pour ce qu'elles sont, des imaginations d'esprits éclairés qui nous rendront la vie plus facile. Tout juste, pourtant, si l'on ose percer une fenêtre au sud ou à l'ouest quand la femme l'exige pour que la lumière entre un peu dans nos murailles de pierre. Mais on le fait avec la crainte de celui qui touche à l'héritage et qui encourt la malédiction. Le père ne l'aurait jamais admis, alors on attend d'être sûr qu'il soit bien passé de l'autre côté où il ne devrait plus nous en vouloir, pour complaire à la femme. On est lent. C'est qu'on vit encore au rythme de la terre, des saisons, des générations. Mais puisqu'à présent il n'y a plus de saisons, tout semble permis.

Ainsi sont-ils venus de la ville avec leurs idées, pourquoi pas, il faut bien nous faire un peu évoluer. Sans doute que si j'avais un peu plus évolué, comme me disait le fils, comme me disait la fille, ils ne seraient pas partis à la ville, ces deux-là, me laissant avec mes terres et ma ferme, et personne pour reprendre. J'ai vendu les terres, et j'ai gardé la ferme. J'ai vendu ce qu'on a bien voulu m'acheter – une misère. Il me reste ainsi des bâtiments trop grands que je prête aux uns et aux autres, mais ça n'est pas ça qui paiera la charpente à refaire, les tuiles qui glissent et les pierres qui chavirent quelquefois des murs. Mais enfin, on fait aller, comme on dit. Moi, mes murs sont fêlés, mais ils tiendront bien quelques années encore, un jour ils me feront tombeau, et ce sera bon. Mais là-haut, dans le bourg, je connais de ces taudis. Avec tout ce qui nous est arrivé de population depuis les années 60-70 et après, lors de la seconde vague. Oh, rien de bien monstrueux, pas des palanquées chaque année, pas des régiments entiers, tout de même, n'exagérons pas, mais un petit nombre égal en croissance depuis une vingtaine, ça finit par faire, si l'on y ajoute ceux de la première vague, si bien que certains en ont tiré leur parti. J'en connais un, d'ancien maire – je tairai son nom –, communiste de naissance et de conversion, qui possède de gros pâtés de maisons dans deux ou trois quartiers du bourg depuis des trente quarante ans, et qui loue en l'état, sans un coup de pinceau depuis des lustres, sans une intervention quelconque. On a beau lui dire, régulièrement, nous autres de la mairie, qu'il faut qu'il se mette aux normes, que le plomb dans les murs, l'amiante partout, c'est plus possible en 2020, il nous répond qu'il n'a jamais été dans la norme et que les locataires ne se plaignent pas.

« Mais les maladies ?

– Hé, maladies de quoi ? il demande. C'est encore une menterie des laboratoires pharmaceutiques. Pour nous piquer du pognon. J'ai jamais été malade, moi. »

Pas que je l'aime pas, le bougre, il a fait pour le village, il a même sa plaque. Pourtant, faut voir à quoi il semble. N'a pas changé de jaquette depuis que Marchais est arrivé au pouvoir. Alors ses logements, c'est tout comme.

Des taudis, oui, j'en ai visité. Mais c'est pour l'essentiel dans les vieilles maisons du vieux bourg et je pourrais vous les nommer. Puis, encore dans quelques fermes des environs. Mais ce n'est pas là qu'ils s'installent, les nouveaux. Ceux qui ont un peu d'argent veulent un jardin, une maison bien carrée, toute droite, résolument moderne. Ceux qui en ont moins ou qui veulent être libres vivent dans des cabanes, des roulottes, des caravanes. Ça a fleuri ces dernières années. Le retour à la terre, disent-ils. Pour ça, ils en ont encore, des idées, que nous n'aurions pas eues, nous autres d'ici qui cherchons plutôt à l'éviter, la terre qui nous colle aux souliers.

Ils sont venus s'installer où la terre est grasse et produit sans effort. Régulièrement, dans le pays, il pleut. Ça pousse. Tout pousse ici sans peine, ou peu s'en faut. Terre bénie des dieux, diraient certains. Une terre bon marché, quoi qu'il en soit, et qui les a attirés. Ils ont atterri ici par choix pour d'aucuns, par nécessité pour d'autres, dont la ville n'a pas voulu. Naufragés de la cité, qui prétendent établir ici un petit royaume à leur convenance, à leur taille. Une petite anarchie, plutôt. Enfin, une zone.

À la fin, tout de même, ça me turlupine, leurs idées. Est-ce que nous nous serions trompés ? Est-ce que nous avons gardé pour nous de vastes étendues de terre pour les empoisonner, comme ils disent, avec la chimie qu'on nous a vendue à crédit ? Est-ce qu'il faudrait semer autre chose que ces blés, ces maïs et ces tournesols à une tête qui regardent le marcheur comme une armée bien uniforme, avec leur collerette jaune et leurs deux feuilles vertes comme des épaulettes ? Les petites terres qu'ils ont rapinées à grand-peine, les nouveaux, ils les soignent, disent-ils, avec de la nature, et s'y font de petites buttes où bataillent gentiment toute sorte de variétés plus anciennes que nous autres avons appris à méconnaître. Le fils aussi pense comme eux, que nous l'avons polluée, notre terre, tout en même temps que nous nous sommes endettés. Il me dit comme ça, maintenant qu'il est à la ville, que j'ai pollué leur futur. Que retourner la terre bien droit avec la grande mécanique, c'est uniquement la blesser, et pour l'empoisonner, par-dessus le marché. Pour lui jeter comme du vilain sel dans la plaie ouverte. Peut-être bien qu'on se serait tout bonnement fait entuber, je ne suis pas contre cette idée.

C'est bien parce que je ne suis pas contre leurs idées qu'ils m'ont placé sur leur liste, aux dernières élections. Ils m'auraient presque gagné à leur cause, à force d'entendre le fils, la fille et tous les plus jeunes d'ici parler de concert des mêmes problèmes de la terre. Je n'étais pas d'accord avec tout leur programme, il y a des choses qui me dépassent dans leurs discours. Des propos contournés sur l'égalité et toutes ces chimères qui ne me disent rien qui vaille, mais il y a une chose que je sais faire. La politique, ce n'est pas ma tasse de thé, et je n'en ai jamais fait. Mais quand Claire est venue me voir, me disant qu'elle allait monter une liste, et gagner la mairie, parce qu'une bonne partie du village avait les mêmes idées qu'elle, ajoutant qu'il lui fallait aussi des anciens d'ici, je lui ai donné deux trois noms de gens qui feraient l'affaire.

« C'est toi que je veux, Robert », m'a-t-elle dit, et il y avait longtemps qu'on ne m'avait pas regardé comme ça droit dans les yeux, à me donner une confiance. Au vrai, je crois pas que jamais femme m'avait regardé droit dans les yeux pour me dire qu'elle avait besoin de moi et que je ferais bien le travail. C'est pas ça qui m'a décidé pour autant. Elle a beau m'avoir déstabilisé, on n'est pas né de la dernière pluie. Être au conseil municipal, c'est pas rien. Mes parents auraient été fiers, oui, mais c'est pas encore ça qui m'a décidé. Non, ce qui m'a fait accepter, c'est quand elle m'a dit :

« Tu connais tous les anciens d'ici, et même beaucoup de jeunesse. Tu sais parler aux uns et aux autres, tu sais boire un coup avec eux, tout le monde t'aime bien, et tu es respecté. »

Boire des coups avec les uns et les autres, ça ne m'a jamais posé de problème, au contraire, il faut dire la vérité. Et puis, avouons-le, je venais d'être mis en retraite, ça pouvait un peu m'occuper. Elle voulait une liste avec de la diversité, je serais sa diversité ? Pourquoi pas.

Il y a un moment que je les observe, d'un peu loin ; d'un peu près, tout de même, parfois. J'ai toujours aimé observer, la nature, mes semblables. Claire le savait, peut-être qu'elle-même aime observer, ou qu'on le lui avait dit. C'est pourquoi elle pensait que je ferais l'affaire.

« Tu n'es pas dans le village, mais tu parles à tout le monde, c'est tout à fait ça qu'il me faut, pour que personne ne soit oublié. Ni dedans ni à la périphérie. »

J'avais acquiescé, ses mots me séduisaient. Il est vrai que ma ferme même, dans notre hameau de six âmes, se trouve au confluent de tout. Au-dessus, il y a les Anglais, et moi je suis dans la courbe, presque un peu, pourrait-on dire, dans le trou. De l'autre côté, il y a la ferme de Jeanne, au bout d'une petite route qui remonte doucement. Et en vis-à-vis, le Martin et sa mère. Alors, quand ça coule – et il pleut souvent par ici –, tout converge vers moi. L'égout est juste sous ma porte, c'est pratique pour récupérer, pour savoir.

« Tu n'as qu'à observer, écouter, et puis me parler », m'avait encore dit Claire.

Et j'avais accepté. D'autant qu'il y avait un petit pécule à se faire.

Les choses n'étaient plus tout à fait les mêmes, depuis que François avait repris le bistrot, l'ancien Café de la gare. Le K fêt'vous, qu'il l'avait appelé. Il semble que ce soit l'époque, m'étais-je dit, le jour où j'avais appris ça.

« C'est un nom de salon de coiffure, avait lâché le Fou. Alors que c'est un salon de biture. »

François a repris le Café avec un oncle, un cousin, ce n'est pas très clair, mais c'est une histoire de famille. Une famille de la ville, qui avait de l'argent à placer. Les uns ont placé l'argent, l'autre, qui n'avait pas de vrai métier, y a trouvé son sort, il en a pris la gérance. Il faut avouer qu'il se débrouille, qu'il ne lésine pas sur le travail, les idées, et qu'il en a des myriades qui lui viennent tous les jours et qu'il trouve toujours bonnes volontés pour exaucer. Des concerts constamment, des lâchers de vers, des spectacles pour adultes, pour enfants, des thés dansants, des expositions, des animations, des performances, des conférences. Il y en a pour tous les goûts, ou à peu près, et je ne juge pas à la qualité, parce que je n'y mets pas trop les pieds dans ces circonstances. Je me contente d'observer de loin, comme on m'a demandé de faire, et je vois que ça enchante toute une population qui trouve à s'y distraire. Ça fait marcher les affaires, et Madame le maire dit que c'est bon pour le village. Pour l'image de la région, même. Certains murmurent que d'autres nous envient, nous jalousent, nous copient, mais qu'il n'y qu'au K fêt'vous que ça marche si bien. Ça nous a tout de même changé le décor, à nous autres anciens d'ici. Et donc, la clientèle, par nécessité. Quand il est arrivé et qu'il a eu cette idée de reprendre la gestion du bar, François disait qu'il l'aimait bien comme cela, dans son jus. Il n'hésitait pas à claironner sur sa terrasse que c'était l'un des plus beaux qu'il ait vus, dans le style petit bistrot de campagne. Je ne me suis pas méfié, je fais plutôt confiance à l'homme, de prime abord. Et François avait l'amabilité et le sourire faciles avec tout le monde. Quand il te regarde, tu te sens vivre, il transmet une énergie étonnante, on a envie de faire avec lui, comme ils disent.

« Je te l'avais dit pourtant Fils, me disait le Fou, tandis que nous en discutions en terrasse autour d'une petite fine, à profiter, nous deux, des derniers soleils d'été ce jour-là. Je te l'avais dit que quand ils arrivent avec leur gueule enfarinée pour dire d'un bistrot, d'un logis, d'une bagnole, qu'ils sont dans leur jus, ça sous-entend qu'ils le déjugent. Qu'il est pour eux démodé, suranné, vieillot. Dire que c'est dans son jus, c'est dire que c'est périmé, dépassé, que ça pue le rance et la vieillerie, mais sans vouloir blesser. On appelle ça le politiquement correct, Fils ! Et il en a de la *political correctness*, ton blanc-bec, crois-moi ! »

Le Fou prétendait même que c'était encore plus méchant, avec l'hypocrisie. Que lui, pour sa part, il était peut-être con, emmerdeur, trou-du-cul patenté, mais qu'au moins il l'affichait et qu'on ne pouvait pas le taxer de méchanceté, vu qu'il disait tout ce qu'il pensait, tout net comme il le pensait.

« Moi quand je pense, je dis, et comme je le pense.

– Heureusement que tu ne penses pas souvent, on n'en dormirait plus », lui a justement balancé François, qui passait ramasser les verres.

– Il est toujours là quand on s'y attend pas, t'as remarqué ? m'a demandé le Fou sans chercher à se cacher, et pas honteux pour un sou que François pût l'entendre.

« C'est un fouineur, un littérateur, il aime rien que les cancans, être au courant de tout, se mêler de toutes les conversations de tout le monde et colporter les bruits, a repris le Fou. Il a un vrai don pour te surprendre juste quand tu parles de lui ou d'une chose que tu voulais lui cacher. Des filous comme ça, j'en ai jamais vu d'autres. »

Alors, ça n'avait pas tardé. À peine l'encre avait-elle

séché sur les papiers du notaire ; à peine le bistrot était-il à lui, enfin, à sa famille, il s'est lancé dans les grands travaux, François. Il a convié tout un peuple de graphistes, de designers et de gens du métier, comme il disait.

« De petits besogneux ! » prétend le Fou.

Il leur a fait faire moult dessins sur l'ordinateur, on a vu hallucinés notre bon vieux rade transformé en bar *lounge*, comme ils disent, avec canapés en moquette, grand comptoir illuminé par des *leds* roses, alignements de lampes ultra-design, et *tutti quanti*. Tout de même, il n'a pas osé aller jusque-là, ça aurait par trop déparé dans une campagne comme la nôtre, où ça sent encore le purin dès que le vent souffle, où certains, comme Joël, viennent s'abreuver à cheval, ce qui lui permet de rentrer dans toutes les conditions, prétendant qu'aucun gendarme ne peut l'arrêter pour conduite en état d'ivresse parce que c'est le canasson qui conduit et qui sait rentrer tout seul à la maison.

« Qu'est-ce qu'il veut faire avec un bar de fiottes ? » criait le Fou à qui voulait l'entendre, quand il a eu vent de ces dessins. Il croit qu'y a des fiottes dans l'arrondissement ? Mais c'est pas le Marais, ici ! »

Nonobstant les éruptions volcaniques du Fou, dont tout le monde avait appris à se ficher par ici, François n'a pas retenu cette option. Il a quand même mis notre chapelle sens dessus dessous. On a coupé la balustrade pour réduire la mezzanine à grands coups de tronçonneuse thermique, que ça faisait mal aux veines de voir ce bon vieux bois ainsi coupé à la chaîne métallique. Il voulait faire entrer de la lumière, disait-il. Puis on a vu tomber le comptoir, on a vu partir à la benne tout le mobilier sur lequel on avait frotté nos culottes depuis… Depuis la naissance, je crois bien. Il a fait installer une scène au centre du bistrot, un truc qu'on peut faire rouler, déplacer, au gré de la clientèle et des événements. Il a mis à bas toute la cuisine et t'y a fait entrer un arsenal de guerre pour ses petits plats apprêtés qu'il nous sert à présent. C'est bon ce qu'il sert, il n'y a pas à dire, mais on reste parfois sur sa faim.

« Il faut apprendre à manger moins », dit François quand on s'en plaint.

« C'est un radin, oui ! » crie le Fou qui ne veut plus y manger que des frites et de l'andouillette, sous prétexte qu'il y a trop de légumes dans les autres plats, ou des légumineuses qui ne peuvent faire le bonheur que de végétariens tordus de la glotte. Mais comme c'est de l'andouillette de qualité, de la AAAAA, claironne François, ça ne se vend pas à des prix abordables, prétend le Fou qui préférerait manger double portion quitte à ce que l'andouillette pue la merde comme on a pour habitude.

« La qualité, moi je n'ai rien contre, marmonne encore le Fou. Regarde dans quoi je roule, de l'allemande automatique. C'est pas un Français qui nous aurait pondu une Audi A3 Sportback. Mais heureusement qu'il existe encore de vieilles françaises à deux balles pour ceux qui n'ont pas les moyens. Il n'a pas vu qu'il y avait plus de Dacia que d'Audi par ici ? »

« Où boit-il, désormais, le petit peuple ? demande encore le Fou. Celui qui vient juste réclamer son litron de rouge qu'il descend chez lui, à bouffer ses oignons. Il a plus le droit de boire, lui ?

– Mais ta gueule, vieux Fou ! lui a lancé François qui passait encore dans les parages sous prétexte de débarrasser une table.

– Dis-le-moi, il fait comment pour boire, celui qui n'a que le RSA pour vivre ? Tu crois qu'il va venir se payer ton IPA ? Il n'en a rien à foutre de ton aïe pi hé !

– Arrête de boire, toi, tu ne racontes que des conneries. »

N'empêche, il n'avait pas toujours tort, le Fou. On a beau préférer le bon vin au mauvais, il en faudrait pour tout le monde, dans l'idéal. Serge, il en était condamné à acheter son litre de Villageoise au 8 à Huit dès le quatorze du mois, et je pense que la piquette que nous vendait le père Mathieu, avant que François reprenne le bistrot, était moins mauvaise pour son cœur et son foie, et toute l'intégrité de ses entrailles.

« Fini, le p'tit litron à papa ! On vend désormais du whisky – japonais ! Oui, monsieur ! Et de la bière amère, d'outre-Quiévrain ! s'était remis à beugler le Fou tout en riant.

– Tu as décidé de l'emmerder, aujourd'hui, j'ai fait remarquer.

– Ha, ha, Fils, c'est parce que je l'aime ! »

Ça y est, il avait l'ivresse affectueuse. Tant bien que mal, il s'était mis debout et il attirait François dans ses bras.

« Viens là, Fils, lui criait-il, que je t'embrasse.

– T'es vraiment chiant, le Fou.

– Tiens, je vais en profiter pour aller pisser. »

Ainsi, tout le quartier était au courant de l'avancée de l'ivresse chez mon Fou. Avant la nuit tombée, il serait endormi sur la table ou rentré chez lui si quelqu'un était d'humeur à le porter. En se dirigeant vers le Café, il avait traité la jeunesse qui fumait et buvait de parasites et d'insectes saproxylophages. Ce ne sont pas des méchants, ceux-là, je les connais, au moins de vue. Pas des acharnés du travail non plus. Bien entendu, le François ne nous a pas changé que l'intérieur du bistrot et la carte du restaurant. Il nous a aussi amené une autre population, avec les concerts qu'il organise et toutes ses activités culturelles et sociales. Au début, ça a fait venir des pieds-nus, comme dit le Fou. De ces jeunes gens qui grattouillent la guitare, aiment fumer de l'herbe et rire, vivent dans des yourtes ou des caravanes sur des terrains qu'on leur prête ou qu'ils occupent plus ou moins légalement ;

qui ne veulent surtout pas travailler pour le grand capital, comme ils disent, et se vendent chez l'un ou l'autre agriculteur, chez les apiculteurs, les éleveurs, ou bricolent le fer, le bois et la chaux pour améliorer les habitations de ceux qui ont un peu d'argent. D'autres encore font de petits jobs d'intérim ou sont intermittents. Beaucoup d'entre eux font l'artiste. Ils sont doués, pour certains, mais pas tous d'acharnés travailleurs. J'en ai eu embauché quelques-uns à la ferme, lorsque j'avais besoin de main-d'œuvre. Ils n'ont pas tous fait l'affaire, mais certains ont appris à bosser. Et je n'ai jamais eu de problèmes avec eux, dans ce domaine. Ils vivent de peu, et même si je trouve qu'ils pourraient avoir un peu plus de respect de leur personne, se laver un peu plus souvent, passer moins de temps à boire et s'essayer à construire des choses pour l'avenir, leur présence ne me dérange pas spécialement. Le Fou les prend pour cible, mais pas plus que d'autres. Après eux, pourtant, sont arrivés de plus féroces. Des punks à chien, comme on dit, qui ne font pas que fumer de l'herbe et avaler des cachetons, et dont l'hygiène est plus que douteuse. Ils ont causé quelques problèmes lors de bagarres, mais rien de bien grave. François sait à peu près les gérer, il en fait même travailler quelques-uns, à la plonge. Je l'ai mis en garde, une ou deux fois, de ne pas faire travailler dans l'illégalité. Que ça pourrait lui causer des ennuis, si l'un ou l'autre venait à se blesser, par exemple. Ce n'est pas tant une histoire de respect des lois, j'ai bien conscience que de la part d'un élu de la République, ce n'est pas ce qu'on attend, mais il faut bien voir la vérité en face. Je sais qu'on nous raconte, là-haut, depuis Paris, que la plus importante fraude fiscale en France, c'est l'argent gagné au noir, les salaires dissimulés. Je lis les journaux comme tout le monde, je m'informe régulièrement. Ce seraient ainsi nos petits artisans, tous nos indépendants qui seraient responsables du manque à gagner colossal de l'État. Ce serait beaucoup plus conséquent que la fraude des riches, qui mettent leurs sous dans les paradis fiscaux. Je veux bien, moi ; je ne demande qu'à les croire, nos économistes. Mais j'aimerais leur poser la question, même si ça n'arrivera jamais : pourquoi l'ouvrier ne déclare-t-il pas sa paye à l'État ? Pourquoi l'artisan se fait-il payer la moitié de ses chantiers de la main à la main, sans trace visible ? Pourquoi je n'ai pas tout déclaré, quand j'avais mes terres, mes bestiaux ? Pourquoi François fait travailler au noir ? Et je la leur dirais, moi, la chose. Quand on n'a déjà pas trois sous pour voir venir, qu'on nourrit le pays et lui construit les maisons, qu'on envoie ses gamins à l'école et qu'on attend toujours le ruissellement des richesses promis, on n'a pas très envie de donner l'un des trois sous à l'État. Pour qu'il nous fasse quoi ? Nous supprime le bureau de poste ? Nous ferme l'école ? Nous coupe la ligne ferroviaire ? Oublie de nous fournir l'internet, le réseau de téléphonie mobile, sous prétexte qu'on n'est pas assez nombreux et qu'on ne rapporte pas assez ?

« Qu'est-ce que tu grommelles dans ta tête, Fils ? m'a envoyé le Fou qui revenait des toilettes. Je le vois à ta tête que tu broies des choses pas belles. T'as pas le droit. Le râleur, ici, c'est moi. Tiens, paye donc plutôt un coup à Serge qu'a pas les moyens.

– Parce que je les ai, les moyens, moi ? Je ne vis pas comme toi, Fou, je tire le diable par la queue, comme tout le monde ici.

– Non, pas comme tout le monde. Tiens, je vais lui payer son coup. Ho, le Serge, va te chercher un verre et dis au François qu'il me le note. Je le paierai l'année prochaine », ajouta-t-il en ricanant.

Tout de même, ce n'était pas si facile, mais on trouvait encore du plaisir à vivre, à cette époque. Je vous parle de ça, ce n'était pas des lustres en arrière. Une affaire de quelques mois seulement. Mais voilà que la grande idée leur est née. Qu'elle leur a pris tout soudain le corps et puis le reste, et qu'ils ont entraîné tout le monde dans la bascule.

« Un raaaaaouuuut ! » hurlait le Fou, que j'étais passé voir chez lui.

J'avais eu vent de la rumeur avant lui, pour une fois, et ça ne le rendait pas du tout jaloux, ça le faisait exulter ! Il en braillait des kilomètres de *a* et de *ou*. Il en aurait trépassé de plaisir.

« Putain, Fils ! Un raooouuuuuuut ! », criait-il à pleins poumons, avant de sombrer dans une de ses quintes de toux qui finissaient immanquablement en un juron adressé au ciel.

C'est en passant au village un jeudi soir que je les avais entendus parler. Le jeudi soir, il y a moins d'activité que le vendredi, mais un peu tout de même, au Café, car c'est le jour où je livre mes légumes, Julien aussi – ce qui donne l'occasion à une petite société de se retrouver. Il a choisi, Julien, le principe de l'Amap, qui lui permet de vivre sans trop en faire, moi non. Je fais cela hors de toute légalité, ça va sans dire, il faut bien arrondir les fins de mois. Les débuts aussi, d'ailleurs. Alors, comme j'ai été dans la culture toute ma vie, et qu'il me reste un hectare ou deux de terres autour de la ferme, je fais pousser des légumes que je vends à qui veut. Que je donne d'ailleurs aussi souvent. Autant que ça serve. J'en ai assez jeté, de la marchandise, au long de ma vie. Des céréales au début, quand les prix étaient trop bas, et puis du lait, quand j'ai eu fait des vaches. J'avais de beaux troupeaux, de la Prim'Holstein, cette race hollandaise qu'on appelle Pie noire, qui te pisse du lait, rendement quantitatif absolu, et de la Limousine pour la viande, parce que, justement, le cours du lait, un jour ça va, le lendemain ça ne va plus, c'est pire que la viande. De la viande, tu peux en faire de la bonne et t'en sortir ; du lait, on fait tous le même, ou approchant. Matin et soir, la traite, chaque jour de ma vie pendant vingt ans. Il faut les aimer, ces vaches, parce que c'est pas pour l'argent qu'on le fait ni pour la gloire. Ceux que j'ai menés dans la fosse de traite avec moi, ils ne sont pas venus deux fois. Normalement les vaches se tiennent, elles font leurs besoins avant la traite, mais tu en trouves toujours une ou deux vicelardes dans le troupeau qui te chient à la gueule au moment de passer au travail. Moi, ça va, la bouse de vache, j'en ai soupé, il m'en faut un peu plus pour m'effrayer, mais le béotien, il en revient pas. Je vous dis ça, c'est juste pour que vous vous rendiez un peu compte du labeur. Je les ai aimées, mes vaches, c'est pas la question, et d'ailleurs quand il a fallu vendre les troupeaux, j'en ai pleuré. Mais c'est tout de même une vache de vie, alors quand le gros Lactalis ne venait pas chercher le lait et qu'il fallait tout balancer dans les fossés, j'en ai ragé. Deux cents pauvres litres de lait, rien du tout pour lui. Aussi, selon les stocks, selon les cours, le camion passait, ou ne passait pas. Et s'il ne passait pas, j'en faisais quoi, moi ? Tu as beau en donner un litre par-ci, un litre par-là, à ceux qui veulent bien du lait entier, il t'en reste toujours beaucoup trop pour nourrir les chats. Je vous dis ça, c'est juste pour que vous compreniez pourquoi aujourd'hui je vends mes légumes sans les déclarer. Ça va chercher dans les quoi, deux cents-trois cents euros par mois. Vous croyez que la France s'en remettra ? Je crois bien, oui. Mais c'est pour ça que je ne peux pas vendre sur les marchés, et d'ailleurs je n'aurais pas envie. Aussi bien, les gendarmes ferment les yeux, tout le monde le sait ici, ce qui se trafique. François le premier, que ça fait bien marrer qu'on fasse ça sur ses tables. Il sait qu'on va tous boire un coup après.

Ce soir-là, donc, j'y étais, la saison des tomates n'était pas encore finie, même si ce ne sont pas les meilleures au début de l'automne, ça sert toujours à faire des sauces, on s'en fait des bocaux pour l'hiver, on casse l'acidité avec du sucre, ou du bicarbonate de soude, à chacun sa technique. Il me restait des haricots en pagaille, d'énormes courgettes qu'on fait cuire au four pleines de farce de cochon délicieuse, des oignons volumineux, des patates. Quelques bricoles. Julien, l'ami poète-jardinier, avait préparé ses petits paniers, de son côté c'était pas bien garni, mais c'est du bon qu'il fait, il faut reconnaître. Chaque légume qu'il te pose est un poème, il t'en parlerait pendant des jours, il te raconte comment il a poussé, pourquoi cette année il est un peu moins vigoureux, c'est à cause qu'on a eu treize lunes, ça a tout déréglé, et il n'a pas plu au bon moment – mais il ne pleut jamais au bon moment, c'est une loi intangible que connaissent tous les gens de la terre. Je l'entendais qui racontait à la cantonade, avec le plus grand sérieux :

« Oh, les patates sont toutes petites, elles n'ont pas eu assez d'eau, mais j'avais de l'aérophagie quand il aurait fallu arroser, j'ai le syndrome du côlon irritable, tu vois ce que c'est ? Et puis après il a fait trop chaud, on ne peut pas travailler, quand il fait ces chaleurs. Mais tu vois, t'en as plein de petites, ça te fait des pommes de terre grenailles, c'est les meilleures, tu les laves à peine, t'enlèves le gros de la terre et tu les passes au four telles quelles, mamma mia, avec du gros sel de Guérande, un filet d'huile d'olive et un peu de thym, tu vas sauter au plafond ! »

Et elles aimaient, les donzelles. Rien à dire, il avait l'art et la manière de les vendre, ses légumes de paresseux. Je dis ça un peu méchamment, mais c'est que je le connais par cœur, et j'ai de l'affection pour lui.

Chaque panier, à chaque saison, il te le décore de fleurs de son jardin, des capucines qui coulent en fontaines crépusculaires par-dessus ses plantes, dans les serres ; de l'angélique, de l'anis hysope, de la roquette, bien sûr, du bleuet, de la mélisse, de la bourrache au goût d'huître incomparable, et encore du calendula qui se reproduit comme rats sous la terre ; de la camomille et des œillets. Un vrai poète, je vous dis, c'est pour ça qu'il se surnomme lui-même le poète-jardinier. Il avait bien quelques panais et de délicats artichauts, comme son cœur, disait-il, le tout parsemé de physalis, qu'on nomme « amour en cage », parce qu'il faut le délivrer de son calice rouge orangé qui semble une petite lanterne en laquelle brille une baie surprenante que tu prendras le temps de déguster, poursuivait-il. Alors, plus que de denrées, les bonnes gens étaient payées de mots, et c'est toute une poésie qu'elles pensaient retrouver en cuisinant les petits légumes de Julien.

Du reste, il a obtenu le label AB, qui lui permet de vendre ses légumes bien cher, je crois qu'il cultive même en biodynamie – si je crois à ces foutaises ! Le label, moi, je ne l'aurai jamais, puisque je fais de l'artisanat, du hors contrat, mais n'allez pas croire que je suis un sagouin et que je déverserais mes produits sur la marchandise. Pas besoin, quand on est attentif et qu'on ne prétend pas produire de grosses quantités.

« Tu travailles toujours au black, Robert ? m'a demandé un citadin qui vient ici passer ses vacances et certains week-ends, un homme cossu de la ville qui nous prend pour du petit personnel. Le mot noir lui fait peur, il a le nez délicat, alors il dit « black », comme si le mot noir puait dans notre langue.

– Eh oui.

– Alors, tu ne peux pas m'éditer une facture.

– Eh non. »

Une facture. Ils ont parfois des questions qui dérangent ma santé mentale. Que voulait-il d'une facture pour trois légumes ? C'était pour prouver à sa bonne femme qu'il était bien ici ? Je me suis demandé.

« Pourquoi tu ne te mets pas en auto-entrepreneur ? a-t-il insisté, le bougre qui voulait sans doute m'apprendre la vie, me civiliser.

– Et pourquoi je ferais ça ?

– Comme ça, tu paierais tes cotisations aux Urssaf et tu cotiserais pour ta retraite. »

J'ai seulement haussé les épaules. Verser encore de l'argent à l'Urssaf ! Et cotiser quoi ? J'ai commencé le travail à seize ans, je sais ce que signifie cotiser pour eux. On t'en prend une grosse part pendant cinquante ans, on t'en reverse trois fois rien en attendant que tu crèves. Alors je préfère faire à ma manière. Si vous voulez me voir crever comme la Josette, soixante-cinq ans, qu'on a retrouvée mangée des orteils par les rats, seule dans sa ferme aux Forges, après dix jours, il faudra repasser. La pauvrette n'avait même pas les moyens de se payer le téléphone, l'internet encore moins. Et je l'ai jamais vue chômer.

Donc, je refile ma came à qui veut, et pendant ce temps, je laisse un peu traîner l'oreille, au cas où. C'est mon travail, et puis, après tout, je suis chez moi. Et c'est là que je comprends que s'organise quelque chose d'important. Une ampleur ! Une grande fête des solidarités, pour la planète et contre toutes les phobies et les discriminations. Diable, ça semble sérieusement branché, leur affaire.

« Et c'est ça que tu appelles un raout ? me demande maintenant le Fou, à qui je viens d'apprendre la nouvelle.

– J'ai choisi le mot un peu plus synthétique. »

Le Fou s'est encore esclaffé :

« Mais qu'est-ce qui leur a pris ?

– Ils viennent de prendre conscience que le monde était mû par la haine et que l'homme exploitait la Terre. »

Il s'en tapait la guibole de rire, mon Fou, et j'aime bien le voir dans cette humeur.

« Non, Fils, dis-moi sérieusement !

– Eh bien, ils veulent prendre fait et cause pour l'environnement, et contre les discriminations sous toutes leurs formes. Ils disent que c'est ça, être de son temps. Ils disent qu'il est temps d'entrer dans le XXIe siècle et ils veulent apporter leur soutien à la jeune autiste qui fait la morale au monde. Ça se tient, leur affaire. C'est pure logique, on soutient la vie sous toutes ses formes, on en chasse le mal.

– Fichtre.

– Tu comprends, ils ne veulent pas être de reste. C'est un mouvement planétaire qui est en marche, m'a expliqué Julien, et il est temps de sauver le monde. Rien de moins.

– Ah, Fils, tu me fais rire. Que vont-ils sauver, ces cons-là, ils ne sont même pas foutus de garder leurs dents ! »

Il exagérait, mon Fou, mais au vrai, c'était pas tout à fait faux ce qu'il disait.

« Vieux Fou, tu n'as jamais entendu parler des réseaux sociaux ?

– C'est toi qui vas m'apprendre les réseaux, vieille mule qui n'es pas sorti de ton trou depuis que ton père t'y a enfoncé ?

– Eh bien, ils sont Greta, tous ! Et ils lutteront contre toutes les sortes de phobies et de haines. Même contre les validistes.

– Validistes ? a fait le Fou en se grattant le front. Là, putain, Fils, tu m'en apprends une belle. »

Tu parles si j'étais fier de lui en apprendre une de ce genre. J'avais chipé ce mot dans leur conversation et je m'étais fait expliquer en douce ce que ça voulait dire. À présent, je le servais bien ronflant au Fou. Pour nous faire marrer.

« Ce n'est pas compliqué. Si tu ne dénonces pas

un propos grossophobe ou sexiste ou raciste, tu es validiste. »

Il m'a regardé une seconde avec de gros yeux, puis a imité un bruit d'étranglement.

« Putain ! En fait t'es soit collabo, soit validiste, y a plus le choix, et dans les deux cas t'es niqué. »

Il est parti d'un énorme rire qui a manqué lui faire définitivement rendre ses poumons.

« Fou, ils vont organiser une semaine de festivités pour sauver la planète et les discriminés.

– Foutre, là c'est du sérieux ! Mais ils vont réussir à organiser ça ?

– Ils vont rameuter tous les saltimbanques et les intermittents des environs...

– La valetaille...

– Qu'en dit la mairie ? a relancé le Fou.

– Eh bien, au début elle n'était pas contre, maintenant elle est à cent pour cent derrière eux. Claire dit que c'est une belle initiative. Qu'il faut lutter contre le capitalisme et ses dérives inhumaines et toxiques, mais dans la joie et la bonne humeur. Elle dit encore que la culture, c'est ce qui nous unit et nous fait chasser la haine. Puis, elle dit que ça va donner une bonne image du village et que ça va rapporter un peu d'argent, si c'est bien fait.

– Ça va leur faire du boulot pour l'année, à nos intermittents. Qu'est-ce t'en penses, Fils ?

– Moi, ce que j'en pense ? Les festivités, je ne suis

pas contre. Il faut s'adapter à son temps, si la jeunesse a besoin de ça. Ça ne fera de mal à personne.

– Tu dis ça, t'as pas l'air convaincu.

– Boh, tu sais, moi, la foule, les spectacles, les débits de boissons, ça n'a jamais été mon truc. Mais si c'est l'affaire de certains… Après tout, je n'habite pas dans le village. »

« L'environnement, qu'est-ce qu'ils y connaissent, dans le fond, ces citadins exilés ?

– Et moi alors, j'en suis un aussi, de citadin exilé.

– Oui, mais tu mets les mains dedans, et jusqu'au coude depuis que tu es installé ici. Est-ce qu'ils mettent les mains dans la terre, eux ? Est-ce qu'ils ont marché dans la boue toute leur enfance ?

– Tu ne sais pas, certains peut-être. Et puis, on peut aimer la terre et vouloir y vivre sans être né le cul crotté.

– Tout de même, je m'interroge. Est-ce qu'ils ne seraient pas des doux rêveurs, des romantiques ? »

Je confiais cela à Cédric, qui était venu me rendre visite gentiment, avec femme et enfants. Sa marmaille vivante, sa Martha toute douce. C'était dimanche, peu après midi. Avec le chien, les voilà. Les bras chargés de légumes de leur confection, parce qu'ils ne peuvent venir les mains vides, et les jambes encombrées de leurs quatre gniards toujours un peu morveux, mais bons et polis. Une famille de demi-crasseux, que j'avais prise en affection. Qui me rendait visite le dimanche, souvent, au sortir de la messe. Avec qui j'avais pris habitude de disserter tout en buvant un bon petit vin naturel de nos régions. Qu'il apportait, lui, Cédric, parce qu'il aimait ça et qu'il connaissait les bons faiseurs de vin, comme il disait. Il aimait le vin bien fait, se passionnait pour les techniques vinicoles, pour le terroir où poussent les grappes des petits producteurs, il connaissait comme ça une multitude de cépages qu'il reconnaissait au nez, ce dont j'étais incapable, mais il n'avait jamais pris cette mauvaise habitude de fumer que j'avais – il aimait davantage parler du vin que le boire, en tout cela l'inverse de moi. Il avait été ingénieur, lui, grande école scientifique, j'ai respect pour cela, ne sachant calculer qu'à peine plus loin que mes doigts. Après ça, il s'était laissé aller, avais-je compris, au travail dans une grande compagnie, quelques années, une huitaine, une dizaine peut-être, pour gagner de grosses sommes comme on avait pour habitude de faire en sortant de ces écoles – et puis il ne rêvait presque plus, ou à peine dans les infimes interstices que lui laissaient de brèves périodes de repos –, mais il avait aimé les voyages en Asie, qu'il avait traversée à bicyclette avec deux amis – ils en eurent même tiré un livre, à l'époque. Il n'arrivait plus à en avoir, de ces rêves de gamin, lors du travail dans la grande compagnie, et ça le flétrissait de tout le dedans, comme il m'avait confié. Il avait rencontré Martha un soir de douce mélancolie dans un bar où il était maintes fois venu accompagner les amis qui buvaient – j'aime à l'imaginer ainsi. On ne sait trop pourquoi Martha était là – une amie, sans doute, l'y avait traînée. À moins que ce ne fût lors d'une réunion de jeunes chrétiens cherchant un sens à leur vie immédiate. Ou au sortir d'une conférence sur la néo-ruralité, comme on disait. Ils avaient fait connaissance, vite – deux innocences qui se croisent se connaissent déjà, depuis leurs origines les plus loin. Ils avaient reconnu qu'ils étaient de la même pâte, cherchant l'aventure qui ne leur consumera pas le cœur. L'aventure qui leur posera les pieds sur terre, de ce qu'ils ont déjà tant la tête dans les étoiles. C'est ainsi qu'il avait retrouvé ses rêves, m'avait-il dit rougissant, un dimanche où nous marchions l'un et l'autre dans le soleil qui tombait à l'oblique sur les prairies fanées, Martha s'étant assoupie sur une chaise longue. C'est elle qui lui avait redonné l'envie de rêver – et de vivre, vraiment. La bonne vie, ce serait à la campagne, avaient-ils décidé en même temps que de se marier et d'enfanter quelques petits qui leur ressembleraient et égayeraient leurs vieux jours, après avoir occupé la force de leur âge. Cédric avait quitté le gros poste à pognon non sans négocier un petit pactole, comme il disait, qui lui avait permis d'acheter quelque terre un peu derrière, vers les Fayes, et, appointé par son chômage, il avait pu vivre deux ans à mettre en branle l'activité. À présent, il cultivait tout ce que la bonne terre d'ici lui donnait, mais pas en attendant que ça lui tombe dans les mains, comme d'autres font. Il trimait dur – ça lui plaisait – et ils vivaient avec trois sous, pour l'instant. Martha, pendant ce temps, s'occupait des petits, qui avaient fini par grandir, mais qui n'iraient pas à l'école.

« L'instruction, ce sera nous », disait comme ça mon Cédric, qui ne se fiait pas à la République pour enseigner à ses mioches ; qui ne voulait pas envoyer sa progéniture se faire massacrer dans les bataillons de collégiens qu'on envoyait à la mort de l'âme, prétendait-il, dans ces tranchées sévères que sont les collèges de la République où on les parque dix à douze heures par jour trente-cinq par salle, à se tirer tous dans les pattes et ne rien apprendre que d'inutile ; que la leçon du grand capital et du marchez-vous les uns sur les autres. Une vraie prison pour gamins, disait-il, c'était drôle, sa façon de voir les choses. La moitié de la journée enfermés à se haïr les uns les autres, à se comparer, jalouser, disputer, se faire violer dans les toilettes, tabasser dans la cour, conchier en douce pendant le cours. Le tout, tandis que le professeur leur instille le venin obligatoire dans la caboche. C'est à peu près ce qu'il pensait, il avait dû en tâter des vertes et des pas mûres pour penser ainsi, – alors, pour l'école, c'est Martha qui s'en chargerait, et lui aussi, pour ce qui était des matières scientifiques quand ils auraient un peu plus poussé, les petits. Martha, les sciences dures, elle n'aurait pas pu, elle était davantage dans les lettres et les langues. Elle venait, pour une part de son sang, d'un de ces pays de l'Est, la Hongrie il me semble, qui avait assez souffert des dictatures pour ne pas avoir envie qu'on lui embrigade les enfants ; qu'on lui mette ses petites créatures au pas, bien rangées. Il y avait du bon anarchiste chez l'un et l'autre – de l'anarchiste conséquent. Ça m'intriguait, ça me plaisait même un peu. Autant que les discussions que j'avais avec Martha, qui aimait la poésie et les histoires. Elle avait, des enfants, l'inconscience du mal qu'elle aurait pu commettre ; la spontanéité impudique ; la méconnaissance des règles. C'était un ravissement à observer ; ça ne devait pas être aisé à vivre chaque jour. Une femme comme cela, tout en yeux bleus gentils, et qui se plaisait au contact des enfants et des chiens, des bestioles de toute sorte ; une femme ainsi enfant elle-même, dans une forme de pureté inhabituelle ; une femme de cette sorte, douce et ailleurs – toujours –, ça doit ravir le regard de l'homme et son âme, mais ça doit poser des problèmes à la chair ; ça ne doit pas beaucoup aider aux décisions pratiques ; ça doit parfois lourdement empêcher d'avancer, pour ce qui est du tangible, du concret ; de la vie quotidienne. Mais ça n'était pas mon affaire.

Mon affaire, à présent, c'était ce grand raout, dont je venais d'exposer les grandes lignes à Cédric, puisqu'il était aussi rattaché à la commune, et qu'il suivait tout de même un peu, de loin, ce qu'il s'y passait. Ça me turlupinait, toute cette histoire, je ne cessais d'y penser ; peut-être, me direz-vous, que je n'avais rien d'autre à quoi penser, ce n'est pas faux. Mais voilà tout de même ce que j'en disais à Cédric à l'heure de l'apéritif, et avant que le vin nous monte à la tête et nous donne le repos de ce jour béni :

« De nos jours, on a une vision fantasmée de la nature, de ce qu'on s'en est trop éloignés. Quand je dis on, je parle pour la plupart, qui vivent là-haut dans les villes. On imagine les forêts comme des lieux qu'il faudrait laisser vierges de toute main d'homme. On prétend que la nature n'a pas besoin de nous. Mais si nos forêts partent en fumée, c'est parce qu'on les laisse pousser sans les soigner. On voudrait ne plus tirer de bénéfice de la nature, ne plus élever de troupeaux pour ne pas leur faire de mal, mais dans le même temps, on exploite l'homme chaque jour un peu plus, et on veut de la technologie, mais qu'elle pousse toute seule dans notre main. On voudrait que les arbres croissent, et toutes les petites fleurs, mais on veut aussi interdire la chasse, sans se rendre compte que les chasseurs nous délivrent du gibier qui broute nos arbres, qui se frotte aux jeunes troncs et, finalement, les assassine. On voudrait les loups et que les bergers s'en aillent, parce qu'ils font du mal aux petits agneaux. On dit que c'est pour la nature, mais on juge tout par rapport à nous. Comme si les bêtes pensaient de même que nous. Et quand il n'y aura plus que des loups et plus un seul troupeau, à qui ils s'attaqueront ? Alors, on recommencera la chasse au loup, comme au siècle dernier. C'est tout question d'équilibre, c'est ce qui est dur à leur faire comprendre, parce qu'ils veulent des situations tranchées, classées, administrées, légiférées une fois pour toutes. Et qu'on passe au dossier suivant. C'est ça qu'ils voient, du haut de leurs villes fières.

– Enfin, ici, mon Robert, tu admettras que ce ne sont pas des gens de la ville.

– C'est du tout comme. Ils en arrivent de l'avant-dernière pluie, la bouche en cœur, et ils veulent nous mettre à l'heure de leurs réseaux sociaux. »

Cédric se frottait le menton sous la barbe de cinq jours. On ne peut pas dire qu'il avait fait un effort sur les habits du dimanche. Le pantalon crotteux, la chemise élimée, il avait tout de même passé autre chose comme croquenots que ses habituelles bottes en caoutchouc, mais lui aussi sentait fort l'homme qui a travaillé et oublié de se laver, comme mes petits administrés du village. J'en venais à me dire que notre jeunesse n'avait plus grand respect pour soi, quand il m'a interrompu :

« Il faut prendre le bon dans son époque. La conscience écologique, ce n'est pas rien aujourd'hui. Est-ce qu'on l'avait il y a trente ans ? Pour la plupart, non. On voit où ça nous a menés. Tout est déréglé, la terre nous empoisonne…

– Allez, je te vois venir Cédric, tu vas me parler comme mon fils. Que c'est moi et les miens qui avons empoisonné la terre. Qu'on a pas eu de respect pour elle, etc. Sûr qu'on a peut-être un peu balancé quelques litres de poison à bestioles de-ci de-là.

– Quelques litres ?

– Oui, bon, quelques tonnes…

– De-ci, de-là ?

– Tu as raison, à peu près partout…

– Et constamment. Pendant des décennies. Tu ne crois pas qu'il est temps que cela cesse ?

– Je veux bien, moi, d'ailleurs j'ai passé la main, et je jure que je ne mets plus de produits sur mes légumes… Quoi ? À peine un peu de Roundup pour pas que les ronces poussent partout. Ce n'est pas bien ?

– M'enfin non, réfléchis, Robert. Le Roundup que tu répands, il rentre dans la terre, il abreuve les nappes phréatiques, et tu le retrouves dans tes poireaux. Et puis les ronces aussi ont une utilité.

– Ah non, pas les ronces, merde !

– Eh si. Entre tes légumes et les arbres, elles te forment comme une lisière, un passage, qui empêche les racines des arbres de tout venir prélever aux légumes. Et puis elles abritent les rats, les mulots, tous les rongeurs qui défendent ce que tu fais pousser. Et la décoction de ronces, tu en connais les vertus ? Tiens, demande donc à Martha. »

On a rigolé un peu comme cela pendant un moment, j'aimais bien lui faire croire que je faisais n'importe quoi, au Cédric, et que je ne savais rien, pour qu'il me démontre. J'aime bien jouer le naïf, et il faisait semblant de me croire, ou il me croyait vraiment, je ne sais pas. Bien sûr, j'étais d'accord avec lui, avec eux sur le constat : on n'a plus de saisons et c'est la grande merde qui arrive, qui nous anéantira tous, il faut être bien con embouché pour ne pas le voir. Mais est-ce que leurs grandes fêtes ne sont pas là pour s'étourdir seulement et s'empêcher d'y penser ? Est-ce qu'il faut devenir Tartuffe comme eux tous ? Est-ce qu'on fait avancer le monde en s'indignant et en s'obligeant à danser ?

« Quant à la solidarité, je te le demande, ai-je relancé mon Cédric. Tu crois que ça les gênerait tant que ça de laisser crever des gens tels que moi dans leur vieille ferme arriérée ? Pour sûr, leur Greta, à des milliers de kilomètres, elle les fait bander derrière leur écran, leur Facebook, mais le plouc d'à côté... »

Il était un peu d'accord avec moi, tout de même, Cédric, sur ce point. Il trouvait que ça mélangeait tout et qu'à vouloir faire trop on ne faisait plus rien. Il disait que c'était comme dans un mauvais film ou un mauvais roman où l'on veut placer tous les bons sentiments du monde, ça ne donne jamais rien de convaincant ni de beau. Qui trop embrasse mal étreint, ne disait-on pas ? Et puis, tout de même :

« Ce n'est pas que je n'aime pas les festins, disait-il, mais pourquoi ont-ils cette obsession de la fête ? Ça me rappelle ces temps prérévolutionnaires, où le peuple s'étourdissait de danses et de boissons avant d'aller couper des têtes, éventrer, saccager. »

Pourtant, à la fin, il fallait que nous pensions à préparer à manger, la boisson c'est bien, mais ça ne suffit pas à nourrir les enfants, ils avaient épuisé leurs réserves de crottes de nez, ça se voyait à leur fébrilité, ils allaient finir par me bouffer les fleurs du jardin et puis les tables et les chaises, malgré les tomates que Martha leur avait coupées en petites lamelles arrosées d'huile d'olive. Il y en avait des zébrées, des jaunes comme l'ananas, des roses pointues que l'on appelle tétons de Vénus, des noires de Crimée, des bien rouges comme mon nez et des vertes comme les pouces de l'ami Cédric. Mais ça ne leur suffisait pas, à cette marmaille. Elle t'aurait dévoré une belle bête en un rien de temps. J'avais prévu du canard, des bons magrets de l'ami André, dodus et rouges comme je les aime, qu'on ferait revenir dans le miel et que j'avais prévu de servir avec des morilles cueillies par ma pomme au printemps et mises en bocal pour les jours maigres, ou festifs comme celui-ci. Je me suis mis en cuisine et puis ça a été un festival de petites dents carnassières qui ne renâclaient pas à mâcher la volaille et la chair caverneuse de mes douces amies blondes au parfum de terre.

« Ça, on voit qu'ils ont eu le bon élevage, vos gamins, pour apprécier les choses délicieuses. Ils ne se rebiffent pas devant la vie ! »

Martha était toute en joie, ça se voyait au bleu de ses yeux qui nous ouvraient des ciels incomparables, des promesses de douceur et de matins joyeux. Ce qu'elle faisait, Martha, de sa vie, j'en connais bien des nombreux qui l'auraient tenu en mépris. S'occuper de ses enfants, ramasser des plantes, jouer avec le chien et tenir tant bien que mal la maisonnée. La sujétion de la femme dans toute sa splendeur, auraient crié plus d'une, scandalisées. La petite Méline, que je commençais à connaître un peu, je la voyais tout à fait hurler d'indignation : où était-elle, sa liberté de femme à Martha ? Pourtant, rien de visiblement frustré ou envieux ou tracassé chez elle, mais au contraire l'image d'un bonheur plein ; simple, peut-être, mais agréable.

« Les jours où ils se sentent bien, aux heures qui leur plaisent, et quand je ne suis pas moi-même trop perturbée par la lune – car je suis très soumise aux périodes, extrêmement cyclique, et il ne faut surtout pas tenter d'imposer sa volonté aux cycles physiques –, ces jours-là, je fais les leçons aux enfants. Quand ils ont besoin de dormir, ou que j'en ai besoin, moi, je laisse faire notre nature. Mon rôle n'est que de leur enseigner à diriger leurs désirs profonds, pour qu'ils sachent les maîtriser. »

Elle expliquait cela à la mère Martin, que j'avais conviée à venir prendre le café avec nous, tandis qu'elle passait devant la maison, faisant sa quotidienne promenade postprandiale. Martha disait encore, puisqu'on l'interrogeait, qu'elle prenait du temps pour s'occuper d'elle-même, car c'était important d'être bien soi-même pour transmettre de bonnes choses aux autres, et la mère Martin, qui avait trimé toute sa vie, acquiesçait. Elle trouvait que la jeunesse avait du bon sens. Martha disait encore qu'elle faisait grand usage de décoctions de plantes, qu'elle croyait au pouvoir des fleurs et soignait toutes les imperfections de caractère par les fleurs de Bach.

« Qu'est-ce que c'est que cela ? » lui demanda-t-on.

Et posément, Martha expliqua. C'est en observant les gouttes de rosée sur les feuilles au matin que le docteur Bach avait imaginé des remèdes aux maux physiques et spirituels, des remèdes fournis par l'énergie vibratoire des fleurs que la chaleur du soleil transmet aux gouttes de rosée. Et il avait saisi que cette énergie pouvait être transmise aux hommes et aux animaux. Martha estimait que les vibrations étaient primordiales dans l'ordre cosmologique et que c'était par elles que l'on trouvait à s'accorder aux autres êtres vivants ainsi qu'à la terre, à la nature, au visible et à l'invisible. Elle nous a expliqué encore que Kandinsky avait lui-même élaboré, au cours d'années de réflexion et de recherche, la palette des vibrations de l'âme dans les couleurs. Je me disais à ce moment-là que, décidément, ils venaient tous de la ville avec un savoir étonnant, et je n'aurais su dire si c'étaient foutaises ou grande intelligence, mais quand Martha a poursuivi en nous parlant du monde invisible, expliquant qu'elle avait plus de relations intimes et affectives avec ceux qui peuplaient l'invisible qu'avec les êtres visibles tout préoccupés de leur apparence futile, quand les êtres peuplant l'invisible savaient aller droit au fond des choses réelles et essentielles, et qu'il ne faisait aucun doute pour elle que le monde invisible était beaucoup plus plein de vérité et bien plus conséquent que le visible, je me suis dit que j'étais au moins d'accord avec elle sur ce point. Ce n'est pas que je croie aux tables tournantes ou à la divination dans les astres ou le vol des oiseaux – encore que ! – mais je sais qu'il y a des choses que l'on sent et qu'on n'explique pas, et je dois vous avouer que j'ai de plus profondes discussions avec la femme qui m'est passée dans l'au-delà qu'avec tous ces semblables que je croise et dont j'entends la voix. Le jour où j'aurai cessé de croire que l'on me voit et m'entend et me comprend de l'autre côté, je m'effondrerai, soyez-en sûrs.

La mère Martin était un peu moins à son aise avec cette conversation ; elle aurait bien voulu reprendre sa promenade digestive, mais tout de même, elle avait eu vent de rumeurs concernant une grande fête qui se préparait, elle aurait bien voulu savoir. Mais elle ne voulait pas paraître curieuse pour autant, alors elle filoutait, mais je la connaissais par cœur.

« Tu en as entendu parler de cette grande fête qu'ils nous préparent, Robert ? »

Bien sûr que j'en avais entendu parler, et elle le savait parfaitement, elle jouait seulement la naïve pour me tirer les vers du nez. Alors j'ai un peu joué celui qui ne savait rien, pour savoir ce qu'elle savait, elle.

« Eh non, la mère, de quoi parles-tu ? »

Je l'obligeais à se mettre à découvert, elle n'aimait pas ça, elle reprit sur un ton impatient :

« Eh bien, cette grande fête qu'ils prépareraient pour le printemps, à ce qu'on dit !

– Qui dit cela ?

– Allez, cesse tes simagrées, Robert, tu en sais plus long que nous tous ici. »

Il me faut bien l'avouer, j'en connaissais plus long qu'eux, c'était mon rôle à présent, presque un métier. Et comme ils insistaient tous pour savoir, j'ai repris l'affaire depuis le début. Pour bien leur expliquer comment on en arrivait là. Surtout à Martha et Cédric qui étaient assez nouveaux dans les parages. J'étais un peu transporté par l'ivresse, car nous avions ajouté le petit verre de cognac au café pour que cela fasse vraiment dimanche, aussi, j'étais en verve :

« Pour ma pomme, je suis né ici, dans cette maison

que vous voyez, qui était tout de même un peu plus sombre et froide, il faut imaginer que le sol était en terre battue…

– Allez, raccourcis-nous l'histoire ou on va y passer la journée, et puis la nuit, pour écouter tous tes mensonges, m'a coupé la mère Martin.

– Bref, quand je suis arrivé dans cette terre, la mère que vous voyez là y était déjà depuis un siècle ou deux, si bien qu'elle peut vous garantir que les choses ont toujours été à peu près les mêmes.

– Petit sagouin !

– C'est dans les années 70 du siècle dernier qu'on en a vu arriver de leurs villes. Comme si les enfants du pays qu'on avait perdus quelque cinquante ans plus tôt revenaient. Sauf que ce n'étaient pas les mêmes et qu'ils ne pensaient plus pareil. Volontaires pour un retour à la terre, c'était beau comme une fable. Parmi eux, un bon capital de gens inadaptés au milieu dans lequel ils avaient poussé, où ils auraient pu réussir comme leurs parents – des descendants de chirurgiens, médecins, professeurs, architectes, etc. Mais ils en avaient le dégoût, de cette vie bourgeoise que leurs parents avaient construite à la sueur de leur front. Les gamins sont toujours des ingrats, ils détruisent tout ce qu'on leur a construit, ça commence dès qu'ils savent faire tomber deux cubes empilés du revers de la main et ça n'arrête jamais. Ça effondre, ça fait tomber, ça écroule du mieux que ça peut…

– Bref ! »

Décidément, la mère voulait qu'on aille droit au but.

« Bref, si beaucoup sont venus dans un élan de vie saine, simple, sans lois sociales, peu d'entre eux sont restés. N'est pas éleveur de brebis ou maçon qui veut ; ne devient pas paysan qui en a eu le rêve fugace depuis la pollution de sa ville ; il fallait savoir se servir de ses mains, beaucoup l'avaient désappris. Il en est resté une petite frange, seulement, qui longtemps n'a causé de tort à personne. Il y avait bien des idées libertaires dans cette frange, ils s'appelaient eux-mêmes les libres-penseurs, ni Dieu ni maître, criaient-ils, et ce qu'ils faisaient entre eux, on ne voulait pas le savoir, tant qu'ils restaient tranquilles au bourg. Ils étaient déjà contre la guerre, la colonisation, le nucléaire, le progrès, l'ordre, la morale, etc. Mais comme on les fréquentait peu, ça n'était pas vraiment notre problème. Leurs idées ont toutefois infusé, lentement, et c'est surtout quand ils ont commencé à enfanter que c'est devenu plus visible. C'est étrange qu'ils soient tous venus ici, dans ce bled, justement, mais je crois que c'est à cause du maire qui était communiste, il a dû leur faciliter les choses ou ça les a d'abord attirés, je ne sais pas, j'étais trop jeune et je ne m'intéressais pas à ces histoires. Le problème, c'est que leurs enfants ont repris leurs causes mais sans trop savoir pourquoi ; ils avaient admis qu'il fallait être contre – c'est tout. Ça a donné des rebelles en baskets Nike, comme dit le Fou ; des écolos bouffeurs de McDo ; des révolutionnaires auditeurs de France Inter, etc. Il en reste bien quelques-uns, ici, qui ont la vraie hargne et la vie vraiment à rebours mais c'est une minorité. J'en connais encore un qui appelle la base militaire de Cognac chaque fois qu'un avion de chasse décolle et survole par ici – pour les couvrir d'injures, hurler au commandant qu'il dilapide l'argent public et ferait mieux de préparer l'amour que la guerre. J'en connais quelques-uns qui refusent obstinément le téléphone portable et se rendent à la ville une fois l'an, et d'autres qui ne veulent pas connaître le grand réseau internet et qui refusent les voies satellitaires, et qui disent que les avions nous envoient du poison exprès et qu'on est tous sur écoute. Et c'est cette espèce de petit camp retranché qui a attiré les autres depuis une vingtaine d'années. Certains sont venus voir, ont parlé, ça s'est transmis, ainsi de suite. Aujourd'hui, vous les connaissez. Et ils ont décrété qu'il fallait sauver la planète. Je veux bien, moi, mais est-ce qu'on y peut quelque chose ?

– Et c'est pour ça, leur grande fête ?

– Précisément. Et parce qu'ils trouvent que le monde est trop méchant.

– Alors, si c'est juste ça, a dit la mère Martin en se levant, ce n'est pas la peine de nous en faire tout un pataquès. Mais combien de temps ça va durer leur affaire ?

– Une semaine.

– Eh beh, c'est le carnaval après l'heure. Tant que chacun y retrouve ses petits. »

Sur ce, elle nous a quittés, elle n'en avait pas appris beaucoup plus qu'elle n'en savait, mais ça lui ferait des choses à remuer dans sa tête de vieille chouette.

« Et toi, j'ai demandé à Cédric, comment vont tes affaires ?

– Ah, il faudra que tu viennes voir, dit-il plein d'entrain, je mets justement au point un système d'arrosage très intéressant. J'ai relié tout mon réseau au wifi, et je peux désormais commander l'heure et le durée d'arrosage par mon téléphone, ainsi que le débit d'eau. On peut critiquer toutes ces machines qui nous envahissent, elles nous rendent parfois la vie plus facile. Et puis, j'ai aussi des idées pour fabriquer une machine à désherber qui fonctionnera avec des panneaux solaires, mais ce n'est pas encore tout à fait au point.

– Alors, ça va mieux, tes crises d'eczéma.

– Ah oui, ça, c'est passé, avec les médicaments. Martha a voulu me soigner avec des plantes, mais je ne marche pas dans ses combines, moi. Ses plantes, ça va pour elle, et pour les enfants, tant qu'il n'y a rien de grave, mais je crois encore à la science et à la médecine traditionnelle. En revanche, c'est au nez que ça m'attaque ces derniers temps, un streptocoque ou je ne sais quoi, il va falloir que je consulte.

– Tu t'en fais du souci, non ? »

Cédric a désigné sa femme qui était partie jouer avec les enfants.

« Elle est un peu évaporée parfois, ce n'est pas facile de tout tenir. Elle n'a pas toujours la tête sur les épaules, et il lui arrive de changer d'humeur si vite que j'en perds mon latin. Et puis, la terre, tu connais ça, on ne peut jamais être tranquille. Cette année, ça va, mais l'année prochaine ? Qu'est-ce qui me tombera dessus ? Est-ce que les griffes d'asperges que j'ai plantées prendront ? Elle ne m'aide pas beaucoup pour ça. Et j'ai malgré tout été obligé de faire des emprunts. Oh, pas colossaux, mais il faut tout de même investir dans quelques machines, je ne peux pas tout faire à la main, et j'ai encore des employés saisonniers. Alors, forcément, ça inquiète.

– Je comprends. Mais tu tiens bon ?

– Pour l'instant, ma production progresse, mais ce n'est pas encore assez pour faire vivre ma famille. Si dans deux ans je ne peux pas vendre assez de légumes pour les faire vivre, je braderai tout et je ferai autre chose. »

La chance qu'il avait, mon Cédric, c'est de n'être pas né ici. Il aurait aussi bien pu aller ailleurs, il pouvait tout revendre et partir si ça n'allait pas. Il n'aurait aucun état d'âme. Alors que moi, c'est une terre qui me coule dans les veines.

« Si demain la récolte est mauvaise et que la pluie

ou la sécheresse ou le gel me salopent tout et que je ne peux plus gagner assez pour faire manger les miens, et si cela devait se produire deux années de suite et que je sentais que je ne m'en relèverais pas, je mettrais la clé sous la porte, je ne rembourserais rien à personne, hop, je me déclarerais en faillite, je quitterais tout, terminé bonsoir, et j'irais voir ailleurs si j'y suis bien. Je quitterais le pays s'il fallait, j'irais n'importe où et je recommencerais tout, si cela pouvait faire en sorte que ma famille mange à sa faim, que mes enfants soient joyeux, que ma femme se sente bien. »

Il sacrifiait tout pour y arriver. Mais il n'avait pas peur de recommencer ailleurs, autrement. Ce n'est pas qu'il ne lui accordait que si peu d'importance qu'il eût pu la quitter du jour au lendemain, sa terre. Il l'aimait quand il la travaillait, et il ne comptait pas sa sueur ; mais sa famille, c'était la priorité. Il n'aurait pas tout sacrifié pour sa terre. Pas fou non plus. Une guerre se déclarerait, je ne suis pas sûr qu'il prendrait les armes pour défendre son pays ; peut-être qu'il préférerait mettre sa famille à l'abri ; qu'il irait chercher du soleil ailleurs. Va savoir. Et dans le fond, avait-il tout à fait tort ? Pour sûr, dans la même situation, je ne réagirais pas de même. Moi, j'aimerais mieux crever les armes à la main pour défendre un pauvre lopin de terre. Mais c'est que j'ai l'instinct suicidaire ; que je ne cherche qu'une bonne raison de me faire saigner – peut-être. Comme d'autres. Enfin, je dis cela, ce n'est même pas certain… Cédric, ce gars, n'a rien à voir avec cela ; ou je le connais mal. Mais il m'a plutôt l'air de l'homme qui cherche le bonheur, et qui le cherche dans la droiture. Chose difficile. D'où l'eczéma ; le psoriasis ; les streptocoques. Tâchez donc de conserver une femme, des enfants, dans toute la pureté de leur être aujourd'hui ; avec le monde où l'on est ; la saleté qui nous entoure ; nous dégrade des entrailles à la couenne, sans même qu'on l'ait sentie passer ; qui nous entre par tout le moindre pore de la peau ; et s'évade jusqu'à l'âme ; nanoparticules du diable ; qu'aucune partie de l'être n'arrête. Essayez voir un peu de vous préserver du mal ; de les mettre à l'abri ; sans finir fou cinglé à leur loger une balle préventive dans le buffet – principe de précaution ; sans sombrer dans le délire paranoïaque et l'extrémisme religieux ; le fanatisme puritain ; sans passer par la case enfermement familial dans la cave ; sans cafouiller. Dupont de Ligonnès, Josef Fritzl, dans le fond, on peut les comprendre, ces types : suffirait parfois d'un pas ridicule mesquin de plus. Suffit d'avoir un peu plus peur que la normale ; de pousser un tantinet sur la paranoïa ; d'avoir été blessé enfant un peu davantage que la moyenne ; de vouloir les protéger un peu trop, ses enfants et sa femme ; d'être un peu trop sensible au mal. Enfermement curatif ; viol préventif ; assassinat collectif. Ça peut se comprendre, parfois – même si on ne l'excuse pas. Mais je ne crois pas qu'il pourrait sombrer là-dedans, lui. En tout état de cause, j'ai souvenir d'un beau dimanche passé en leur compagnie, et tout ce que je viens de vous dire, c'est uniquement la soupe que je me sers quand je suis trop seul chez moi et que j'ai plus de goût à m'empoisonner l'âme qu'à me préparer une bonne cuisine. La solitude, parfois, ça laisse aller à des laideurs et des désolations qu'il faut être saint pour surmonter. Je ne suis pas saint.

Ce qui m'a pris soudain, donc ? La solitude, simplement. On a beau les observer, leur parler, les écouter, on n'en est pas moins seul, au profond de l'être. À un moment on ne sait plus. Et quand vient l'automne gris, la conversation intérieure tout à coup ne suffit plus, on cherche un peu d'affection, humaine, animale, peu importe, un petit réconfort pour les heures tristes. Oh, je ne désire pas la pitié, tout le monde a connu ça, le grand coup qui vous tombe sans prévenir sur la nuque, à se demander ce que l'on fait là, et pourquoi. Pourquoi la femme y est passée, et pas soi. Alors qu'elle a eu la vie saine, gentille, et qu'on n'a pas cessé de trimer, de s'envoyer le poison dans le corps par tous les moyens possibles – presque. Mais c'est elle qui est partie, moi qui suis resté, ne me demandez pas pour quelle raison, je l'ignore.

J'ai eu un sacré coup de bourdon et, plutôt que me laisser abattre par les frimas qui me rentraient au-dedans du cœur, je me suis dit comme cela, tiens mon con, et si tu allais te chercher un chien plutôt que tourner sur toi-même et te lamenter. J'ai bien pensé aussi à me trouver un beau perroquet qui me ferait discussion, à qui je pourrais faire la leçon, mais en ce cas il m'aurait fallu le mieux, le plus bavard, un gris du Gabon. Ce n'était pas dans mes moyens, et puis c'est une bestiole fragile, qui demande de l'attention constante, et qui m'aurait survécu d'un demi-siècle, ce n'était pas très juste. Et j'ai du mal avec les animaux sauvages que l'on encage comme cela. Tandis que le chien est fait pour ça, précisément, tenir compagnie à l'homme, et le sortir de sa pourriture, l'envoyer jouer à la baballe. Alors je me suis réveillé un matin et je me suis dit, tu vas aller à la SPA de Périgueux et tu prendras le chien le plus laid au regard le plus malheureux et tu lui donneras du bonheur, et il te rendra de la joie. Des chiens, j'en ai eu, dans le temps, mais pour le travail, et que je n'ai pas vraiment pu considérer. À présent, je voulais un chien pour le seul plaisir d'un compagnon à poil qui m'évite les conversations laborieuses et les froideurs hivernales. Nous irions nous promener ensemble, nous japperions de concert, nous aurions froid et nous réchaufferions ensemble, et il n'y aurait pas besoin de parole.

La solitude des villes, on connaît, perdu dans la masse l'individu se dissipe et se noie, il y a de la littérature là-dessus, on n'a même écrit que sur cela depuis un siècle ou deux, en tout cas de ce que j'en sais, de ce que j'ai lu, mais la solitude des campagnes, fieu, il faut se la fader ! J'étais tout noir, d'idées, d'âme et de corps. Comme presque humus déjà, sentant l'entraille de terre, ainsi la truffe que l'on extrait de sous le feuillage mort du chêne, dedans le trou – et pourtant ce n'était pas mon heure, je le sentais, il allait encore falloir tenir des années. Alors j'ai trouvé mon chien dans ce froid matin de pluie. Un tout laid, aux dents qui sortent de la mâchoire, et galeux, avec un aboiement rance, que personne n'aurait voulu. Et pour parfaire l'ignominie, ou parce qu'il faut bien rire un peu, je l'ai prénommé Kylian.

Il a fallu effectuer quelques réglages dans les premiers jours, afin qu'il cesse d'aboyer en permanence comme un être apeuré par le moindre bruit, la plus simple odeur de bête, mais il s'est vite acclimaté à son environnement, et sitôt Kylian était dans la place, les chats des environs ont déguerpi. Tous ces sales chats ensauvagés qui pullulent depuis quelques années que la mère Martin les nourrit, et qui font des ravages. Avoir un chien, c'est voir revenir les oiseaux, les serpents, les rongeurs, et toutes ces bêtes qui nous sont utiles et que les petits félins massacrent pour s'amuser, c'est ce que j'ai expliqué à Martin qui était venu me trouver pour voir la bête et qui commençait à maugréer que le clebs allait nous chier partout, qu'il ne cesserait pas d'aboyer, etc.

« T'es qu'un sale pessimiste, dans ton genre ! » je lui ai dit, et il a haussé les épaules qu'il avait voûtées depuis qu'il avait atteint la trentaine, à peine, et que battaient encore quelques longs et rares cheveux gras. Lui aussi, la solitude, il la connaît, et peut-être bien mieux que moi, quoiqu'il vive avec sa mère. Mais se parlent-ils seulement ? Elle fait la tambouille, lui les travaux de force, d'extérieur, et ils vivent ainsi comme vieux couple tenu par un fil invisible, qui les contraint sans leur donner de joie – en tout cas, on ne dirait pas. Il n'a jamais beaucoup parlé, Martin, c'est entendu, mais il finit par parler de moins en moins, si bien que je ne sais s'il est encore capable de tenir une discussion.

« Un jour, elle mourra, et on ne me verra plus ici », m'avait-il dit mystérieusement, une fois, sans que je sache ce qu'il avait derrière la tête.

Ce qui l'ennuyait, c'était que Kylian posât sa crotte n'importe où, du fait que lui, Martin, tondait toutes les pelouses chaque vendredi en été, un vendredi sur deux à l'automne et un sur quatre l'hiver. Il craignait que ça lui salisse la machine et qu'il y en ait sous ses bottes. La tondeuse, c'était le seul plaisir qu'on lui connaissait, et quand il l'avait passée, il restait un moment à sentir l'air et à contempler son œuvre. L'herbe était rase, bien comme il fallait, pas une fleur n'y avait survécu, pas un escargot, pas un brin d'herbe ne dépassait. C'était comme ça, c'était sa loi, on ne pouvait y contrevenir. Du reste, ça nous arrangeait bien qu'il fasse du propre sur le bord de nos chemins et devant les maisons.

Je me demande tout de même s'il n'était pas un peu jaloux de mon chien, en vérité. S'il n'aurait pas eu comme un petit complexe, que je fusse allé en chercher un, alors qu'il n'aurait pas eu le courage de le faire – d'aller à la ville, de parler, de signer des papiers et d'assumer un nouvel habitant dans le patelin. Je me suis demandé les premiers temps s'il n'allait pas essayer de me le voler, ou de me le trancher en rondelles avec sa tondeuse, pour que je sois malheureux comme lui. C'était stupide, mais j'ai eu des rêves de ce genre, qui me faisaient lever la nuit pour aller voir si mon Kylian était toujours là, bien dans sa niche, ce qui lui faisait lever la truffe et battre de la queue, lui donnait l'envie de jouer en plein dans les trois, quatre heures du matin, croyant que j'allais le détacher, et alors quels larmoiements après, quand j'avais eu refermé la porte derrière moi, tant et si bien que j'ai fini par l'autoriser à venir habiter dans la maison avec moi. D'abord, je n'avais pas osé, la femme n'aurait jamais accepté un animal dans la maison, et l'on a du mal à se départir de ces habitudes, du jugement de celle avec qui on a vécu tant d'années, même des années après qu'elle est morte et réduite en un petit tas de friandises pour charognards des sous-sols.

Si je dis ça, si je prétends qu'il aurait été jaloux, Martin, c'est que j'ai quelques raisons de le penser. D'abord, il n'a cessé de critiquer mon chien. Il y a des gens, comme cela, qui se rassurent en critiquant tout ce qui leur apparaît de nouveau, d'inhabituel, c'est pour eux une manière de s'apaiser. Quand ils ont rabaissé la nouveauté, sali l'originalité de leurs petits propos venimeux, souillé ce qui eût dû les étonner, ils le trouvent tout à coup à leur portée, ils craignent moins de le considérer – de haut. Martin est de ceux-là, qui maugréent et critiquent et moquent pour chasser leurs angoisses. Je ne dis pas que je vivrais avec lui, et que sa mère n'est pas une sainte d'endurer ce caractère, mais quand c'est de loin, et de temps en temps, qu'on le sait, on en est moins blessé. Il va critiquer mon chien, soit. Je m'y attendais, l'étonnant eût été qu'il s'enthousiasmât d'emblée. Mais l'étonnement, passé un âge, et une fois qu'on connaît les personnes, il n'arrive pas plus souvent qu'une bonne nouvelle. Donc, il râlait et critiquait tout son soûl, il le trouvait laid comme tout mon clébard, du reste il n'avait pas tort, mais j'aurais pu lui dire de se regarder, lui, au lieu de critiquer son prochain – et dans le même temps, il restait. Comme si la chose l'eût intéressé ; alors que d'ordinaire, je peux vous dire qu'il faut se lever matin, et sacrément verni, pour que Martin vous adresse plus de trois mots et vous fasse compagnie. Qu'attendait-il ? Je me marrais intérieurement, et j'éprouvais un petit ravissement du cœur, un peu comme lorsqu'on réussit à capter l'attention d'un enfant autiste, à faire bouger un paralysé. Mon Kylian, que j'avais attaché, sautait dans tous les sens en aboyant – et Martin restait là. Il était muet, immobile, mais ça travaillait sévère dans sa caboche, ça lui jetait des feux dans la rétine, je le voyais du coin de l'œil, j'aurais pu l'observer à ma guise, il était si captivé par le spectacle. Je crois qu'il était en train de projeter d'immenses sentiments sur ce chien. Comme si une porte se fût soudain grand ouverte en son corps. Que ça devait lui en faire des frissons de courants d'air. Puis, il s'est gratté le menton :

« Comment qu't'appelles ça ?

– Un chien.

– Me prends pour un con ? Son nom ?

– Kylian. »

Il s'est de nouveau frotté le menton, a froncé les sourcils si fort qu'il n'y en avait plus qu'un qui barrait son front et se perdait dans les mèches de cheveux.

« Ky… », a-t-il commencé, et puis il a éclaté de rire, je l'ai remarqué à sa bosse qui tremblait dans son dos, à ses épaules qui s'étaient mises à danser comme une gigue, et par moments sa bouche lâchait de petits sons d'hyène.

« Ky… hi… hi…, faisait-il. Ky… hi… hi… lll… Kyl-l-l-l… »

Il en bégayait de drôles d'idées, si bien que ça a fini par me faire froid dans le dos.

« Oui, c'est Kylian. Tu peux le caresser, hein, il ne mord pas – normalement. »

Mais quand j'ai dit ça, il s'est arrêté tout net, ça l'a bloqué. Comme si cela avait été trop réel tout à coup. Comme si je lui avais proposé d'entrer en contact avec un fantasme. Il a tourné le dos à la bête et s'est dirigé vers chez lui.

« Veux boire un coup ? » a-t-il marmonné, et je savais que ça comptait comme une invitation que je ne pourrais pas refuser sans risquer de le vexer jusqu'à la mort, mon Martin.

« Allons donc boire un coup », me suis-je dit.

Martin, ça l'avait plongé dans un drôle d'état, cette rencontre, aurait-on dit. Pour qu'il parle ainsi ; pour qu'il rie ; pour qu'il ait soif et ne veuille pas boire seul. Il a expliqué à la mère à qui il avait fait signe de sortir les verres et le pineau :

« Il a un chien.

– Eh beh, a dit la mère, on va boire au chien ! » comme si c'était la nouvelle de l'année qu'il fallait fêter, et baptiser mon chien dans l'alcool.

Au reste, c'était la nouvelle de l'année pour le hameau, où il se passait si peu de choses, et en définitive aucune, depuis que les Anglais avaient acheté trois bicoques au-dessus. La fois précédente qu'il s'était passé quelque chose, c'était lorsque mon épouse avait été mise en terre. Et la fois précédente, quand le père Martin y était passé, peu après la naissance de mes enfants. Partant de là, on pouvait dire que l'arrivée de Kylian était une bonne nouvelle. Ça venait repeupler le patelin de manière inattendue, soudain. C'est un peu ce qu'on devait tous penser derrière nos verres qu'on portait à la bouche en se regardant fugacement. Mais la mère ne buvait que de l'eau. Elle a ajouté :

« Je me disais bien que j'avais entendu des aboiements qui n'étaient pas de chevreuils. »

Évidemment, elle faisait celle qui avait surpris quelques bruits par hasard, alors qu'elle savait tout depuis le début, et qu'elle m'avait sans aucun doute observé arriver avec Kylian. Je ne suis pas seul à observer ici, la mère Martin sait tout – avant même qu'on le sache.

« Kylian ! a lâché Martin dans un élan de volubilité.

– Qu'est-ce que tu marmonnes ? a demandé la mère.

– Il dit que le chien s'appelle Kylian, ai-je dit.

– Hé ! C'est joli, a dit la mère, ce qui a fait hausser des épaules au fils.

– C'est pas joli, c'est con !

– Pourquoi dis-tu ça ?

– Parce que c'est con comme nom. Con comme tes poules.

– Hé, mes poules, t'es bien content d'avoir leurs œufs.

– J'espère qu'il les bouffera.

– Mais non, il ne bouffera pas de poule, suis-je intervenu.

– T'es méchant comme la peste, ça ne te réussit pas de boire », a fait la mère.

Il a levé la main et haussé le ton :

« Où qu'elle est, ta cuisine ? »

La mère a compris que ça ne servait à rien de poursuivre et que tout cela risquait d'aller trop loin, car il avait bu. S'agissait plus de prendre une raclée, à son âge. Elle est partie en cuisine. Martin était rasséréné, il a resservi les verres. C'est un être méchant, on ne peut pas dire l'inverse. Méchant mais serviable. Grognon, maugréeur, colérique, mais touchant, parfois, et pas si insensible qu'une pierre, tout de même. Brutal, c'est sûr, mais la vie ne l'avait pas épargné. Le père était mort quand Martin était encore jeune, on ne savait pas très bien dans quelle circonstance. On l'avait retrouvé sous la roue du tracteur, c'est tout ce qu'on pouvait dire – et encore, certains racontent qu'il n'était pas tout à fait mort quand on l'avait récupéré, pour ma part je n'en sais rien, je n'y étais pas. Le fils, ça l'avait laissé orphelin de père, bien sûr, mais orphelin de raclées surtout. Faut voir ce qu'il prenait, gamin. De là à dire qu'il vaut mieux pour lui avoir grandi sans père… Alors la mère s'était débrouillée comme elle avait pu, et pour ainsi dire pas si mal, parce qu'il n'avait jamais tourné vraiment mauvais ou destructeur, Martin. Il bossait, depuis qu'il pouvait. Il bossait, il mangeait, il dormait, ne dérangeait personne. Parfois, il buvait, et c'était fracassant, rien ne pouvait l'arrêter. Alors la mère allait se garer quelque part et le laissait se détruire ou détruire ce qui lui tombait sous la main. Après quoi, il était calmé pour des semaines. Ce soir, on ne pouvait pas prévoir, s'il buvait de joie ou de rage, et si, dans tous les cas, ça ne finirait pas mal.

La mère disait comme cela, pour excuser son mauvais tempérament et ses humeurs néfastes, qu'il avait eu une déception amoureuse et que ça lui avait suffi à classer les femmes dans la catégorie des mauvaises personnes. Qu'il n'en regardait plus une en face, mais uniquement derrière les écrans, sur l'internet. Qu'il ne fallait pas lui parler de femmes ; que ça le faisait éclater dans des colères rouges, et lui rendait des nécessités de boire terribles.

« Un chien, c'est plus fidèle qu'une femme », a-t-il marmonné soudain, et j'ai compris dans quel genre de réflexion il était plongé depuis cinq minutes.

Avant que j'aie eu le temps d'en placer une, il a ajouté :

« Mais moins qu'une machine. La machine, elle fait

ce qu'on lui dit. Pas besoin d'éducation. Quand une pièce pète, tu la remplaces. Point. »

Ce n'était pas gagné, me dis-je, alors j'ai tenté de changer de sujet de conversation – si l'on peut dire.

« Comment ça va à l'usine ? j'ai demandé. Pas de grève ? De révolution ? »

J'avais dans l'idée que ça aurait pu le faire sourire, que je lui parle de révolution, mais ça me l'a tout rembruni et enragé, mon Martin.

« Révolution, mon cul. T'en as vu toi, des révolutions qui faisaient avancer ? On fait son boulot, nous autres, c'est tout. Jamais eu un jour d'arrêt de ma vie. Les collègues, pareil. On nous paye, on bosse. »

Effectivement, la logique était imparable.

« Certains trouvent tout de même que le prix du carburant est trop élevé. Que l'État en demande trop, toujours aux mêmes, ai-je dit.

– Sûr. L'État, il est là pour nous baiser, alors on le baise aussi. Tu crois qu'il vient d'où, mon alcool ? mes clopes ? Tout, de la contrebande. En Espagne ou en Andorre deux fois par an, l'affaire est réglée. Pas besoin de révolution. Le gasoil ? On en trouve toujours du pas cher, y a qu'à savoir se débrouiller. Se sortir les doigts du cul.

– Alors, ceux qui se révoltent et qui manifestent, c'est qu'ils voudraient l'assistance de l'État pour tout ? C'est qu'ils sont trop légalistes, c'est ça ? Ils voudraient la révolution, mais dans la loi ?

– C'est toi qui le dis. »

Après ça, il n'a plus ouvert le gosier, mon Martin, que pour avaler sa liqueur, j'ai fini par le laisser aux mains de la mère, qui saurait y faire, elle le gaverait un peu, pour qu'il ait quelque chose dans l'estomac, et puis ça tournerait comme ça devrait tourner. J'avais, moi aussi, quelqu'un de qui m'occuper.

L'éducation de Kylian m'a pris un certain temps. Tout bâtard qu'il était, je ne voulais pas qu'il s'habitue aux mauvaises fréquentations et se comporte comme les sales clébards des punks à chien que l'on trouvait dans le village et qui commençaient à arpenter la campagne, sans doute à la recherche d'un bon squat. Je tenais à avoir un compagnon civilisé, je ne goûte pas ces théories qui voudraient que nous revenions à l'antique sauvagerie, qu'il faudrait se déciviliser et se réduire à nos instincts primaires. Nous sommes sortis de la glaise, nous sommes élevés de la boue, mes enfants font des études à la ville, Dieu merci, et j'en vois d'autres à présent qui en reviennent avec le désir de se vautrer dans la merde, pardonnez le mot. Je ne comprends pas. Qu'est-ce qu'ils y trouvent ? La vie facile ? Mais la vie le nez dans l'humus, c'est déjà la mort, non ? Pourquoi qu'ils s'abaissent avec tant de plaisir ? Vivre dans des cabanes, tout crottés, à ne rien faire que boire et fumer ? Mon chien, il allait connaître du pays, et les bonnes manières, et il se rendrait utile, c'est ce que je voulais. Ce serait un être droit.

J'ai pris habitude, alors, de la promenade quotidienne avec Kylian, et pour ne pas avoir l'air d'une vieille comme la mère Martin qui fait promenade deux fois par jour, toujours sur un chemin semblable, de sa maison à celle des Anglais, j'ai décidé de faire de grandes boucles, d'aller marcher loin, là où l'on ne nous verrait pas, Kylian et moi, et où nous pourrions nous apprivoiser en toute quiétude.

Ce matin-là, le jour était encore bas quand j'ai entendu du bruit derrière les volets. Dans la cour, juste sous ma fenêtre, mon Kylian jouait avec le Martin. Le premier ramenait la baballe, le second relançait la baballe, ça semblait leur causer grand plaisir à l'un et à l'autre. J'en étais ébouriffé de surprise de voir Martin jouer. Jouer avec mon chien. Quel brave Kylian ! Toutefois, dès qu'il m'a aperçu, Martin s'est caché le visage derrière ses longs cheveux dénudés et a tourné les talons, s'éloignant derrière sa bosse en marmonnant un bout de phrase d'où s'échappa le mot « turbin ». Kylian demeurait les deux pattes avant écartées autour de la baballe, la langue pendante et sans comprendre cette partie du jeu qui consistait à s'enfermer dans une voiture avant de relancer la balle. Personne ne lui relancerait la balle, j'en étais écœuré, même mon chien avait plus de cœur que Martin. J'ai donc proposé une grande balade pour nous changer les idées, le temps était clément, nous avions finalement un bel automne, il faut le relever, car ce n'est pas si courant par ici, il avait même si peu plu ces dernières semaines que la Jeanne ne cessait de maugréer, il n'y aurait pas de champignons, les vaches n'auraient pas assez à manger, les légumes allaient pousser piteux. C'était exagéré, comme d'habitude, car on en avait eu du sale temps qui vous noie l'espoir, mais moins qu'à l'ordinaire, il est vrai, et les températures étaient particulièrement chaudes pour la saison. Je vous dirais qu'en ce qui me concerne, c'était égal qu'il ne pleuve pas, c'était même un peu mieux que cette pluie incessante qui tombe comme du crachat de vieux et nous larmoie dans l'âme des jours entiers. J'aime les ciels changeants, le bleu océanique, et quand les nuages paissent par-dessus nos têtes ; j'aime que le vent qui nous souffle de l'Atlantique pousse son petit troupeau au-dessus des vallons et des bois, qu'ils fassent de l'ombre au soleil et puis le laissent ressortir, nous éclater à la face et se venger en nous piquant de chaleur, mais je goûte moins le ciel bas et lourd qui nous pèse comme un couvercle ; alors, une matinée pleine de soleil tiède pour bercer les palmes fauves des châtaigniers, cela seyait parfaitement à mon humeur que je voulais enjouée.

Hors de toute pensée, mon Kylian et moi avons

marché ; il avait choisi la direction du village derrière lequel s'élevait le soleil, va donc pour l'est. Il lui prenait d'un coup des courses effrénées sur plusieurs centaines de mètres, il devait avoir reniflé quelque piste de bon gibier, mais comme je ne l'encourageais pas à continuer, il me revenait remuant la queue, me léchant la main, avant de s'en retourner à ses odeurs. Il avait l'air bienheureux.

« Si nous continuons dans cette direction, nous allons atterrir chez Julien », j'ai dit au bout d'un moment de marche, mais cette éventualité ne semblait poser aucun problème à mon chien, c'était tout au contraire comme s'il l'avait choisi, sachant sans doute qu'il se trouverait là-bas en bonne compagnie canine. Je ne devrais pas être en trop mauvaise compagnie non plus, on l'aimait bien, Julien, il ne faisait de mal à personne, notre poète-jardinier. Au pire laissait-il crever sur pied quelques plantes qu'il n'avait pas le courage d'arroser ; on ne savait pas trop s'il élevait ses enfants non plus, se murmurait-il dans les couloirs de la mairie, mais qui les élevait encore ? Au moins leur offrait-il un bon air de campagne, une grande vie dans des cabanes pleines de fuites, un McDo à l'occasion, quand les légumes bio leur tapaient trop sur le système, et puis quelques jeux vidéo pour faire passer le temps, quand il virait mauvais. On pouvait critiquer, il y a toujours matière à, mais il était de bonne volonté cet homme-là, et plein de bonnes intentions – c'est comme ça qu'on disait.

Il n'était pas bien tard quand nous sommes arrivés, à peine sur les neuf heures du matin. Kylian, qui m'avait devancé, déjà s'esbaudissait avec ses congénères, ça se reniflait le cul, s'escaladait un peu pour prendre de la hauteur, pissait un coup par-ci, courait un coup par-là, laissait tomber quelques jappements – pas plus compliquées que des êtres humains, ces bestioles-là, dans le fond. Les aboiements ont tout de même tiré Julien du plumard, qui nous a rejoints en se grattant un peu partout, les yeux débordant de mucus, les cheveux collés par quelques semaines sans douche, sentant si fort qu'on aurait cru qu'il couchait avec ses chiens. L'eau froide, pour se laver, ça ne lui disait pas trop, et comme il n'y avait plus eu assez de soleil pour chauffer le cumulus à énergie solaire, il avait préféré s'en passer – de la douche –, et puis, c'est plus écolo, ça évite le gaspillage.

« L'eau, c'est pour les plantes, disait-il. Et pour faire le café. Tu en veux ? »

Il nous a préparé un petit café tout noir dans une machine à la propreté douteuse, s'est mis à rouler un joint d'herbe en attendant que ça passe.

« Pas facile de s'y mettre, quand il y a tant à faire, a-t-il concédé, avant de partir d'un grand rire.

– Je vois. »

Nous étions mercredi, c'était jour d'enfants, pour

lui. Comme ils n'allaient pas à l'école, il pouvait les garder, parce que, m'expliquait-il en se grattant l'oreille, il n'allait quand même pas mettre un réveil pour emmener ses enfants à l'école ; d'ailleurs, il n'avait pas de réveil, c'était une chose contre nature. Alors, les autres jours, ils étaient plus souvent avec leur mère.

« Les horaires, les réveils, ce sont des trucs de capitalistes, disait-il. Inventés uniquement pour nous obliger à produire toujours plus. Tu crois que la nature a de ces obligations ? Qu'elle se demande quelle heure il est ? Non, elle le sait, elle le sent. D'ailleurs, c'est elle qui le dit. Elle n'est pas à deux minutes près, mais elle est toujours à l'heure. Moi, c'est pareil, je me réveille toujours le matin, toujours ! Mais à l'heure que mon corps il me dit de me réveiller. Ça ne sert à rien de forcer, sinon après on n'est pas dans une bonne forme. Là, tu m'as tiré du lit : je ne t'en veux pas, ça me fait plaisir de boire un café avec toi, mais je sais que je vais mettre longtemps à me réveiller complètement. »

Il poursuivit :

« Sais-tu d'ailleurs qu'avec nos lumières artificielles, nous déréglons la nature ! Ils ont étudié ça dans des villes comme Londres ! Eh bien, la lumière artificielle rend la feuillaison et la floraison des arbres plus précoces ! Ça ne te dit rien à toi, tous ces trucs-là ! Tu te dis : et après, qu'est-ce que ça peut foutre que les feuilles poussent aux arbres plus tôt ? Ils seraient même plus jolis. Eh bien, je vais te le dire : ça dérègle toute la nature. Imagine une petite bestiole-là, un lépidoptère par exemple, qui dépend du débourrement des arbres au printemps pour survivre. Si l'arbre débourre plus tôt, sa descendance est cuite ! Les feuilles seront trop dures et les larves ne pourront pas les manger ! Alors, tu te dis, tant mieux, mon pépère, ça fait tout ça de parasites en moins sur mon beau chêne et ça m'économise des produits chimiques. Ah, mais c'est que tu ne connais pas l'utilité du parasite, mon pote ! Moi oui ! Comment il se nourrira, le piaf sur son arbre, s'il n'a pas de lépidoptères à becqueter ? Hein ? Eh bien, paf, plus de piaf ! Plus de piaf, ça signifie que les arbres auront le plus grand mal à se reproduire. Qui va les transporter, leurs graines ? Etc. Tu vois le bordel qu'on fout avec notre civilisation des Lumières ? »

Alors, pour les enfants, c'était la même chose, il ne les réveillait pas, ça devait se faire naturellement, de même que ce sont le soleil et la pluie qui font germer les graines et pousser les plantes. Évidemment, à l'école publique, ils n'étaient pas tout à fait du même avis et on lui avait sonné les cloches plusieurs fois pour qu'il s'adapte ; que ses enfants soient à l'heure et suivent les leçons au lieu de dormir sur leur table ; qu'ils soient à peu près propres et non dans des vêtements pleins de boue et de poils de chien ; qu'ils évitent de transporter tous les poux de la terre sur la tête des autres, et qu'ils mangent à peu près comme tout le monde et aux mêmes horaires. Ça n'avait rien donné, il n'était pas d'accord avec ces principes d'éducation, il estimait que les siens valaient mieux, et il trouvait que l'école déformait la nature et que ce n'était pas une chose saine.

Je n'étais pas totalement en désaccord avec lui, je lui concédais que les enfants étaient parfois massacrés par l'école et que beaucoup y perdaient leur temps ou le faisaient perdre aux autres. Mais enfin, on est un peu obligé de s'adapter à l'ordre social, c'est presque une question de survie.

« On dirait leur mère, tu parles comme elle. La société, l'ordre, l'avenir des gosses… Regarde-moi : je ne suis pas bien ? Et je suis le plus mal adapté à leur ordre social que l'on puisse trouver. »

Il est parti d'un énorme éclat de rire, mon Julien ; effectivement, il était loin d'être le plus malheureux des hommes, à se donner voir ainsi, jambes allongées sur la table, pétard aux lèvres et se grattant le lard comme un chien sale. Il avait sans doute une vie pépère, un Baloo dans sa jungle, mais les gosses ? Est-ce que la mère n'avait pas un peu raison, de vouloir les adapter un minimum à la société ? Est-ce qu'ils avaient désir de vivre comme leur père – rien n'était moins sûr.

Le fils, justement, arrivait l'air ronchon d'un adolescent en herbe.

Nous eûmes bien vite droit à une litanie de reproches et de lamentations. Il n'y avait pas d'eau chaude la PlayStation déconnait ; il n'y avait plus de céréales au chocolat ; il lui fallait un nouveau survêt, etc. Puis ç'a été au tour de la sœur cadette, moins ronchonne mais qui est tout de même parvenue à exaspérer son père d'ordinaire si paisible, de ce qu'elle lui avait grimpé sur les genoux, et elle n'était pas de petit volume, et voulant qu'il s'intéresse à elle, et uniquement à elle, elle trouvait tout propos pour l'agacer, et quand il l'a finalement envoyée promener, elle a jeté son dévolu sur son frère, qui a fini évidemment par lui en décoller une. Alors, ça s'est mis à hurler, cette petite chose-là, comme vous n'imaginez pas. À hurler, et cogner contre son frère, et s'embraser comme dix mille diables. Julien a même été obligé de se lever, rien que cela, ça le mettait hors de lui : toute la marmaille a jailli dans les buissons, peu importe qui avait raison qui avait tort, le calme est assez vite revenu.

« Putain ! » a-t-il seulement lâché en se rasseyant.

Trois ou quatre secondes, je le crus très énervé, puis il repartit d'un énorme rire, mais il gardait quelque chose dans les yeux qui énonçait un agacement certain.

« Au moins, s'il y a bien une utilité que je reconnais

à l'école, c'est de nous débarrasser de cette marmaille ! Toute la journée sur le paletot, ce n'est pas possible ! Je leur offre une forêt immense, des terres où courir et des plantes à observer, des légumes à cueillir, un tas de choses à faire, mais non ! Ils sont sur mon dos ou ils se chamaillent.

– Tu as l'électricité ici ?

– J'ai un système de panneaux solaires qui m'en produit assez pour la journée, normalement.

– Comment font-ils avec leurs écrans ?

– Ah, mais ce sont des consoles de jeux portables qu'ils ont ici, ça se recharge sur le secteur. Les grosses consoles, elles sont chez leur mère. L'emmerdement maximum, a repris Julien, c'est que mon fils veut absolument un ordinateur ; il paraît que ça devient indispensable à l'école. Comme s'ils n'avaient rien d'autre à apprendre que jouer avec des machines ! Où est-ce que je trouverais de l'argent pour acheter un ordinateur ? Elle n'a qu'à le fournir, l'école, son ordinateur si c'est indispensable.

– Et avec quel argent ?

– Ben, l'argent public, on paye bien des impôts, non ?

– Des impôts ? Toi ?

– Ouais, des taxes, quoi. Tout ce qu'on verse à l'Urssaf et compagnie.

– Ce n'est pas la même chose.

– M'en fous, s'ils veulent que nos gamins soient

adaptés aux machines, ils n'ont qu'à le payer ; moi, j'ai pas les sous. Et puis, avant que j'aie internet ici ! De toute façon, je n'en veux pas de leur toile, déjà que j'ai un putain de réseau de Hartmann. »

J'ai levé un sourcil.

« Tu ne connais pas ? Attends, tu vis à la campagne depuis ta naissance et tu ne sais pas ce qu'est un réseau de Hartmann ? Merde, qu'est-ce qu'ils t'ont appris, tes parents ? Bon, je vais t'expliquer. Tu vois ces arbres là-bas, ces peupliers. Si tu regardes bien, certains ont des nodosités au tronc, qu'on dirait des tumeurs, et tous sur une même ligne ; un gars est venu me faire le test, un sourcier, il était catégorique : j'ai un putain de réseau de Hartmann qui court sur cette ligne et qui est renforcé par l'eau souterraine. C'est pour ça que rien ne pousse sur cette ligne ; à chaque fois que j'ai essayé, les légumes étaient foirés. Je ne rigole pas, hein ! Ça m'a donné des carottes toutes tordues, des citrouilles, je te raconte pas leur gueule, des tomates gogoles. Rien à faire. C'est pour ça que les arbres sont tous noueux ! Les ondes telluriques ont une telle puissance qu'elles provoquent des maladies. Ils développent comme un cancer ! Les anciens devaient le savoir, c'est bien pour ça qu'ils n'ont pas placé les cabanes sur cette ligne. Tu imagines le phénomène ! Jamais on n'aurait dormi ! J'aurais déjà des enfants pleins de maladies ! Ça peut être pire que les saloperies chimiques qu'on ingurgite, un truc comme ça ! Et il paraît que ce réseau-là, c'est un des plus puissants que le sourcier ait jamais senti de sa vie.

– Mais alors, c'est dangereux ?

– Oui et non, il faut s'en méfier. Surtout à certaines heures. C'est en fonction de la lune que la vouivre se réveille, mais le plus souvent entre minuit et deux heures du matin. À l'aube et en fin d'après-midi, les ondes sont le moins puissantes, ce sont les moments que je préfère pour travailler. »

J'avais un peu envie de rire, je dois vous avouer, surtout d'entendre mon poète-jardinier me dire qu'il aimait travailler à l'aube, mais dans le même temps j'étais curieux de savoir jusqu'où pouvait aller cette histoire.

« Alors, donc, quel est le rapport avec internet ?

– Tu ne comprends pas ? Je suis déjà mitraillé d'ondes telluriques le jour et la nuit ! Bon, ce sont des ondes naturelles, on ne peut pas leur en vouloir, et il y a des moyens de les détourner, mais c'est déjà ultra-puissant, alors y ajouter des ondes artificielles, non merci. J'ai pas envie que mes enfants se paient des cancers à quinze ans. Ça va leur chauffer le cerveau tout ça !

– Comment fais-tu pour détourner les ondes ?

– Avec les ondes de Hartmann, il y a un moyen. Il faut s'y connaître, mais on peut arriver à briser le réseau. Le problème, c'est que si on le brise, il va se déporter ailleurs ; les ondes ont besoin de s'exprimer, elles ne vont pas disparaître. Alors, là au moins, on sait qu'il est canalisé. On pourrait placer une pierre sur un vortex, mais il faut trouver le vortex, c'est ce qui n'est pas évident, et, bien sûr, il s'agit de ne pas mettre n'importe quelle pierre, mais ça, je sais où en trouver. On en a beaucoup discuté avec le sourcier, mais finalement, nous avons préféré laisser le réseau libre. J'ai commencé à installer des fils de cuivre autour des cabanes, il m'a montré comment faire...

– Des fils de cuivre ?

– Oui, pour contrer les ondes. Ça protège. Autour des cabanes, c'est facile, et je suis sûr que les gamins auront plus d'énergie pour travailler à l'école quand j'aurai fini. Ce qui va être plus long, c'est de délimiter tout le terrain que je cultive. Ça fait quand même près de deux hectares. Tu imagines ce que ça coûte en fil de cuivre ? Mais au moins, avec ça, les légumes pousseront bien, je ne m'épuiserai plus pour rien. »

Merde alors ! J'avais passé ma vie à cultiver sans me soucier de ces réseaux souterrains ! Il n'en revenait pas, mon Julien, que je pusse ne pas connaître cela. Il s'était mis à prétendre que nous autres, de notre génération, nous avions fermé tous nos chakras et nous étions mis des œillères pour ne pas voir, ne pas entendre, ne pas sentir la nature, et que c'est pour ça, seulement pour ça, que nous avions pu l'empoisonner comme nous avions fait, et que c'était à cause de nous que tout allait si mal aujourd'hui, car nous avions perdu le savoir traditionnel et immémorial des anciens pour nous conformer à la science des laboratoires. Il était catégorique, nous avions ruiné le monde en deux générations et il n'était pas sûr qu'eux, sa génération et les suivantes, pussent rattraper le coup.

« Tu vois, disait-il encore, c'est comme si, à cause de vos conneries, vous aviez désaxé la Terre. Imagine un peu que la Lune ne tourne plus rond autour de la Terre, ce serait un bordel catastrophique, la Terre n'aurait plus d'axe, elle serait battue par les vents, toute l'atmosphère partirait en couille, il ferait un jour très chaud, le lendemain très froid. Eh bien là, c'est un peu pareil, vous nous avez tout déséquilibré et ce n'est pas du tout certain qu'on arrive à retrouver l'équilibre. Il est bien probable que la Terre soit souillée à jamais. Je ne te parle même pas du plastique qui a tout noyé sous son épaisseur ; des déchets nucléaires qu'on largue un peu partout, et des *chemtrails*.

– Des quoi ?

– Ah, mon Robert, tu ne connais vraiment rien, à croire que tu vis hors du temps... »

Il s'apprêtait à me servir une nouvelle théorie dont je n'aurais pas su si je devais tenir compte ou s'il me faudrait la mettre au crédit de son enthousiasme de nouveau converti, quand ses enfants sont revenus présenter doléances et récriminations en poussant des cris stridents et des lamentations qui m'ont décidé à reprendre ma route. Du reste, je ne voulais pas que mon Kylian traîne trop longtemps avec les chiens de Julien, qui étaient sans aucun doute infestés de tiques et de puces, et qui n'avaient pas que de bonnes manières. J'ai poussé quelques saluts qui n'ont pas été entendus, parmi le vacarme des chamailleries, et je me suis remis en marche.

Du lieu-dit Chez Marconnet, où Julien avait établi ses pénates dans les cabanes en bois qui lui préexistaient, et installé ses trois serres sur une terre dont nul ne savait vraiment à qui elle appartenait, et s'il la louait à quelqu'un, ou s'il avait seulement obtenu une autorisation de s'y installer pour cultiver des légumes « en bio », car depuis que Claire avait été élue à la mairie, l'accès aux terres avait été grandement facilité pour ceux qui prétendaient s'essayer à la culture maraîchère biologique, ou même biodynamique, on avait vu comme cela beaucoup de buttes fleurir, un printemps ou deux, sur quelques lopins qui avaient été dits dédiés à la permaculture, avant de retourner – pour certains – à leur état de friche, et tandis que de petits locataires terriens avaient tenté d'en profiter pour s'installer au vert avec la bénédiction de la mairie, ce qui avait parfois fonctionné – on en avait vu tant d'un seul coup, et si peu de légumes en provenir, que certains s'étaient demandé tout haut si la liste avait été élue en toute impartialité ou si des promesses avaient été faites au cours de la campagne municipale, si bien que nous avions dû redresser la barre, et remettre un peu d'ordre là-dedans, mais je ne m'étais pas personnellement penché sur le dossier de Julien, et même s'il ne s'épuisait pas à la tâche, il la travaillait sa terre, on ne pouvait pas dire qu'il fît semblant uniquement pour jouir d'un grand terrain, qui n'était d'ailleurs pas le mieux placé des environs. La terre d'ici, il la caressait, comme il disait, la cajolait, lui fouillait les entrailles avec délicatesse, lui faisait l'amour toute la journée.

Du lieu-dit Chez Marconnet, donc, il suffisait de longer sur moins d'un kilomètre le Bandiat, qui bordait la terre où Julien laissait engraisser ses poireaux et ses choux et qui délimitait sa parcelle sans que le libertaire qu'il était s'en sente trop agressé, pour arriver dans une hêtraie profonde qui donnait selon toute probabilité son nom au lieu-dit Les Fayes – attestant de l'ancienneté du bois. Après avoir délaissé les berges molles de la rivière à l'eau vert sombre, luisante comme le dos d'une carpe, que retiennent, dans une raideur toute militaire, les saules, les trembles et les frênes, il me fallait traverser la forêt presque entièrement jusqu'aux premiers prés déroulés comme de larges et voluptueux tapis faisant prière tout autour du hameau établi sur une petite colline, où quelques familles peu nombreuses et vivant ici depuis de lointaines générations avaient accueilli plutôt bravement Martha, Cédric et leurs enfants, qu'ils avaient finalement jugés de bonnes personnes, de ce que Cédric travaillait ferme et que Martha proposait de garder l'un ou l'autre enfant du hameau – ils n'étaient pas bien nombreux – lorsque les parents n'étaient pas rentrés du travail. J'ai assez facilement retrouvé les quelques sentiers qui cheminaient entre les fougères et les arbres, je devais siffler Kylian régulièrement pour qu'il ne disparût pas subitement à la suite d'un grand gibier, je n'étais pas certain qu'il fût tout à fait habitué à moi, et nous n'avions pas une connaissance encore très éprouvée l'un de l'autre, si bien que je ne pouvais jurer que le gibier remué par la chasse depuis quelques semaines ne l'intéressât pas davantage que ma personne – ce qui aurait été, somme toute, signe de bonne santé pour un chien de son espèce, mais je m'étais très vite habitué à sa compagnie et il m'aurait beaucoup manqué, s'il était venu à disparaître. À mi-chemin environ, et alors que nous n'avions croisé personne, le temps n'étant pas aux champignons, nous avons passé la maison abandonnée qui m'a toujours donné des frayeurs un peu irrationnelles, du fait de sa position et de son aspect. Que peut bien faire une maison isolée au milieu d'une petite forêt qui regarde vers le nord ; qui a pu habiter là-dedans et pourquoi ? Je me le suis toujours demandé, non sans quelques frissons. Aurait-ce été, comme dans les contes de Perrault, des frères Grimm, la demeure d'un ogre, ou celle d'un bûcheron ? S'était-elle trouvée à la lisière du bois, avant que n'avance la forêt, coulant vers l'eau brune, engloutissant la maison, en chassant son propriétaire, et la perdant à jamais dans le sombre inquiétant de son cœur ? Personne n'habite seul au milieu d'une forêt, s'il n'a quelque chose à cacher, s'il n'est plus ou moins détraqué ou à moins d'être saint ermite – mais les ermites, que je sache, aiment mieux les déserts que les forêts où la légion des fantasmes prend bien plus sûrement naissance. Une fois de plus, je suis passé à côté de la maison abandonnée sans m'y arrêter, sans descendre dans le creux de terre où elle était poussée, sans courage d'y aller jeter un œil, sans même penser y entrer. Et pourtant, il n'aurait pas été difficile de le faire, il n'y avait plus de porte depuis longtemps, il n'y avait jamais eu de porte, d'aussi loin que je me souvienne, et je n'avais jamais vu d'enfant y jouer, je n'avais jamais vu personne y venir se reposer, je n'avais jamais vu, même, que quelques gamins hantés par leur jeunesse y fussent allés taguer des lettres inutiles – ce qui est un fait aussi rare que remarquable, dans notre pays. Cette épave de maison semblait tenir tout le monde en respect, si bien que, pour être passé à sa proximité quelquefois, je n'ai jamais remarqué à ses abords ce que l'on trouve d'ordinaire aux abords des maisons délaissées : des mégots de joints, des capotes usagées, parfois des seringues, des bombes de couleur vides, des prospectus, des emballages en plastique, de vieux magazines pornographiques. Non, jamais rien de cela, et il m'est arrivé deux ou trois fois de me trouver vraiment très près de ses murs et même de sa porte d'entrée – trou noir donnant sur des entrailles probablement vides, mais sans certitude – alors que je cueillais des lactaires dont elle aime bien s'entourer au printemps. Je n'ai jamais pu réprimer un mouvement de recul et d'effroi en m'en approchant par hasard. Il m'est aussi impossible de regarder l'intérieur de cette maison, que le soleil ou la mort en face. J'aurais l'air de regarder le sexe d'une morte, me suis-je toujours dit. Pourquoi cette maison abandonnée depuis tant de lustres conservait-elle son toit et ses murs en bon état, presque en parfait état, c'est ce qui en faisait sans doute le grand mystère. Normalement, la toiture tombe après quelques années d'abandon ; au bout de dix ou vingt ans sans entretien, les poutres cèdent et le toit s'effondre dans la maison. C'est ce qui se passe la plupart du temps. Cela commence par une tuile moins solidement arrimée qu'une autre, que le vent ou la pluie, ou encore un loir cherchant abri font tomber. À partir de ce moment-là, et puisque rien ne sera fait pour remettre une tuile à la place de celle qui est tombée, c'est le début de la fin, l'eau s'infiltrera, les mousses s'y développeront, et les champignons, les rongeurs, les parasites de toute sorte se radineront de tous les environs, accourront au festin, c'est à qui grignotera l'aubier le premier, à qui se régalera du bois tendre avant les autres, à qui y installera ses larves bien à l'abri – et puis, il s'en trouvera toujours une espèce pour finir les restes, le gypaète des coléoptères, celui dont l'estomac ne craint rien et qui peut s'attaquer au duramen, tant et si bien que la poutre finit par briser ; à moins que les champignons et toutes les saloperies parasitaires de même acabit aient gagné la course et réduit le bois à l'état d'éponge imbibée de flotte, qu'un pauvre coup de vent fera vaciller ; à moins que ce soit l'œuvre d'une branche cassée qui, s'abattant tout à coup sur le toit, provoque l'effondrement total. Voilà ce qui se passe dans une maison normale que son propriétaire a abandonnée depuis des années. Or, cette maison-là était abandonnée depuis peut-être un demi-siècle et aucun arbre ne lui avait poussé du dedans, aucune poutre ne s'était seulement affaissée, à peine quelques tuiles avaient-elles doucement commencé à glisser, mais pas encore assez pour que l'on pût dire qu'elles avaient véritablement perdu leur place, ni pour laisser pénétrer l'eau – de ce que j'en voyais ; tout juste la porte en bois avait-elle pourri, à moins qu'elle n'eût été arrachée ou n'eût jamais existé, tandis que les deux fenêtres de l'étage étaient toujours closes derrière des volets visiblement imputrescibles. Deux ou trois pierres, seulement, avaient roulé du mur, qui ne mettaient nullement l'édifice en péril. Cette maison, on l'aurait dite placée sous la protection des grands hêtres sombres qui la dominaient, des quelques pins noirs qui l'entouraient, qui, tous ensemble, retenaient les houx, empêchaient les fougères, les bouquets de noisetiers de marcher sur elle. Ne devait-on pas faire face à quelque pendu décharné, si l'on y pénétrait, c'est ce que je me suis toujours demandé, trouvant là l'explication la plus rationnelle à l'immarcescible existence des poutres qui soutiennent le toit de cette maison – et alors qu'il m'aurait suffi d'un peu de courage pour allumer la lampe de mon téléphone portable afin d'en éclairer le dedans, sans même nécessairement y pénétrer, mais c'était déjà trop, et je crois que personne ne l'avait jamais fait. Je crois que quiconque l'eût fait eût tenu ce geste pour un acte de profanation ; or, on profane sans peine des églises ou des synagogues, de nos jours, mais l'effroi empêche avec bien plus de certitude la profanation qui n'en est pas tout à fait une – la transgression de ce qui paraît un mystère naturel, pour ainsi dire archaïque. Seul peut-être quelque oiseau jugé diabolique, quelque bestiole damnée, s'y fût réfugié, un humain jamais – et malgré toute l'avancée de toutes les sciences les plus à la pointe du progrès, malgré l'empire total de la rationalité – à cause de cela, peut-être plus sûrement. Kylian lui-même, que le courage semblait pourtant animer jusque dans les plus lointaines profondeurs de son être, Kylian avait rapidement passé son chemin et, sans demander son reste, il s'était enfui, pour ainsi dire presto, avait détalé comme un lapin pour échapper au souffle vif, glacial, que poussaient par la bouche noire les entrailles de la maison, et j'avais malgré moi pressé le pas pour ne plus sentir ce filet de glace qui me serinerait la nuque sur plusieurs mètres. Je mis un certain temps à récupérer mon Kylian – pour être tout à fait juste, je ne le rattrapai qu'à l'orée du bois, alors que les Fayes était déjà en vue, hissé sur ses tapis de glaise, de cette bonne terre noire et rouge comme des menstrues caillées, d'où le blé, d'où le maïs et le tournesol avaient été tirés, et qui serait prochainement charruée avant d'être ensemencée dès la fin de l'hiver.

La traversée du bois m'avait refroidi, j'étais passablement transi par l'humide transpiration des arbres et content de retrouver le soleil, même incliné, même départi de sa puissance estivale, aussi décidai-je de couper illico à travers champs pour rejoindre le hameau au grand air, en évitant le sentier qui longeait le bois et faisait un détour. Martha m'accueillit avec joie et un bon café, les gamins ne furent pas longs à tirer les oreilles de Kylian, tandis que je me décrottais les chaussures. J'étais venu comme cela leur offrir une récréation impromptue. Ils en étaient à réviser les tables, pour les deux plus jeunes ; la conjugaison des temps composés, pour les deux aînés. Cela faisait comme un baume au cœur, de constater qu'il restait des gens pour instruire leurs gamins comme nous l'avions été dans l'enfance.

« Alors, comment travaillent-ils ? ai-je demandé à Martha.

– Oh bien, en général. Maxence un peu moins, il a du mal à tenir en place. Ce qu'il aime, c'est la bagarre, et s'occuper du chien, et construire des vaisseaux pour coloniser Mars.

– Rien que de très sain, finalement, à son âge.

– Tu crois ?

– Bien sûr. C'est quand on ne dépasse pas ce stade en grandissant que cela devient problématique. Donc il faut que jeunesse se passe, comme on dit. »

Elle avait besoin d'être rassurée un peu, la pauvrette, ça se voyait. À force d'être avec ses miochetons toute la journée, elle se sentait parfois dépassée. Non seulement ça ne me coûtait rien de la rassurer, mais je croyais même à ce que je lui disais. J'étais sûr que ses enfants étaient des êtres sains et qu'ils ne saloperaient pas leur monde. Qu'ils ne seraient pas nécessairement dociles, et c'était tant mieux. Qu'ils ne suivraient pas tous le chemin tracé, et c'était normal. Rien que de tout à fait normal. Que Maxence apprendrait peut-être ses tables de travers et ses conjugaisons sans passion, et qu'il n'aimerait peut-être pas la poésie des livres, mais saurait la trouver dans bien d'autres choses, et ferait peut-être d'encore meilleures études que les autres, ou peut-être pas, mais qu'il s'en sortirait. Non sans casse, cela était sûr – nul n'y arrive sans perdre des plumes, mais l'essentiel de l'éducation, c'est de savoir qu'on peut s'en sortir même partiellement déplumé, même totalement déplumé. Il faut simplement trouver la bonne place, la vraie protection. J'ai toujours cru à cela, c'est de cette manière que je les ai élevés, mes gosses, et bien que je n'aime pas l'idée qu'ils soient partis loin de moi et sans doute pour la vie, j'aime assez me dire qu'ils ont su faire des choix parce que je les ai bien dirigés, avec leur mère. C'est pas que je veuille m'envoyer des fleurs, j'ai seulement transmis ce qu'on m'a appris, être droit et sérieux quand il faut. Mais faire à son âge ce qui est de son âge.

« Tu vois, je trouve qu'au village, certains éduquent drôlement leurs enfants. Ils les placent au milieu des adultes et les considèrent comme tels. Mais ces enfants qui n'auront pas eu d'enfance, sauront-ils être des adultes ? Ou n'auront-ils de cesse de chercher leur enfance ? »

Nous avons encore parlé comme cela avec Martha de choses et d'autres, de cet automne sec qui n'augurait rien de bon, mais qu'il fallait prendre tout de même en l'état, parce qu'on ne pouvait faire autrement ; qu'on n'avait pas le pouvoir là-dessus – et que cette histoire de réchauffement climatique était sans doute un peu exagérée par les pouvoirs qui y voyaient un très bon moyen de tenir les populations autour d'une cause ; de démontrer la toute-puissance des hommes. C'est ce que je pensais, pour ma part.

« Tu comprends, lui dis-je, il y a sans doute un

réchauffement climatique et je ne sais quelle saloperie de pollution dont sont responsables les hommes, mais de là à croire que l'humanité est responsable de tout ; qu'elle peut tout ; qu'elle a le pouvoir de modifier le climat du tout au tout, d'accélérer la fonte des glaces ou de la freiner ; de provoquer des tempêtes et de bouleverser tous les équilibres du monde par sa simple action, ça me semble un trait d'orgueil tout à fait humain et disproportionné. Qui nous empêche de penser. Je ne crois pas, pour ma part, que l'homme doive tout, que l'homme puisse tout. Je crois que tout cela, c'est de la vanité. »

J'avais perdu Martha, ses yeux naviguaient ailleurs, loin par-delà la crête des arbres, plus loin que le paisible ruissellement des prés et des champs, quelque part dans ce ciel éthéré d'automne qui est sans doute le vrai frère de ses yeux, bleu pâle, liquide, non pas fuyant mais de strates de lumière si nombreuses et si rapidement changeantes qu'il serait aussi habile de les saisir que de savoir nommer les couleurs.

Posé sur une table à côté d'elle se trouvait *Les contes du chat perché*.

« Je peux leur en lire un ? » ai-je demandé, à quoi leur mère n'a répondu que par un sourire égaré.

J'ai sifflé Kylian qui m'a rassemblé les enfants en un rien de temps et j'ai commencé à voix haute la lecture d'un de mes préférés, « Le cerf et le chien ». Ce conte est si bien écrit, si drôle et si profond, que j'en ai presque versé une larme, lorsque le chien Pataud vint annoncer la mort du cerf à Delphine et Marinette. Pauvre cerf, il avait été bien récompensé de sa liberté et de n'avoir pas pris plaisir au travail des hommes. J'avais, quant à moi, quatre enfants sages et deux chiens qui ne se reniflaient pas trop le cul – et c'était merveille.

« Pourquoi les parents ne veulent-ils pas laisser le repos du dimanche au cerf ?, a soudain demandé Martha, avec une petite voix qui semblait venir de loin.

– Parce que ce ne sont pas de si bonnes gens ; qu'ils sont âpres au gain, ai-je essayé.

– Mais eux-mêmes ne travaillent pas le dimanche, puisque c'est jour de repos, et d'ailleurs, le bœuf attend toute la journée le retour du cerf, à s'ennuyer dans son étable.

– Tu as raison. Alors, c'est qu'ils veulent contrôler toute la vie du cerf, du moment qu'il est arrivé chez eux pour travailler.

– Moi, je crois que ce sont quand même de bonnes gens, a dit Martha en caressant la tête de son petit. De bonnes gens qui ne veulent pas qu'il arrive malheur à leur cerf. Ils se soucient des dangers qu'il court. Ils veulent le protéger. C'est pourquoi ils ne veulent pas le laisser courir les bois le dimanche. »

Je la regardais, elle était sincère et si lumineuse dans son innocence que je n'ai rien pu dire. Comment pouvait-elle concevoir qu'il y eût de la méchanceté, de la cupidité ou de la jalousie chez les autres – elle en était quasiment dénuée. Alors, oui, il y avait bien une lecture possible du conte comme la sienne – pour les innocents dont elle faisait partie. Cette infime communauté qui ne demanderait jamais rien à personne. Ou si peu.

Impossible de remettre les marmots au travail, après cela, mais c'était déjà largement suffisant pour la matinée, dit Martha qui les regardait courir vers les arbres.

« Tu as raison, de toute façon ils seront forts et droits comme leur père », j'ai dit, ce qui a donné à Martha un beau sourire de confiance.

Au loin, nous voyions Cédric avancer, soulever une terre volatile sous ses pieds, il marchait d'un bon pas, on voyait que le temps était particulièrement sec à la poussière qui s'enlevait à chacun de ses mouvements en fines billes, grosses comme des têtes d'épingle, et qui semblaient vouloir prendre leur envol comme un nuage d'étourneaux, avant de retomber au sol tout près, en l'absence de vent, quelques mètres plus loin lorsqu'une petite brise se levait pour s'éteindre aussi sec. La terre respirait tout tendrement, très calmement, comme au long d'un profond sommeil, et les pas de Cédric ne lui pesaient pas plus que le déplacement d'un acarien sur la couverture d'un homme endormi. Il est entré dans la cour, a gentiment distribué quelques claques affectueuses à ses garçons, embrassé sa fille, et puis sa femme.

« Buvons un coup », m'a-t-il proposé, à quoi je n'ai pas su dire non.

Ce qu'il faisait en ce moment, outre les récoltes et les parcelles à préparer pour l'hiver ; outre le conditionnement et l'entreposage des légumes ; outre le sarclage et le binage, mais tout doux, pour ne pas retourner la terre plus qu'il ne fallait, ne pas trop mélanger la strate d'humus au sous-sol, ne pas libérer dans l'air trop de carbone contenu dans la biomasse et la nécromasse ; ce qu'il faisait ? Il concevait une binette électrique à panneaux solaires – ça l'excitait foutrement plus que de ramasser des carottes, il pouvait en parler pendant des heures.

« Mais bon, les carottes et les patates, il faut les ramasser, pour faire vivre la famille. »

Il y avait aussi pas mal de mécanique. Toujours des problèmes avec les tracteurs. Avec les systèmes d'irrigation ; et ce n'est pas ce qui l'ennuyait le plus. Ce qui l'ennuyait le plus, c'étaient les maladies. Des trucs qui n'auraient pas dû arriver si on n'avait pas tué tous les prédateurs de ces champignons, insectes ou bactéries qui te ravageaient une plantation en moins de deux. Pour lui qui cultivait en agriculture biologique, c'était la double peine, disait-il. Il ne pouvait pas éradiquer les ravageurs avec les produits chimiques qu'utilisaient ses voisins, qui continuaient de déverser leurs poisons sur ce qu'ils faisaient pousser, donc aussi sur la terre, dans la nappe phréatique et même sur son champ à lui, quand le vent poussait fort. Il ne pouvait pas combattre avec leurs armes, et pourtant c'était parce qu'ils avaient tué tout organisme vivant, eux, qu'il récoltait toutes les pires espèces de ravageurs et de nuisibles, lui.

« Et je ne te parle pas de ces saletés qui nous viennent d'outre-monde. Le doryphore, par exemple, qu'on a d'abord connu au Mexique et qui nous bouffe un champ de pommes de terre en deux temps trois mouvements, comme un nuage de sauterelles qui s'abattrait d'un coup sur un champ de maïs. Alors bien sûr, c'est plutôt au fort de l'été qu'ils attaquent, mais comme l'été a tendance à s'éterniser ces dernières années, on n'est jamais tout à fait à l'abri. Là-bas, sur leur continent d'origine, ils ont des prédateurs naturels, mais ici, il faut ruser. On y arrive, il suffit de savoir choisir les bons plants de patates, ceux qui ne les attirent pas, ou moins. Il suffit de leur balancer quelques bataillons d'ennemis qui se chargeront de les détruire, mais il peut arriver que ces bataillons s'attaquent à d'autres choses, par la suite. Et ce sont des combats sans fin. Sous la terre, ça remue encore, et c'est tant mieux, mais certains nématodes nous causent aussi de vrais soucis. Je peux bien planter de grandes brassées d'œillets d'Inde pour les repousser, mais c'est encore un sacré travail. Bref, comment vas-tu, toi ? Tu restes déjeuner ? »

Pour sûr, je ne sais pas refuser ce genre de chose.

Et comme ça finissait par m'intéresser ces histoires, à force de les entendre parler de tout ce qu'on aurait fait de mal, dans le temps, je l'ai relancé sur les engrais, c'est là qu'il m'a expliqué comment on avait ruiné des pans entiers de terres pour fabriquer des engrais chimiques. Il était tout à fait passionné par cette mine de potasse qui avait fait la fortune à milliards d'un oligarque russe en polluant une région entière, dans l'Oural, en avalant dans ses entrailles tout un village, en souillant pour des décennies les rivières et les nappes alentour.

« Alors qu'il suffirait de laisser faire la nature, en la menant tout gentiment vers ce qu'elle peut nous donner de meilleur. C'est ça la culture ! Mais on veut tout doper pour aller plus vite et plus loin, et finalement, on n'ira bientôt plus nulle part. Nous vivons une époque de dopage universel, poursuivait-il en découpant une bonne caillette aux blettes confectionnée par un éleveur du coin qui se contentait de laisser ses porcs fouir la terre de leur groin, disait-il. Pourquoi leur aurait-on fait un groin si ce n'est pas pour qu'ils fouissent ? Comme on a fait à mes enfants des ongles pour qu'ils grattent la terre.

– Et leur nez », je n'ai pas pu m'empêcher de dire.

Ça l'a fait rire, mon Cédric.

Lui, je l'écoutais non pas avec plus d'intérêt que Julien, mais avec moins de méfiance. De ce qu'il avait fait de vraies études scientifiques, et qu'il me semblait avoir la tête sur les épaules, ne pas se raconter d'histoires. Pourtant, si on leur avait demandé de choisir, au village, qui des deux, c'est Julien qui aurait gagné – sûr ! Parce que la droiture et l'honnêteté, ça ne séduit pas les foules.

« Tout de même, me suis-je permis de dire, on a beau être dans le dopage et dans la démesure, comme tu dis ; on a beau avoir mortifié la terre et bientôt envahi Mars. On a beau être au bout du bout de notre civilisation, peut-être, il me semble qu'il reste quelques mystères que nous n'avons pas éclaircis. Tenez, est-ce que vous connaissez cette maison abandonnée au milieu du bois qui vous sépare du Bandiat ? Vous ne l'avez jamais vue ? Vous ne marchez pas dans les bois ? Moi si. Mais je comprends, si j'avais des enfants petits comme les vôtres, je n'irais peut-être pas. Avec tout ce qu'on a, tout ce qu'on a eu de détraqués dans le coin, les psychopathes de chez Gilou, le tortionnaire de la veuve Maheux, il faut un peu de méfiance. Sans compter les tons…

– Les tons ?, a coupé Cédric.

– Oui, vous autres, vous dites les ta-ons.

– Non, nous disons les tans, comme on dit un fan, et pas un fon.

– Qu'est-ce que c'est qu'un fan ?

– Le petit de la biche.

– Ah. Bref, les tons ne commencent à calmer leurs ardeurs qu'à l'automne, et empêchent tout à fait de s'en approcher l'été. Eh bien cette maison, je suis encore passé à côté en venant ici, il n'y a rien qui me fiche plus la frousse – à part peut-être de croiser un chien fou qui me sauterait à la gorge ; et encore, maintenant j'ai Kylian. Oui, c'est ça, gentil, couché… Eh bien, cette maison, imaginez qu'elle est dans le même état depuis des décennies, sans qu'on n'ait jamais vu personne l'habiter. C'est extraordinaire, non, qu'elle tienne ainsi debout, par on ne sait quelle force ? Je ne prétendrais peut-être pas qu'il y a des forces obscures qui la maintiennent pour une raison que seules elles connaissent, mais j'aime l'idée qu'il reste des choses inexpliquées, et qui traversent les époques sans qu'on les aperçoive. »

Tous deux m'écoutaient d'un air circonspect, pour ne pas dire apeuré, et puis les petits aussi, qui étaient encore dans les parages, j'ai préféré changer de sujet, il ne s'agissait pas de distribuer des cauchemars aux enfants, ou encore à Martha.

« Comment avance l'organisation de la grande fête du printemps ? », a demandé Cédric, tandis que nous nous attablions autour d'un genre de ratatouille composée avec les légumes du jardin, qu'elle avait confectionnée avec les enfants, c'était aussi ça, les leçons qu'elle leur donnait, et puis un pâté ou deux qu'ils étaient allés chercher chez le charcutier de Saint-Martial, à vélo, ça leur faisait les mollets et leur ouvrait l'appétit, comme disait Cédric. Avec ça, le pain qu'ils avaient pétri la veille, elle et lui, et puis tout de même un petit vin d'Anjou pour ne pas oublier qu'on était encore loin du carême, qu'il n'y avait pas de raison de se priver de menus plaisirs, ils ont bien construit les cathédrales en buvant seulement du vin, tant l'eau était mauvaise à l'époque, disait Cédric en riant, et on n'avait encore jamais dépassé cette architecture merveilleuse, alors ce n'est pas quelques petits verres de vin qui l'empêcheraient de tracer des sillons droit et d'arroser les cultures.

« Je ne suis pas sûr que nos intermittents nous préparent des cathédrales pour le printemps, mais quelques-uns sont doués, tout de même, et s'ils rassemblent leurs forces...

– Eh bien ?

– Le problème, c'est d'assembler des gens rétifs à toute organisation et à toute direction, par nature. Comment vont-ils faire ? J'en sais deux qui ont déjà démissionné, à cause des ego qui s'entrechoquent. Pourtant, nous n'en sommes qu'aux prémices. Mais parmi ceux qui ont démissionné, ou menacé de le faire, l'un devait être le maître de cérémonie, le Monsieur Loyal des festivités. Vous le connaissez, Jean-Christophe ? Non ? C'est un clown professionnel. Attention, pas du clown à la petite semaine, non, non, il fait de grands séminaires, des one-man-shows, des interventions dans des écoles, des hôpitaux... Bref, c'est son métier, et il semble qu'il n'ait pas supporté qu'on lui conteste le leadership, c'est ce que m'a dit Claire, qui est très intéressée par le dossier. Alors aujourd'hui, c'est la mairie qui fait des pieds et des mains pour le décider à réintégrer l'équipe.

– Il fait son petit caprice de star…, a lâché Cédric.

– On peut le dire comme ça.

– Mais quand est-ce qu'ils vont faire cela ? a demandé Martha.

– Eh bien, en juin, la fête doit se clore par un grand feu de la Saint-Jean. Plus exactement, par un grand feu du solstice…

– Ah oui, laïcité oblige, a dit Cédric.

– C'est ça.

– Et ça se passera où ? »

Là, je n'ai pas pu m'empêcher de leur servir un brin de lyrisme, aux alentours du dessert, un peu comme si j'avais apporté quelque chose, des fleurs, une panière de fruits, et c'est peut-être que le vin me montait à la tête.

Je leur racontai qu'ils avaient vendu au sud du bourg une terre qui donnait du fourrage pour les bêtes, du blé pour les hommes et du tournesol depuis des siècles ; une terre que j'avais toujours vue cultivée ; une terre en vallon, que chaque automne la lame retournait pour y tracer de longs sillons qui lui faisaient comme un grand tablier un peu courbé sur les hanches, cambré sur la poitrine – et l'on disait que la terre se relevait les manches elle aussi, et se préparait à l'ensemencement sans faire de manières de dame, mais avec la satisfaction d'un devoir bien accompli. Ils (et quand je dis ils, je parle de nous, de la mairie, enfin, c'était avant que je sois au conseil ; tout ça, c'était l'affaire de notre maire communiste) ; ils ont vendu cette terre achetée aux paysans qui ont toujours besoin d'argent, depuis qu'on en a fait des agriculteurs endettés pour des siècles, vous le savez bien, vous les jeunes, mais vous n'avez pas idée de ce qu'on a payé, nous autres ; ils l'ont vendue avec ses petits bois qui cerclaient les champs et servaient de refuge au gibier, qui abritaient rongeurs et moineaux ; ils ont vendu le tout à quelques entrepreneurs, à quelques artisans du bourg et des environs qui y ont fait pousser des maisons prétentieuses – pardonnez ! –, qu'ils appellent pavillons, que je dis tout droit imitées des séries télévisées américaines, sur des terrains bien aplanis où ils posent le portique de balançoire, la piscine hors sol et qu'on cache derrière une large haie de thuyas. C'est pas comme ça que je l'aime, moi, notre campagne, pardonnez. Et au beau milieu de cette terre sectionnée en lots pavillonnés, il y a cette grande bande inoccupée, de ce que la mairie a eu de multiples projets dont aucun n'a encore été voté. Est-ce qu'on en fera un *skate park*, un stade de foot, un parking, une zone commerciale ou artisanale, on ne sait pas encore, mais il se trouve que pour l'instant l'espace est vide. Ça va permettre d'installer des chapiteaux, des stands de jeux, des buvettes, mais il y en aura aussi en plein village, sur la vieille place, dans les ruelles ; bref, un peu partout.

– Et combien cela va coûter ? a demandé Cédric.

– Le budget n'est pas encore établi. Mais c'est la mairie qui subventionnera. »

Ils étaient bien gentils, mes petits beatniks innocents, mais il fallait tout de même que je les laisse vivre, à la fin. J'ai marché encore une heure ou deux après les avoir quittés, dans leurs Fayes bien tranquilles, où la douceur de leur entente est belle à voir. La marche aussi me faisait du bien, je découvrais certains vallons sous un autre jour, je me surprenais à respirer plein les poumons des odeurs d'humus frais et de fougères que je n'avais pas goûtées depuis l'enfance, je me mis même à compter les arbres, à un moment, à les classer par espèces, selon ce que j'en savais, à repérer quelques petits coins où je pourrais revenir champignonner quand ce serait de saison, c'est-à-dire, s'il décidait de pleuvoir un jour, et qu'il n'était pas déjà trop tard, que la saison des champignons n'était pas déjà foutue, comme marmonnait la Jeanne en son pessimisme atavique. Je marchais d'un bon pas et je m'en sentais magnifié, jusqu'à me demander pourquoi je n'avais pas pratiqué cela plus souvent au cours de ma vie, mais il faut bien que l'âge mûr, pour le dire gentiment, ait aussi ses bonheurs et ses petites découvertes, je songeais que je pourrais passer le restant de mes jours à arpenter les terres sans monotonie, pourvu qu'elles ne me fussent pas trop gâchées par la progression de l'urbanisme, mais par ici, nous n'étions pas vraiment menacés, il paraît que dans d'autres régions de France, on ne peut pas faire trois pas sans tomber sur une habitation, ça me couperait l'envie de promener ; je pourrais ainsi marcher sans but très longtemps, car le vrai plaisir est dans l'absence de but ; dans le défaut total d'ambition et d'utilité. Et puis, Kylian et moi faisions connaissance, de la sorte, c'était encore le meilleur moyen de nouer des liens d'affection, que d'avancer de conserve en se lançant de temps à autre des aboiements, des jappements, quelques mots faciles. J'ai siffloté comme cela un moment, en tentant quelques chemins de traverse dont tous n'étaient pas heureux, il y en eut deux ou trois qui finirent en cul-de-sac, ce devaient être des chemins percés par les forestiers pour pratiquer quelques éclaircies dans les bois, voilà des années, et qui n'allaient pas plus loin, ou bien encore des sentiers tracés par les chasseurs pour se ménager une bonne planque, mais finalement, j'ai réussi à arriver jusqu'aux abords de chez moi en évitant les routes à goudron, il faut dire que Kylian me donnait vraiment de l'entrain, j'aurais sans doute rebroussé chemin à plusieurs reprises s'il n'avait pas été là pour enjouer notre promenade. Je pensais bien me taper un petit sieston mérité en arrivant à la maison, le vin à midi, ça m'a toujours provoqué l'envie de siester, et puis dans la fin d'après-midi, j'irais faire un tour au village voir ce qui s'y tramait. Finalement, le temps s'écoulait bravement, jusqu'ici.

Alors que l'on finissait par en désespérer, l'hiver est arrivé, a étendu son royaume de nuits longues et hantées de solitudes, de désirs inassouvis, de regrets qui nous poussent aux confins de nos propres limites. Ce furent les heures où l'on se demandait, entre nuit et brouillard, pourquoi l'on n'avait pas accompli tout ce que l'on s'était promis, tant que le jour était clément, qu'il nous serait resté des forces, assez pour entreprendre des choses et d'autres que l'on s'était juré de faire avant que le froid et la pluie nous en empêchent – avant que l'âge...

C'est long, un hiver à la campagne, croyez-moi. Mais, après que l'on a admis qu'il faudrait attendre le retour du printemps pour que tout reprenne vie, on entre dans son rythme, lent, froid, ensommeillé. Chacun s'est d'un coup renfermé chez soi, quand la pluie est arrivée, avec le froid, le vent. Le feu dans la cheminée, c'est sympathique au début, pendant une quinzaine, dirons-nous, mais dès qu'on a passé le premier éblouissement, le premier stère de chêne bien sec, et qu'il faut se mettre à bûcheronner sous le maussade du ciel, entre deux averses, dont la première a détrempé la terre si bien qu'il n'est plus question que de boue, de colle sous les chaussures et de glissades qui nous jettent les quatre fers en l'air si l'on n'est pas constamment sur ses gardes, et dont la deuxième prévient qu'elle va rendre toute tentative de se chauffer impossible ; si l'on n'est pas assez vaillant pour avoir déjà tout fendu et mis à l'abri, c'est la grande froidure qui nous guette.

Comme la Jeanne l'avait prédit, il n'y a pas eu de champignons. Cette année-là, on est passé tout net de l'été à l'hiver. À peine si les arbres ont eu le temps de faire roussir un peu leurs feuilles, le vent sévère leur a tout jeté bas en quatre jours de bourrasques violentes. Ça aurait pu faire de beaux tapis d'ors et de fauves, comme dans un tableau de Biéler, mais c'était sans compter sur la pluie qui a déversé toute sa hargne contenue au cours d'un trop long été, et qui a fait pourrir le grand napperon de la terre avant qu'on ait eu le temps de remettre le nez dehors pour profiter un peu du décor. La vie s'est réveillée tout d'un coup, sur le sol vivant que l'on croyait avoir été foudroyé par le soleil, tant la glaise avait craquelé, manquant d'eau, tant les gerçures de la terre étaient profondes, au crépuscule d'un automne qui avait eu toutes les marques d'un long été. Alors, le fourmillement des coléoptères affamés, des bactéries rongeuses, des champignons minuscules, de tous ces micro-organismes et autres animalcules qui s'astreignent à décomposer la matière inerte, qui transforment la parure déchue des arbres en une soupe écœurante, a eu un sursaut soudain, et tout cela s'est jeté si vite sur un régal dont il avait été privé de longue date, qu'il a fait marécage en un rien de temps, a mastiqué son grand plat en quelques pantagruéliques bouchées pour nous en laisser un humus noble, sans doute, mais déprimant à observer.

Parfois, je me rendais au village pour voir un peu s'il y avait du nouveau sous ce ciel d'asphalte, me rendre utile si je le pouvais, et boire des coups pour chasser l'humide qui s'installe dedans le cœur et les viscères. Non que je n'eusse pu boire chez moi, mais puisqu'on est déjà solitaire de cœur et de peau, il faut bien un petit partage de quelque chose, sans quoi l'on retombe à l'état de bête. Mais de la même manière, il me semblait que l'état de bête pouvait guetter ceux qui partageaient trop. C'est-à-dire qu'ils ne partageaient plus, à force de vouloir faire ensemble, ils s'oubliaient dans le grand agrégat de sueur, de vapeurs et de paroles superflues qui glissent comme volutes de fumée. J'en voyais là, toujours en un groupe à peu près semblable, passant leurs journées à billarder et boire, à fumer en se lâchant des blagues, sous couvert d'organiser le grand raout printanier, et finissant bien ivres à s'œilleter et se frotter la couenne, comme cela, au passage, l'air de rien, mais de dire en même temps, viens approche ta solitude de la mienne, ensemble nous ferons corps commun, et nous oublierons nos états d'âme, nos consciences.

Leurs consciences, ils les avaient déjà perdues, m'est avis, ce soir-là, un pas si différent des autres, mais où je me suis plus attardé, du fait qu'il pleuvait à cordes tirées dehors, que je n'étais pas pressé de rentrer et qu'il y avait tout de même plus ou moins foule, dans le bistrot du François – l'ultime rade où accoster pendant la tempête. Mon Fou était bien passé me tenir compagnie un moment ou deux, mais il était – il faut bien le dire – de mauvaise compagnie, maussade comme un mur de béton, gris telle une carapace de rhinocéros, il n'y avait rien à en tirer, il n'était pas en verve, comme si quelque chose lui tournicotait l'esprit ou lui mangeait le dedans.

« Qu'est-ce que c'est, Fou, que cette déprime que tu nous apportes ? lui avais-je demandé.

– C'est la saison, ma bonne dame », avait-il dit, puis il avait toussé, et pesté parce qu'on ne pouvait pas fumer dedans, sauf au coin du poêle qui brûlait toutes portes ouvertes de larges bûches de chêne, mais ça s'était si bien agglutiné tout autour pour tirer sur sa tige que ça avait fini par déborder tout alentour du comptoir et que François avait dû mettre le holà, fermer les portes du poêle et interdire la fumée à tous – il y avait encore des lois, tout de même.

Aussi le Fou pestait-il, entre deux quintes de toux, et puis là-dessus, Méline est arrivée, ça nous l'a fait fuir en moins de deux. Enfin, le temps de finir son verre de Jack et d'en reprendre un pour la route tout en maugréant, de ce que cette petite pimbêche faisait trop de bruit, qu'on n'entendait qu'elle, et qu'il en aurait honte, s'il était son père.

« Tu ne crois pas que son père, il lui reviendrait de lui administrer une gifle ou deux ? » j'ai demandé au Fou pour plaisanter, mais ça ne l'a pas fait rire, il a quitté la salle ronchon comme une escouade de gendarmes et tirant une face de carême à faire peur aux enfants.

En le regardant sortir, boiteux tel un diable, et lent, qui jetait des yeux à tout ce qui passait en grognant des saletés, je songeais qu'il faisait tout d'un coup beaucoup plus vieux qu'il aurait dû, le bougre. Était-il plus jeune que moi, ou plus vieux, je ne me rappelais plus, mais il semblait bien plus abîmé, et j'espérais que le temps ne me tomberait pas sur le dos d'un seul coup comme il lui avait fait ces derniers mois, jusqu'à le vêtir en petit vieux, certains jours comme celui-ci.

Dans le fond, il n'avait pas tort de rentrer à la maison, j'aurais sans doute été mieux chez moi également, c'eût été plus raisonnable, plus sensé, de ce qu'il ne se passait rien que je ne connusse déjà ici, et qui ne faisait que se répéter pour la millième fois. L'alcool nous montait à la tête, à certains plus vite qu'à d'autres, il faut le dire, aussitôt les corps se rapprochaient, ce que l'on eût tenu pour sueur immonde à l'odeur de pestilence une heure plus tôt venait nous émoustiller les papilles et, puisque l'ivresse rétrécissait le champ de vision, on se faisait de plus en plus proches, jusqu'à se toucher, pour être sûrs qu'on n'était pas dans le rêve, qu'il y avait là des êtres humains de chair et d'os, et qu'on était soi-même réel, ou approchant. De là à ce qu'on se tripote, se palpe et plus encore, c'était une question de quelques degrés éthyliques en plus, seulement. Je parlais aux uns et aux autres, j'écoutais leurs histoires de la semaine, comme s'ils venaient me présenter le fruit de leur labeur, ils me demandaient parfois conseil, qui se perdait avant de leur monter à la tête, ce n'était pas grave, on se croyait en vie, de ce qu'on faisait du bruit.

Puis c'est Méline qui s'est ramenée, tout droit sur moi comme une pique, alors que j'avais pas bougé de mon tabouret, comme vissé au zinc, petit verre de pineau dans les mains. Elle était tout en haut de la crête, bien qu'elle pût encore la dépasser, je n'en doutais pas, titubant un peu, déjà, riant pour rien et hurlant comme un diable. Si contente de me voir, semblait-il, que cela sonnait faux comme un orchestre du dimanche. Elle m'a pris dans ses bras, embrassé comme si nous ne nous étions pas vus depuis des années, toute pleine d'une joie qui m'embarrassait.

« Qu'est-ce qui te donne une telle forme ? lui ai-je demandé.

– C'est ma sortie de la semaine ! Je vais m'éclater ! J'ai envie de rire ! »

Et quand Méline a envie de rire, il faut rire, tout y est prétexte, et puis l'on n'a guère le choix, car elle entraîne tout le monde dans son sillage, il lui suffit de parler plus haut, de crier plus fort et de ne pas écouter les autres, quitte à se mettre debout sur le comptoir, ce qu'elle ne tarderait pas à faire et qui forcerait François à la chasser. Tout de même, elle avait beau être culottée, ça commençait à poser des problèmes, tous ces gars qui rappliquaient pour regarder d'en dessous comment elle était faite, tandis qu'elle dansait, semblant de rien, mais si vous croyez qu'elle portait un pantalon pour faire cela... Quand elle est redescendue non sans manquer trois fois de se casser la nuque et les jambes et se cognant partout et riant de plus belle ; quand elle est revenue sur notre plancher de vaches, donc, ils ont commencé à mettre leurs grosses pattes dessus, les Pancraciens surtout, ceux du village voisin que nos administrés n'aiment pas, pour des raisons évidentes, pour d'autres qui le sont moins, mais ce soir ils montraient bien de quoi ils étaient capables, balourds croyant saisir Méline avec leurs mains grasses, n'ayant pas compris qu'elle leur échapperait toujours, mais les ferait courir longtemps ; il n'empêche que je n'aimais pas ça, et qu'elle n'avait pas plus conscience du danger et de son comportement, à trente années passées, que n'en eût une fillette de douze, c'est pourquoi je suis allé la sortir de ce groupe de vauriens qui tâchaient de lui offrir des verres pour la soûler plus que de raison, et après on sait comment ça finit, salement et parfois en fait divers – j'en ai vu des saloperies, dans ma vie.

Il faut dire qu'elle connaissait du monde ici, la Méline, à peu près tout ce qui fréquentait le bistrot, et que personne l'aurait laissée disparaître facilement avec l'un ou l'autre malfrat des environs, c'est un peu un genre de famille, le patelin, mais où on a plus ou moins perdu l'honneur, du fait que le père n'y est plus, alors on ne peut jamais vraiment être sûr de rien. Julien aussi essayait de la raisonner quand je l'ai fait sortir du groupe, on voyait qu'elle n'était pas tout à fait seule, mais sait-on jamais comment cela change d'un seul coup ; qu'il suffirait qu'on ait tous le dos tourné, qu'on soit occupés ailleurs, à se faire resservir, par exemple, ou à regarder une autre, ou tous perdus dans notre ivresse, pour que la petite se mette soudain à suivre un plus loquace ou plus malin qui lui propose une drogue soi-disant merveilleuse et hop, la voilà partie, embarquée, parce qu'elle a besoin de rêver et qu'elle croit encore que le rêve, ça s'achète, et d'ici qu'elle finisse à moitié nue dans la nuit à rentrer à pied à peu près dessoûlée par la colère, sept kilomètres dans le froid pour rejoindre sa chambre au petit matin après qu'il a logiquement essayé de récolter sa dîme, ce qu'elle n'a pas vu arriver, qu'elle n'a pas voulu voir, parce qu'elle aime jouer avec le feu et s'aveugler ; d'ici à ce que cela arrive, il n'y a pas loin, et on sait que ça lui est déjà arrivé, mais pas à elle seule. Alors on préfère l'avoir sous la main, Méline, dans ces soirées-là, et c'est quand on ne l'entend plus rire ou crier fort qu'on commence à se poser des questions, mais souvent elle a déjà disparu et, heureusement, la plupart du temps il ne s'est rien passé de mal. Je crois, moi, qu'un bon ange veille sur elle, mais je crois aussi qu'il ne faudrait pas qu'elle le mette trop en situation de flancher, un jour ou l'autre, son ange. Quand il sera vraiment pris dans les rets du malin, saura-t-il encore comment s'en libérer ?

On a donc constitué comme ça un petit groupe, avec mon poète-jardinier et quelques autres, qui passaient, repartaient, revenaient, et Méline au milieu, ça la faisait vivre d'être sous la lumière, et qu'on l'écoute réciter ses bêtises, ou fasse semblant, et puisqu'il fallait en passer par là, j'aimais mieux que ce soye nous qui lui servions des verres et qui l'écoutions et riions avec elle, que des marauds venus chercher de la proie facile.

Qu'est-ce qu'on disait, à cette heure ? Des choses pas tout à fait essentielles, de ces mots lancés pour décharger son corps, que quelqu'un saisirait peut-être au vol et qui monteraient, pour bonne part, jusqu'au bon dieu, s'il y est encore, là-haut, et qu'il veut bien les cueillir, toutes nos paroles inutiles, qui disent pourtant le fond de notre âme et que personne ne retient. Je crois que Julien était en train d'exposer les délices des fleurs dans la salade et de proposer un massage à Méline – depuis le temps qu'il la connaissait, il n'avait jamais renoncé à la mettre un soir dans son lit, du reste, il aurait pu mettre n'importe qui dans son lit, pourvu qu'elle acceptât – et celle-ci jouait à lui faire croire qu'éventuellement, s'il se lavait, s'il se faisait gentil, etc., lorsque ça a explosé. À peine le temps de lever les yeux que j'ai vu l'un de chez nous traverser toute la largeur du Café à reculons pour finir dans nos bras. Il avait dû prendre un sacré coup de tête dans la poire pour pisser du sang ainsi, mais ça ne le faisait pas taire pour autant, il continuait de hurler des insultes à l'égard de l'équipée de Pancraciens qui l'avait renvoyé dans ses vingt-deux.

Les gars de Saint-Pancrace, ce sont pour la majorité des types d'ici. Pas fraîchement arrivés, plutôt jamais partis. Alors, bien entendu, ce n'est pas même mentalité. Ils n'ont rien à foutre du bio, du véganisme, de la planète et de la grossophobie. Ils chassent ou roulent en quad dans les forêts, et quand ils viennent au bourg, ici, ce n'est pas pour les concerts dont ils n'ont rien à faire, généralement, à moins qu'on leur serve une musique électronique bien lourde et très basique, non, c'est pour picoler sec et montrer que les beatniks – comme ils disent – ne sont pas chez eux.

Et quand ils rentrent, les gendarmes les attendent au tournant s'ils n'ont pas été assez finauds pour prendre un chemin de traverse, s'ils n'ont pas été assez soûls pour finir dans un fossé ou tout contre un chêne, ou bien encore en garde à vue avant de reprendre leur voiture, ce qui leur évite de se planter dans les arbres, ils passent quelques heures en cellule puis ils rentrent à la maison débourrés, il n'y a pas eu de casse, tout le monde y gagne. Je dois avouer, ce n'est pas spécialement pour les défendre, même s'ils ne sont pas tous cons, mais je n'aimerais pas être à la place des gendarmes. Qu'est-ce qu'ils se traînent comme péquenots dans nos campagnes. Je ne le dis pas avec méchanceté, mais qu'est-ce qu'ils voient comme saletés tous les week-ends quand ça picole et finit encastré dans sa voiture ou tailladé à coups de tessons de verre ; comme ignominies le reste de la semaine, entre les alcooliques violents, les mères indignes, les enfants brutaux, les paysans pendus, les cocus énervés et les voisins qui se haïssent. Et toujours calmes, avec ça, les gendarmes. J'imagine bien ce qu'ils doivent voir comme horreurs, je connais tous les pompiers volontaires du bourg, ils m'en ont raconté quelques-unes, et encore pas les pires, alors les gendarmes ils doivent voir tout de même, et sans doute plus, du fait qu'on n'appelle pas nécessairement les pompiers quand il y a bagarre.

Aussi ne va-t-on pas dire que ce soir, c'était terrible mission pour eux, d'ailleurs ils devaient s'y attendre, à cette bataille rangée entre habitants du bourg et de Saint-Pancrace, parce qu'ils ont été là plus vite que la cavalerie. Les gars avaient à peine eu le temps de s'envoyer quelques chaises et quelques tables à la figure, les habitants du bourg, certes pacifistes dans l'âme, mais se défendant tout de même, ayant fini par encercler les voisins hostiles en les traitant de fascistes, de beaufs et d'enculés, ce qu'en d'autres circonstances j'eusse relevé pour ne pas passer pour validiste. M'enfin les principes, vous savez, passé une certaine heure et une certaine ivresse, plus personne n'en a. C'est pour ça que mon Fou se sort très bien de ce genre de situation, en hurlant qu'il n'a jamais eu de principes, ni à jeun ni bourré. Donc, ça se cognait un peu et ça hurlait beaucoup, François était sorti d'un seul élan avec deux ou trois braves, ils avaient à peu près maîtrisé les choses quand le fourgon de gendarmes est arrivé. Ça a continué à batailler gentiment, mais on savait la partie perdue, maintenant que la maréchaussée était là, on ne pourrait pas se défouler tout son soûl. C'est ce qu'ils ont dû penser, dans leurs caboches abîmées par les coups et envahies par l'alcool, ces quelques Pancraciens qui se sont échappés en courant. Ils ont dû sentir qu'ils n'arriveraient pas à épuiser leurs corps comme ils l'avaient voulu, et que toute la testostérone accumulée depuis des jours ne leur redescendrait pas dans le fourgon des gendarmes. Donc ils ont fui, à toutes jambes, ça leur ferait une petite aventure, sans doute un peu de casse, ils pourraient se satisfaire, le lendemain, d'avoir fatigué leurs forces. Ils se sont dissipés dans tous les sens, trois ou quatre, à hurler comme un troupeau de Gaulois fuyant les légions romaines. Ça a fait belle cavalcade dans le village, les gendarmes à leurs trousses, qu'ils leur envoyaient tous les noms d'oiseaux qu'ils avaient en magasin, nos avinés du vendredi soir. Un premier a été cueilli au vol, et je n'aurais pas aimé être dans la peau de ses os quand ils ont rebondi contre le bitume, après une adroite cuiller du lieutenant qui lui a fauché le pied droit en plein mouvement. De tout son long, il est venu racler contre la route comme une marionnette désarticulée, et nous avons entendu le choc qui a précédé les cris à deux cents mètres, et puis nous avons vu le lieutenant lui tomber dessus, sans savoir s'il avait perdu l'équilibre dans le geste de le faucher ou si c'était pour qu'il le sente bien sur tout son être, le poids de la loi. Ni une ni deux ils lui ont foutu les bras en clé derrière le dos, à lui frotter le menton et le nez contre le goudron, au cas où une parcelle de son corps ne serait pas encore toute plaie collée sur la matière rugueuse du sol. Il avait beau brailler, maintenant, les poignets dans les menottes, un gendarme lui maintenait la tête au sol en appuyant comme il fallait sur la nuque avec le dessous de ses grosses bottes de militaire, et on sentait d'ici les os de la nuque ployer chaque fois qu'un juron lui sortait et que le soldat lui appuyait un peu plus fort sur les cervicales. Du côté du Café, ça lançait de grands hourras et des applaudissements – c'était bien la première fois, et sûrement la dernière, qu'on voyait cette équipée de beatniks applaudir les forces de l'ordre. Mais la flicaille, c'est comme les Américains, on les déteste jusqu'à ce qu'on ait besoin d'eux. Pendant ce temps, un autre n'avait pas réussi lui non plus à fuir très loin et il tournait autour de la fontaine en poussant des cris hilares, comme s'il jouait au loup avec la gendarmette qui était à ses trousses, et un autre mastoc, le Luc, qui lui arrivait en face. Sans barguigner, il s'est jeté à l'eau, les schmitts l'ont raté, nous avons poussé un olé comme au spectacle de vachettes. Ils pensaient le cueillir facilement de l'autre côté, mais le bougre avait de la ressource, c'est un des bienfaits de l'alcool, si bien qu'il était déjà ressorti de la fontaine, que la gendarmette était encore à la contourner par la droite, au pas de course, et le mastoc par la gauche. Notre lascar a opté pour la femme, bondissant de son côté, on comprenait bien que, perdu pour perdu, il aimait mieux se faire mettre les menottes par une garce que par un couillu, et je crois bien que j'aurais fait la même chose à sa place. Manque de bol, le mastoc courait plus vite et en trois bonds il était sur lui, si bien que notre Pancracien a fait un crochet tout bref pour venir se jeter dans les bras de la gendarmette. Cette fois, ce n'étaient plus des olés ou des hourrahs que lançaient mes villageois, mais de gros rires, à le voir qui prenait la représentante de l'ordre dans ses bras, tout exprès pour lui coller dessus sa mouillure de sueur et d'eau de fontaine. Il a fallu que le Luc l'attrape fermement par la nuque avec une poigne comme une pince d'acier à broyer un immeuble, sans quoi notre gaillard aurait fini par culbuter la Louise à force de lui câliner le corps sans se soucier des coups qu'elle lui portait. Par vengeance, c'est elle qui s'est chargée de lui menotter les poignets derrière le dos et, même si nous savions qu'elle avait dû serrer de façon à lui faire mal, comme ils font toujours, les vaches, dans ces cas-là, ça ne l'empêchait pas de lui envoyer des déclarations d'amour, notre bonhomme, et de la taquiner comme s'il la connaissait trop bien. Avec tout cet alcool dont il s'était imbibé les parois, il ne sentait rien ; rien que de l'amour pour elle, criait-il, et elle avait beau lui dire de la fermer, on sentait qu'ils se connaissaient, tous les deux, qu'ils avaient dû en passer, des nuits sous le même toit, lui dans la cage à lapins, elle à faire le planton. Finalement, le mastoc lui a décoché une torgnole qui a eu l'air de lui sonner toutes les cloches de la saint-glingin, puisqu'on ne l'a plus entendu pendant un temps. Nous, on était au spectacle, ravis, mais tout de même, ils n'en avaient attrapé que deux, et l'on voyait le reste du peloton remonter essoufflé du creux du village, ils n'avaient pas réussi à l'attraper, le Xav'.

« On le cueillera chez lui », a dit le chef, et ils ont assez vite quitté les lieux, en nous demandant de nous disperser, ce dont François s'est porté garant – et tu peux être sûr qu'il allait suivre la procédure.

Au reste, le chef avait raison, ils ne tarderaient pas à le cueillir, le Xav'. Pas immédiatement, mais quelques heures plus tard, ils lui laisseraient le temps de rentrer chez lui, de s'installer pour dormir, et hop, au petit matin, qui viendrait lui porter les croissants ?

J'anticipe un peu sur mon récit, mais tant qu'on est sur la lancée, je vous raconte comment ça s'est passé. Croyez-moi, on n'a pas tardé à le savoir ; ça n'a pas été publié dans les journaux, mais c'est parce que les journaux ne publient que des choses sans intérêt. Et puis, le temps qu'ils se réveillent, les gazetiers, tout le canton était déjà informé de la cavalcade du Xavier. Il y a un médium beaucoup plus rapide et plus efficace que la presse locale, pour ce genre d'information. Le bouche-à-oreille, c'est encore ce qui fonctionne le mieux, et ce qui met le plus en joie. Que chacun peut y aller de sa version et de ses petites enjolivures, ça tient foutrement plus en haleine, à l'heure du café, que les nouvelles du *Nontronnais libéré*. Le con avait couru dans les fourrés en se disant qu'il arriverait peut-être avant la maréchaussée, et qu'il aurait le temps de se cacher. Il se disait ça parce qu'il était du pays, qu'il le connaissait donc mieux qu'eux, et que soûl comme il était, il pensait aller plus vite en courant à travers les bois qu'une carriole de gendarmerie sur le goudron. Quand il nous a raconté ça, Noël s'en tenait les côtes de rire. Il paraît qu'il était arrivé à la maison en lambeaux, de s'être jeté de toute sa force dans les buissons. Sept kilomètres sans s'arrêter, il était tout fier de lui, le Xav'. Il avait bien fait le guet aux abords de la maison, en tentant de retenir sa respiration, et comme il ne voyait rien de louche, il avait déduit qu'il était arrivé avant eux. Il était rentré d'un pas arrogant dans la maison maternelle où la copine l'attendait dans le lit qu'il avait déserté. Elle avait commencé à lui faire une scène quand il l'avait réveillée. Qu'elle s'était inquiétée ; qu'il était encore bourré ; et dans quel état ? Etc. Mais le Xav', on lui parle pas comme ça. Surtout quand on est une greluche. Il le lui avait fait comprendre à coups de poing, et puis il s'était mis en devoir de la besogner, parce qu'après tout, il venait de mettre la flicaille à l'amende, et que ce n'était pas rien, que ça devait se célébrer, et qu'il fallait bien la contenter aussi, la coquine. Si bien que les gendarmes n'ont eu qu'à lever l'oreille pour savoir que Xavier était rentré chez lui.

« Le con habite encore chez sa mère, à cent mètres de la gendarmerie, s'étranglait le Noël de rire. Ils ont tambouriné à la porte, il n'a même pas entendu tant il était à ses affaires, et si fort la coquine gloussait, et c'est la mère qui a ouvert, je peux te dire qu'il s'est pris double raclée quand elle a eu compris l'affaire. »

C'est d'abord la mère qui lui est tombée dessus, à lui crier qu'il lui faisait honte, et toute la cohorte de phrases que sert dans ce cas une mère indignée.

Alors le con avait fini au trou, avec les autres, et même pas rassasié.

« Même pas assez futé pour se rappeler que les gendarmes le connaissent par cœur et qu'ils sont logés à trois pas de chez lui », a conclu Noël.

Pendant que tout ça se passait, nous autres étions encore sur le devant du Café à faire le bilan des dégâts. Mis à part deux ou trois nez, il n'y avait pas eu trop de casse, François avait rapidement fait le tour, vous pouvez croire que pour les sous, il a l'œil, sauf quand il l'a dans le décolleté d'une serveuse, ce qui arrive très souvent, et on a déjà vu des soirées comme celle-là où tout le monde finissait par se servir derrière le bar parce que le patron était ivre et trop occupé. Mais pour l'heure, il était énervé peut-être plus qu'il n'eût fallu, quoi qu'il en soit il a imposé à tout le monde de déguerpir pour fermer son rade et que les gendarmes ne reviennent pas lui taper sur les doigts. Tristesse des soirées brutalement interrompues, ça hurlait dans tous les sens, de frustration, d'énervement, on criait à l'injustice, on aurait cru avoir interrompu cent coïts d'un seul coup et laissé toutes les femmes frustrées juste sous la crête du plaisir, tant elles s'échinaient à cogner contre la porte en poussant des « Françooiiiiis » longs comme un râle de désir. Et Méline était telle un chef de bande, de cette armée féminine qui en voulait encore et ne comprenait pas qu'on lui eût ainsi fermé la porte au nez, ce François était décidément un goujat – et c'est bien ce qui les faisait revenir.

Elle était irraisonnable, la Méline, on ne lui avait jamais fait ça, d'ordinaire François fermait la porte du bistrot à l'heure qu'imposait la préfecture, mais il gardait volontiers quelques personnes au-dedans, pour continuer à boire et fumer, surtout des filles, il se murmurait comme cela que plusieurs avaient fini à l'horizontale sur le zinc sous sa volonté épaisse, après tout c'était plus qu'un édile ici, François, un pourvoyeur de plaisirs et de fêtes, le maître des boissons et des débordements – ça en impose.

« Il n'est même pas seul à l'intérieur ! » hurlait Méline, rouge de jalousie, car elle s'était imaginé poursuivre la nuit des verres plein les mains avec quelques collègues, tandis que les employées du bar feraient le ménage dans la salle, dans les toilettes, sauf celle que le patron aurait élue pour la soirée, avec qui il rirait trop fort et trop gras, trônant sur le zinc et daignant offrir un verre à l'un ou à l'autre. Normalement, c'était son heure, au patron, celle où son petit peuple formait cercle autour de lui, où il pouvait élire et déchoir selon son bon vouloir, jouer les uns contre les autres pour faire grimper les enchères et laisser courtiser tout ce qui avait soif. Mais cette nuit, c'était comité restreint, il avait dû promettre au brigadier-chef qu'il fermerait vite, que tout rentrerait dans l'ordre, et Méline bouillait de n'être pas l'élue, entraînant à sa suite tout un groupe qui ne savait plus ce qu'il faisait, ce qu'il voulait.

À la fin, je fus las de ces criailleries, il faisait froid et nous n'aurions plus rien, j'ai dû être pris de pitié, ou de solitude détestable, si bien que j'ai proposé à ceux qui restaient de venir boire un coup à la maison, ça ferait place nette.

« On ne va pas rester comme cela, à quémander et ne pas savoir », j'ai dit, et ça ne s'est pas fait prier, tout le groupe s'est jeté dans les voitures qui pouvaient suivre, direction le hameau. Méline s'était embarquée avec moi, elle aurait voulu conduire, mais je le lui ai fermement interdit, non pas que je tienne plus que ça à mon carrosse, mais je n'aurais pas voulu qu'elle nous emplâtre tous dans le premier arbre, je me sentais tout de même un peu responsable d'elle, et de ceux qui étaient avec nous.

J'ai sorti ce qu'il y avait dans les placards de la maison, pour l'essentiel de la gnôle, que j'ai toutefois interdite à Méline, d'ici qu'elle nous fasse un coma et que je sois obligé de réveiller le gros Mathieu pour qu'il s'amène avec son escouade de pompiers, j'aurais vraiment l'air con. Et le groupe s'est mis à fumer, boire et chanter, l'un avait trouvé moyen d'emporter une guitare, nous avons bien ri un long moment, Kylian avait fait fête à toute cette ribambelle, j'avais allumé un gros feu puissant pour chasser la caillante et les ombres des recoins, que d'aucuns trouvaient trop épaisses, se plaignant que ça leur collait le bourdon, il faut dire que ma ferme est dans son jus, comme ils disent, ça ne les a pas empêchés de me jeter des mégots partout et de s'affaler où ils pouvaient ni de fouiller dans mes armoires. J'avais gardé Méline à mon côté dans l'espoir de lui administrer une accalmie, de la faire prendre dans quelque chose de plus mesuré, de plus doux, ça a fini par fonctionner. Pour le reste, vous pouvez imaginer le tableau, ces nuits se déroulent toujours de même, on boit on fume et on a l'impression de refaire le monde, alors qu'on ne fait que se défaire soi-même.

Tout de même, il y a eu de grandes rigolades, parce que la discussion est revenue tourner autour des habitants de Saint-Pancrace, et que nos villageois n'étaient pas avares de ragots et d'aventures plus ou moins inventées à leur sujet.

Noah, un grand tout fin avec une gueule à rire, qui nous venait du pays batave, avait commencé par raconter le dernier exploit du Xavier en question, qu'on connaissait tous ici, parce qu'il était toujours des équipées de Pancraciens qui nous salopaient les soirées. Il y a quelques semaines de cela, il avait été pris en chasse par les gendarmes sur la départementale, il roulait en zigzags sur une route, qu'on fait pas plus droit. Les gendarmes mettent la sirène et lui font signe de se ranger sur le côté, mais lui poursuit sa route comme s'il ne les avait pas vus. Plusieurs kilomètres comme cela, ils l'ont pris en chasse à lui gueuler de se ranger, mais lui continuait, imperturbable.

« Les gendarmes auraient bien voulu le doubler pour l'obliger à s'arrêter, mais comme il roulait en débordant à droite à gauche, ils ne pouvaient pas le doubler ! Finalement, à l'entrée du village, la flicaille accélère et prend le rond-point à l'envers pour arriver plus vite que lui. Mais ils ne le voient pas à la sortie du rond-point ! »

Il s'en mordait les dents de rire, mon Noah.

« Le Xav' s'était arrêté au milieu du rond-point, et quand les gendarmes l'ont trouvé, il dormait la tête sur le volant. Il avait verrouillé sa voiture de l'intérieur, si bien qu'ils ne pouvaient pas l'ouvrir. Ils tambourinaient à la portière, et l'autre ronflait. La maréchaussée ne savait pas quoi faire. Ils avaient dû envoyer un de leurs gus mettre un triangle fluorescent à cent mètres en avant, au cas où une voiture arriverait. Finalement, Xav' lève la tête d'un seul coup, il ouvre la portière les yeux fermés, les gendarmes s'avancent pour l'attraper, et il leur vomit sur les chaussures. Il n'avait même pas vu qu'ils étaient là.

– Après ça, il a voulu leur faire croire qu'il était à jeun, que c'était juste la fatigue du boulot ! », ajoutait un autre en riant.

Ils en avaient des tiroirs pleins, d'histoires comme

celle-là. Qui étaient peut-être fausses, mais qui avaient toute l'apparence du vrai. De Xav', ils sont passés à sa copine. Qu'une des filles du village racontait connaître.

« Une grande girafe toujours en mini-shorts fluos pour exhiber la jarretière qu'elle s'est fait tatouer sur la cuisse. Elle a deux gamins, des jumeaux un peu demeurés qu'elle a eus avec un autre, un gars qui fait du tuning et qui passe ses journées sur sa console de jeux. Ma petite sœur a fait du baby-sitting chez elle. Une nuit, la girafe est rentrée complètement bourrée de boîte de nuit avec deux gars qu'elle comptait sans doute s'enfiler dans le tube. Des lumières, à n'en pas douter. Ma sœur n'a pas eu le temps de déguerpir que la girafe était déjà allongée sur le canapé avec l'un des gars, tandis que l'autre mettait ses grosses mains sur ma sœur. Elle a bien cru passer à la casserole.

– Comment s'en est-elle sortie ?

– Elle lui a dit qu'elle avait le sida, il est resté comme un con, et elle est partie en courant. »

Alors, ça a fusé de tous côtés. C'étaient vraiment des porcs ; d'ailleurs, on se demandait s'ils savaient ce que c'était que le sida. On n'était même pas sûrs. Ils n'avaient aucun respect pour rien ; ils vivaient comme des hommes des cavernes.

« Ça serait la guerre, que j'aimerais pas être encore dans les parages, a dit l'une. Ils nous balanceraient tous en prétendant qu'on est juifs.

– On n'a jamais vu un noir à Saint-Pancrace », a dit un autre.

– Si ! Le curé ! »

Mais comme on connaissait la chanson, ça ne nous a pas égayés très longtemps, ces histoires de racisme. On savait que les Pancraciens avaient pour réputation d'être racistes. Moi, ce que j'en pensais, c'est qu'ils n'avaient pas envie d'être mélangés, voilà tout, et c'était bien leur droit, parce qu'ils ne cherchaient à l'imposer à personne. Ils demandaient juste à être peinards chez eux, comme ils avaient toujours été. Des arriérés, peut-être, mais des arriérés heureux, dans leur genre. Et puis bon, les blagues racistes on en fait tous, passé une certaine ivresse, alors je ne me sentais pas qualifié pour donner des leçons à ce sujet.

Peu à peu, la compagnie s'était étiolée, sans qu'on s'en aperçoive vraiment.

Certains avaient pris la voiture, d'autres avaient dû aller s'allonger où ils trouvaient, nous ne nous sommes pas vraiment occupés de ce qui se tramait, et Méline a fini par se faire douce, presque fragile. Elle aurait eu besoin d'un père, cette fille, c'était sûr, mais elle croyait avoir besoin d'un homme, et, à cette heure, que je pourrais être celui-ci. Ce n'est pas qu'elle m'eût rebuté, bien au contraire, une fille encore toute splendide dans sa trentaine, le genre d'aubaine qui n'arrive pas souvent à un vieux gars comme moi, mais ce n'était pas possible, j'aurais eu trop de mauvaise conscience à en tirer profit, ce n'est ni glorieux ni piteux, je suis ainsi. Alors oui, elle pouvait dormir avec moi puisque je comprenais qu'elle ne voulait pas être seule, mais non, il ne se passerait rien que nous puissions regretter plus tard. Comment l'aurais-je regardé par la suite, mon Fou, qui était malgré tout à la fois mon ami et son père ?

« Où est-il, ton fils ? » ai-je demandé à Méline le lendemain au café, quand elle fut debout alors qu'il était tard déjà. Je m'étais réveillé beaucoup plus tôt, pour ma part, la vieillesse ne laisse plus faire ces grasses matinées qui sont un plaisir de temps volé à la routine, la vieillesse est sèche, même sur le sommeil. Aussitôt, je m'étais levé, pour ne pas profiter de cette situation inhabituelle d'avoir une fille dans le lit, que cela ne me porte pas trop aux idées et aux fantômes, car après on ne s'en sort plus, on garde en soi de ces images de bras courbé comme une anse par-dessus la tête qui creuse l'aisselle douce et profonde, des désirs voluptueux de chair blanche et tendre et des sensations de poitrine rebondie s'exaltant gentiment au gré de la respiration. Je m'étais levé presto et j'en avais profité pour ranger, passer un grand coup de balai qui chasserait les gugusses qui s'étaient affalés dans les coins, et les mégots qu'ils avaient laissés traîner, et la cendre un peu partout, collée au sol par l'alcool des verres renversés. Et lorsqu'ils avaient été bien réveillés par mes coups de balai généreux, je leur avais fait un petit café pour n'être pas goujat et je les avais invités à rentrer chez eux, comme cela je pourrais passer la cinse sur les taches d'alcool qui nous laissaient rivés les pieds au sol. Aussi, quand elle s'était levée, Méline, n'y avait-il déjà plus personne dans la maison que moi. Mon Kylian, même, je l'avais invité à sortir pour ne pas qu'il me salope tout le sol que j'avais rincé à grandes eaux. Elle s'était levée et je lui avais porté le café, ça me faisait plaisir, je dois dire, de pouvoir prendre soin de quelqu'un, même quelques heures seulement. Et lorsque je lui avais demandé où était son fils, ce n'était pas pour sembler lui faire reproche ou m'ingérer dans sa vie, mais parce qu'on la voyait d'ordinaire avec lui et qu'il m'avait semblé qu'elle en avait la garde exclusive, depuis quelque temps.

« Je l'ai laissé à son père, pour la soirée, m'a-t-elle dit. Je le laisse tout de même le garder de temps en temps, sans quoi je n'aurais plus de vie, et puis ça reste son fils, malgré tout. Et je crois qu'il est à peu près capable de le surveiller pendant vingt-quatre heures, même si je n'ai pas vraiment confiance. »

Disant cela, elle avait étendu ses jambes tout près de la cheminée pour s'y faire dorloter par le feu que j'avais allumé. Elle avait enfilé un de mes caleçons, je ne sais pas où elle était allée le chercher, mais ça lui faisait de longues étendues de peau où dansaient l'arrondi de la cuisse et le bombé du mollet sous la caresse des flammes, et elle lampait dans le même temps son café au lait comme un chat, et puis, ô malheur, s'étirait en bombant le torse, si bien que je devinais tout sous le tee-shirt fin.

« Il m'a semblé qu'il allait mieux, ces derniers temps », ai-je dit pour ne pas me perdre dans les fils de mon désir, et je voulais bien entendu parler du père de son fils dont elle s'était séparée peu de temps après la naissance.

Il était violent, disait-elle, avait des accès de colère inimaginables à qui le connaissait de loin, et il buvait beaucoup trop.

« Je crois qu'il a fait une cure, a-t-elle dit, mais il replongera – comme chaque fois. Enfin, pour l'instant, il tient, ce sont les premières semaines, c'est pour ça que je lui laisse l'enfant, mais vingt-quatre heures, pas plus.

– Un fils, tout de même, ça a besoin d'un père, j'ai dit, mais ça me l'a fait rugir, on n'était soudain plus dans la mollesse du réveil, dans l'indolence ou la douce paresse.

– Un père ! À quoi ça sert, un père ? Mon fils s'en passe très bien, et il n'est pas le seul, et ça va être de plus en plus comme cela. Que sait-il faire que je ne saurais faire, le père ? Démonter une roue ? Je sais faire. Poncer un meuble ou construire un mur de pierre ? Je sais faire. Conduire vite, crier fort, se faire respecter, gagner de l'argent ? Je sais faire tout cela aussi bien que lui, et même mieux, parce que je n'y vais pas comme un bourrin. Et en plus, je sais cuisiner, coudre un bouton, faire le ménage, négocier les prix, organiser des vacances, surveiller les devoirs de mon fils, rire et séduire s'il le faut. Qu'est-ce qui me manque pour que mon fils ait besoin d'un père ? Qu'est-ce qui me manque pour que j'aie besoin d'un mec ? C'est pas pour être méchante, mais il faut bien se rendre à l'évidence, les hommes n'ont plus d'avenir, ils ne servent plus à rien.

– Tu exagères.

– Non, je n'exagère pas. Mon fils n'a pas besoin de père, et si je le laisse chez son père de temps en temps, c'est pour pouvoir profiter un peu de ma vie sans lui, et parce que j'ai encore trop de pitié pour les hommes en général, le père de mon fils en particulier. Mais il ne m'apporte rien. Il n'est même pas capable de payer une pension, avec toutes les dettes qu'il s'est mises sur le dos pour sa maison.

– Cette maison que vous avez achetée ensemble.

– Qu'il a achetée tout seul !

– Mais que vous aviez pour projet d'habiter, non ? C'est toi qui lui as fait tout démolir pour la refaire à ton envie, je me trompe ?

– Mais les hommes n'ont qu'à savoir ce qu'ils veulent à la fin ! C'est trop facile ! Moi, j'ai dit comment j'aurais voulu qu'elle soit cette maison, si je devais y vivre avec lui, et il a exécuté tous mes caprices. Il n'avait qu'à faire comme il voulait, lui. Seulement, il ne savait pas ce qu'il voulait. C'est toujours pareil, cette histoire, on va me reprocher d'imposer mes désirs, mais ils n'ont qu'à en avoir et ne pas se laisser faire.

– Peut-être que si sa mère…

– Oh oui, voilà, c'est ça, maintenant ça va être de la faute de sa mère qui l'a couvé, castré…

– Et son père…

– Eh oui, son père, qui l'a abandonné, pauvre petit chou ! Mais les hommes n'en ont pas marre, à la fin, de toujours se plaindre ? D'avoir toujours des problèmes avec leur mère, avec leur père. Il y a toujours quelque chose qui ne va pas, et toujours une bonne raison à cette cause, une merveilleuse excuse. Moi, j'avance, et je n'ai pas eu la vie plus facile que lui. Et j'en vois plein, des filles dans le même cas que moi. C'est toujours le mec qui pleurniche tandis que la fille avance. Tu crois quoi ? Que c'est plus facile pour moi ? Tu as vu mon père ? Tu l'as vu, non ? Le Fou, comme on l'appelle. Égoïste, méchant, idiot !

– Ce n'est pas vrai.

– Si !

– Et ma mère, tu la connais ma mère ?

– Un peu. Mais c'était il y a longtemps.

– Donc, tu ne sais pas. Et pourtant j'avance. J'ai un gamin, je l'éduque, je vais bosser pour le faire manger, même si je dois faire un boulot de merde.

Et je fais un boulot de merde ! Mais je ne suis pas là à pleurnicher sur mon sort et à me mettre en pause tous les trois mois parce que la vie, c'est fatigant. Tu parles d'une vie ! Le mec est intermittent. Il ne se rend même pas compte qu'il a un statut de privilégié. Que grâce à ses parents, il a pu acheter une maison, et qu'il a tout le temps qu'il lui faut pour la retaper. Il suffirait simplement qu'il cesse de boire comme une outre, et la vie serait rose pour lui aussi… Tu vois, ce n'est pas si compliqué, il n'y a pas à s'emmerder avec maman ou papa. Alors, puisque son père n'a pas de couilles, c'est moi qui lui apprendrai la vie, à mon fils. Et il ira sûrement plus loin qu'en suivant son père. »

Je n'étais pas tout à fait de son avis, mais il n'aurait servi à rien d'essayer de la raisonner. On ne raisonne pas une personne blessée, on ne peut que l'aider à soigner sa blessure – si tant est que l'on puisse quelque chose. Le mieux qu'il lui fallait, à cette petite, c'était lui montrer qu'on pouvait être un homme sans être une ordure, ce que son père ne lui avait pas vraiment montré, il faut l'avouer, tout ami que soit mon Fou. Alors, j'ai tâché de lui donner un peu de douceur, de lui parler de choses simples, de m'intéresser à sa vie, ce que je me disais que son père ne lui avait pas donné et que j'avais essayé d'offrir à mes enfants quand j'avais pu. Je lui ai demandé d'aller se laver et s'habiller parce qu'elle ne pouvait pas rester comme cela en cette saison, j'ai joué sur le froid qu'il faisait, mais elle a très bien compris.

« Tu veux dire que ça te fait quelque chose de voir mes jambes ? Pourtant, il m'a semblé que tu étais castré, cette nuit. »

J'étais un peu piqué au vif, tout de même, mais je n'ai rien voulu en laisser paraître, je devais être plus fin et ne pas tomber dans son jeu.

« Tu sais bien que ça n'a rien à voir. Un homme, m'a-t-on appris, ça s'empêche. »

Ça l'a bien fait rire, ma phrase pompeuse, mais ça lui a tout de même un peu donné de respect de ma personne, j'ai voulu croire. Peut-être qu'elle aurait bien aimé en croiser, des hommes qui en soient, au cours de sa vie, et que ça lui aurait fait changer d'avis. Mais là-dessus, je ne pouvais pas lui donner tort, il n'y en avait plus beaucoup. En tout cas, par ici.

Alors, quand elle a été prête, je l'ai emmenée jouer un peu avec Kylian, nous l'avons promené dans la campagne, au début elle avait récriminé, ça l'emmerdait ferme, disait-elle, les marches à pied dans les bois tristes, mais je ne lui ai pas laissé le choix et je l'ai fait marcher une bonne heure pour la remettre d'aplomb, il fallait qu'elle nettoie un peu son corps de tout cet excès d'alcool qu'elle s'était infligé, lui disais-je, et à la fin, elle s'en est trouvée mieux, si bien que nous avons pu nous faire un bon petit gueuleton et qu'elle en est venue d'elle-même aux confidences, comme relâchée de tout ce qu'elle voulait tenir raide – pour une fois. Elle m'a confié qu'elle avait envie de reprendre des études, ou au moins une formation pour avoir un vrai travail qui la fasse un peu plus vibrer que ce qu'elle faisait aujourd'hui – qui lui servait juste à gagner assez la croûte qu'il faut se mettre sous la dent, à elle et à l'enfant, et je l'ai encouragée dans ce sens, lui laissant croire qu'elle en était capable – et je le pensais, mais sans doute qu'on ne le lui avait pas assez dit, ou peut-être jamais.

« Et puis, tu devrais peut-être prendre un peu soin de toi, j'ai fini par lui dire, puisque je sentais qu'elle avait baissé la garde, mais ça me l'a fait remonter tout de suite sur ses grands chevaux.

– Qu'est-ce que tu insinues par là ? Je n'ai pas besoin de tes conseils de vieux. »

J'ai tâché une fois de plus de ne pas le prendre pour moi et j'ai poursuivi :

« Ton enfant, il a besoin de toi, et il en aura besoin encore longtemps, alors ne te détruis pas plus qu'il ne faut, fais un peu gaffe à ce que tu fais, aux personnes que tu fréquentes.

– Je fais ce que je veux, je n'ai de leçons à recevoir de personne », a-t-elle tranché.

Mais quelques instants plus tard, elle m'a demandé, comme cela, l'air de rien, si je pouvais lui en raconter un peu sur le Fou, puisque je le connaissais de longue date.

« Ton père ? dis-je.
– C'est ça. »

Ça lui aurait arraché la langue de dire « mon père », c'était forcé, il n'avait pas été là pour elle, sauf pour la dégrader, c'est même elle qui le dirait, et je savais qu'elle n'exagérait pas tout à fait, parce qu'un homme comme lui, ça ne donne pas beaucoup de respect aux femmes, ça se calme juste un peu quand elles lui claquent le beignet, ce qui n'arrivait pas si souvent, mais Méline savait comme pas deux lui montrer ses faiblesses et son incompétence, c'est pourquoi ils n'arrivaient pas à se parler. L'un et l'autre, ils étaient comme deux inconnus qui se haïssent parce qu'ils savent qu'ils ne devraient pas.

Alors, je lui ai raconté un peu ce que je connaissais du Fou, puisqu'il valait mieux l'appeler ainsi. Il avait grandi dans la banlieue sud de Paris, de ce que je savais, mais elle le savait sûrement. Né dans une famille de la bourgeoisie moyenne, comme il m'avait dit. Des parents, il en avait eu, mais ça n'avait pas fait l'affaire, semblait-il. Ça, elle s'en doutait, Méline. Ce que je savais encore, c'est qu'il avait cru pouvoir être sauvé par le rock, notre Fou. C'était au tout début des années quatre-vingt, et il aurait bien aimé être quelque chose comme Bashung, il le disait souvent, quand il était soûl, il avait eu le rêve de la scène, des textes et des guitares, mais il n'était pas le seul, il me l'avait dit comme cela, plusieurs fois. La France entière, du moins celle des villes, à l'époque, se rêvait sur une scène de rock. Il avait eu un embryon de succès, de ce que je savais, avec sa voix puissante, sa gueule carrée, ses manières rustiques, mais il n'était pas tombé sur les bons musiciens, n'avait pas fait les bonnes rencontres, enfin quelque chose n'avait pas fonctionné. Il avait tout de même fait quelques tournées dans des MJC, il avait même été question d'enregistrer un disque, me semblait-il, et même si ce n'était pas tout à fait exact, ou un tout petit peu exagéré, je l'avais raconté à Méline qui semblait intéressée par l'histoire. Visiblement, elle ne savait rien de tout cela, elle n'aurait jamais imaginé que ce vieux dégueulasse, comme elle disait, qui insultait les filles au comptoir du Café, avait eu un genre de vie de rockeur dans sa jeunesse. Pourtant, alors qu'elle aurait pu s'imaginer que je lui racontais des calembredaines pour lui vendre un père héroïque, à l'inverse de ce qu'elle s'en représentait, elle paraissait accrochée, presque touchée, comme si elle avait eu besoin d'y croire, que son père n'était pas qu'un perdant, et qu'elle n'avait pas dans son héritage que des échecs et une absence complète d'ambition – une vie de petit-bourgeois foireux.

« Et puis, ça n'a pas marché, ai-je poursuivi, pour des raisons qui me sont toujours restées obscures, si bien qu'il est retourné au lycée pour rater son bac, et qu'il s'est ensuite tourné vers l'informatique pour avoir tout de même un diplôme, et parce qu'il s'était imaginé que ce serait ça l'avenir – les machines, les circuits électroniques, les ordinateurs, en quoi il n'avait pas eu tort. Quand il a eu son diplôme, il est parti en Thaïlande pour le fêter, ça je le sais parce que c'est là-bas qu'il a rencontré Mélodie. Il avait loué une bécane, comme il dit, et il rôdait sur la côte avec sa guitare en bandoulière. Il prétend que ça s'est passé comme dans un film. Il jouait de la guitare sur la plage et elle a déboulé. Ils ont chanté ensemble, bu des bières, et ils sont restés collés l'un à l'autre jusqu'à leur retour. Elle – mais tu la connais mieux que moi, ta mère –, c'était le genre de femme à se promener avec un sac plein de livres, dirait le Fou. Des livres de poètes et de voyageurs, Rimbaud, Monfreid…, enfin, je ne sais plus, des gars qui ont écrit des livres que je n'ai pas trop lus…

– Bouvier, Melville, Cendrars, Kerouac, Conrad…, a récité Méline comme une leçon. Elle m'a assez bassinée avec tout ça quand j'étais gamine. »

J'ai préféré ne pas aborder le sujet de la mère, il me semblait que c'était déjà assez complexe de raconter le père, alors j'ai continué :

« Bref, ils ont passé un certain temps là-bas, en Asie, ils ont appris à se connaître, par cœur, comme dit le Fou, parce qu'ils étaient deux, qu'ils étaient jeunes et qu'ils n'avaient que cela à faire, de vivre et se raconter leurs vies. Je crois que ce qui lui a plu, à lui, c'est qu'elle avait de l'intelligence, et de la culture, et qu'elle ne parlait pas comme les autres filles qu'il avait connues. Elle venait d'une famille cultivée, ça se voyait, comme dirait le Fou, et ça l'avait totalement séduit. Qu'elle lui parle de poésie et lui ouvre les portes d'un autre monde. Comme il aime à répéter, ils ont vécu des amours rimbaldiennes…

– Des amours rimbaldiennes ! a repris Méline en levant les yeux. Non mais quel con, il ne sait même pas que les amours de Rimbaud ça a surtout été avec Verlaine. Deux hommes… Et l'autre te vante ses amours rimbaldiennes avec ma mère !

– C'est comme ça qu'il le dit, en tout cas. Pour lui, ça doit représenter quelque chose de sublime, d'absolu et de déjanté. Je crois que c'est à ça qu'il pense. »

– Évidemment, et il s'y croit encore trente ans après… Pathétique. Et moi, je suis le fruit d'amours rimbaldiennes ! Mais c'est la meilleure de l'année ! »

Elle riait, mais plutôt jaune que vif, ma pauvre Méline. Il faut bien avouer que ça ne devait pas être facile de s'y retrouver, là-dedans. On aurait perdu ses petits à moins que ça.

« Ce qu'il veut dire, je crois, c'est qu'elle lui a apporté de la culture, du charme, des choses profondes. Et tandis qu'elle s'encrapulait un peu – c'est le Fou qui parle comme ça – avec un gars qui n'était pas de son milieu, mais qui aimait l'aventure, le rock, la moto…

– L'alcool ! m'a encore coupé Méline.

– Et toi non ?

– On a de qui tenir, a-t-elle dit en haussant les épaules.

– S'il avait connu toute cette poésie dans sa prime jeunesse, ça l'aurait sans doute aidé à écrire des textes meilleurs, m'a-t-il dit un jour. Il serait peut-être moins passé pour un con avec ses phrases piteuses qu'il croyait si intelligentes, prétend-il. Mais on ne lisait pas de poésie dans sa famille, d'ailleurs on ne lisait pas. À peine les bouquins obligatoires à l'école, parce qu'il fallait tout de même réussir, et comme il n'a pas réussi, il n'a pas été porté dans le cœur de ses parents.

– Il n'avait qu'à travailler. »

J'ai préféré ne pas relever et continuer :

« Au bout du compte, ils ont passé plusieurs mois là-bas – et le Fou dit que ça restera à jamais la plus belle part de sa vie…

– Il est resté bloqué.

– Peut-être. Mais je le comprends. Des mois de farniente à manger pour trois sous dans une région paradisiaque, à se laisser vivre, arpenter le pays, aimer, rêver et chanter…

– Et puis, ils sont revenus.

– Eh oui. Il m'a dit comme ça, quand il me l'a raconté, qu'au bout d'un moment Mélodie en a eu marre de ne rien faire. Qu'elle avait besoin de projets, et que les rêves, c'était beau, mais ça ne pouvait pas durer toute la vie. Que ça manquait de concret. Que ça n'aurait pas été juste, qu'ils restent là-bas à s'amuser, au milieu de populations pauvres qui trimaient, et tandis que la plupart des gens vivaient dans le réel. Et comme il était amoureux fou, il a suivi. Et ils sont rentrés en France. À Paris, précisément.

– Et ça a été la chute.

– Il y a eu des bas, mais aussi des hauts, puisqu'ils se sont assez aimés pour que tu naisses.

– Et on voit le résultat.

– Ne dis pas de bêtises, le résultat est merveilleux.

– Allez, poursuis le récit, puisqu'on y est.

– Je crois que ça n'a pas été tout à fait facile, en effet, l'atterrissage à Paris. Mélodie, elle, avait un bon réseau et comptait poursuivre des études tout en bossant, mais lui, qu'allait-il faire ? Trouver un travail, ce n'est pas si simple quand on est rétif aux ordres et à la discipline. Il a dû vivre un moment avec l'argent qu'elle gagnait…

– Un parasite.

– Un homme un peu égaré à une époque où ce n'était pas facile, il y avait la crise…

– Il y a toujours une crise. Depuis que je suis née, j'entends dire que c'est la crise.

– Ce n'est pas faux. Depuis les années 70, nous n'avons vécu que de brèves périodes d'accalmie entre deux crises. Nous en avons sué, nous aussi.

– Mais vous vous en êtes sortis.

– On avait la terre, les bêtes, des choses qui ne

peuvent pas attendre, on avait moins le temps de se poser des questions. Lui, il s'en est posé, ton père, il a eu le temps, je le sais. Il me l'a dit comme ça : les étudiants qu'elle fréquentait, tous les petits-bourgeois merdeux comme il les appelait, avec qui elle traînait et qu'elle ramenait parfois chez eux, dans leur piaule de 11 mètres carrés, il avait envie de leur mettre sur la gueule. La grande amertume.

– La jalousie, oui.

– Sans doute. Et la déréliction de l'homme qui n'a pas de travail et voit la vie lui échapper. Il a dû en souffrir.

– Il n'avait qu'à se sortir les doigts du cul.

– Je crois qu'il l'a fait. Il a trouvé des emplois à droite à gauche, pas des trucs très marrants, j'imagine. Et malheureusement des collègues pour aller boire. Et je ne pense pas qu'elle ait aimé ça.

– Surtout quand il rentrait pour lui mettre des beignes, l'enculé.

– C'est ton père.

– Ça ne change rien. Si, c'est encore pire.

– Il a dû demander pardon mille fois…

– Et recommencer mille fois.

– Tu sais petite, quand on s'aime, on peut pardonner souvent.

– Je ne suis pas petite, et moi je ne pardonne qu'une fois, après c'est trop tard.

– Eh bien, ta mère a pardonné plus souvent.

– Elle n'aurait pas dû.

– Tu ne serais pas là pour lui en faire reproche.

– Qui sait si ça n'aurait pas mieux valu.

– Cesse de dire des conneries à la fin, ça déteint sur ton âme.

– Mon âme, hé, hé !

– Tu te rendras compte un jour que tu en as une, et qu'elle est belle, dans le fond.

– Poursuis, s'il te plaît, je bâille.

– Bon, alors ça n'allait pas entre eux. Le Fou dit comme ça que Paris n'a pas voulu d'eux. Que la ville était plus forte qu'eux. Qu'elle les a fait craquer. Il dit toutes ces choses. Et que Mélodie voulait une autre vie.

– Et il a suivi.

– Bien sûr ! Que voulais-tu qu'il fasse ? Dans le fond, il le savait, qu'il fallait changer, mais les femmes sont plus fortes pour les décisions.

– Sans elles, vous n'avanceriez pas ; d'ailleurs, vous ne feriez rien.

– Mélodie a décidé qu'elle voulait se tirer à la campagne, le Fou dit que ça lui est venu comme une envie de pisser. Un matin, elle s'est levée, elle a ouvert la fenêtre, l'a tiré du lit et lui a demandé de bien regarder ce qu'il voyait et de le décrire. C'était tout gris tout sale tout puant, m'a raconté le Fou. Il y avait encore une vacherie de pluie lamentable qui te pissait sur les trottoirs et les passants, qui dégoulinait de déprime sur les toits et faisait pousser toute une longue frise de moisissures noires à l'intérieur, sous l'ouverture de la fenêtre et dans les angles, jusqu'au plafond. Alors, Mélodie lui aurait dit qu'elle ne voulait pas avoir d'enfant dans ces conditions et qu'ils ne pouvaient pas continuer de vivre si lamentablement. Et le Fou a compris qu'il avait encore une chance de ne pas la perdre, et il a décidé que pour eux, ce serait la grande campagne, le bon air et les petits oiseaux. Ils ont repris la route, ça leur a fait comme un rappel des temps heureux, insouciants, et ils ont arpenté quelques campagnes pendant deux ou trois mois, jusqu'à atterrir ici, tout juste dans ce trou.

– Pourquoi ici, précisément ?

– La terre est séduisante ici, et il y a comme un mystère dans ce bourg. Ce n'était pas tout à fait pareil à l'époque, mais il y avait déjà un certain nombre de hippies qui s'y étaient installés et qui y avaient fait souche ; qui, en tout cas, finissaient par appartenir au décor, au folklore. Ça restait très rural, mais il y avait, comment dire, quelques personnes déjà arrivées des villes, ça pouvait sembler rassurant à un jeune couple qui ne venait pas précisément de la campagne. Il y avait une ambiance particulière, quelque chose d'attirant pour eux, quelque chose de trouble. Et puis, c'est beau, un pays de verdure et d'eau, un pays gras et point trop assailli de touristes. Ils y ont donc trouvé une maison un peu délabrée, qui coûtait trois kopecks, et ça leur a fait un beau projet de la retaper. C'est surtout lui qui s'y est mis, le Fou.

– Je ne le vois pas du tout faire ça.

– Il l'a pourtant fait, je peux en témoigner, c'est à ce moment-là qu'on s'est connus, il avait besoin de matériel, de coups de main, de petite bidouille quoi, et on s'est trouvés ainsi, par connaissances interposées, et à force qu'il aille voir les uns les autres pour demander des conseils, trouver ce qu'il lui fallait pour bricoler sa baraque au moins cher. Forcément, un jour ou l'autre, dans un petit patelin comme ça, on finit par se rencontrer, et si on a de l'affinité, on se connaît vite. Je crois qu'il était précisément venu me trouver parce qu'il avait besoin d'un tracteur pour déplacer tout un tas de pierres, et puis il a aussi fallu repousser de la terre, des choses comme cela, et on avait dû lui dire que je ferais pas de difficulté à lui rendre ce service. Bref, il l'a reconstruite, sa baraque, et Mélodie, elle, a ouvert une petite librairie dans un local qui était à l'abandon, ça n'a pas été difficile, tout le monde était content que des jeunes gens apportent un peu de vie dans le bourg qui se laissait aller doucement au déclin. Son truc à elle, c'étaient les livres. Elle en a fait quelque chose de joli, ça faisait plaisir à voir, même si on ne lui achetait pas beaucoup de bouquins, mais elle s'est débrouillée pour récupérer des stocks invendus ou des livres d'occasion et ça a fait un petit commerce. Et puis, quand il a eu fini de retaper la maison, il est allé se chercher un travail à la ville. Il a été embauché dans une banque pour y travailler sur les systèmes informatiques, ça a bien marché pour lui, si bien qu'il a pu payer les emprunts et même s'acheter une grosse moto qu'il pouvait pousser à fond dans les grandes lignes droites qui fendent la forêt en montagnes russes. C'était sa joie à lui d'aller au travail sur ces routes de campagne, à fond la caisse, comme il disait. Ils avaient l'air heureux tous les deux, à cette époque, c'est là qu'ils ont mis le bébé en route, toi donc. Mais après, tu sais comment ça s'est passé.

– Raconte-le-moi avec tes mots. »

J'ai remis une bûche dans le feu, ça m'a permis de réfléchir à la manière de tourner cela du mieux possible – et j'ai repris :

« L'accident bête, qui a tout fait chavirer. Il était parti tôt, comme souvent, pour éviter la foule des voitures à l'entrée de la ville, le temps était clair mais humide, la brume ne s'était pas tout à fait levée ce matin-là, elle paressait encore dans les creux où elle avait dormi de tout son poids, si bien que la moto la fendait au bout des descentes avant de remonter à la pleine lumière, ainsi de suite. Il y avait quelque chose d'enivrant à passer de l'obscur à la clarté, de l'humide au sec à pleine vitesse, dirait-il ; il connaissait la route par cœur, il savait où ça tressautait à cause des défaillances d'une départementale mal soignée, là où le creux soudain retournait le cœur et provoquait ce frisson qui fait rire les enfants et vomir les sensibles, il poussait les rapports, c'était la partie de la journée qu'il préférait, il aurait pu faire la route les yeux fermés. Mais au fond d'un creux obscur, une ombre plus épaisse lui a barré la route, sans doute un tracteur qui sortait avec tout son poids de labeur et de glaise collée aux sillons des roues, alors le dérapage pour éviter le cercueil et la triste fin au fond d'un fossé, une jambe arrachée, tout cela avec une telle soudaineté que le paysan ne l'a même pas vu et quand il a repris conscience, le Fou, ç'a été pour hurler de douleur et l'absence de son pied broyé par l'engin. Des heures entières, il y est resté, dans ce fossé où quelques mètres plus loin un débris de renard, percuté par une bagnole, lui faisait face, il ne peut pas l'avoir oubliée, m'a-t-il dit, la tête de ce renard sans vie, et qui semblait lui signifier qu'il partageait son sort. Des heures à pleurer, s'évanouir, se réveiller, murmurer des prières à la peau de renard, s'étouffer dans le casque impossible à enlever, la jambe brisée sous la bécane et sans que personne passe sur cette route départementale de malheur, ou passe sans s'arrêter, c'était aussi possible, il y en a des arriérés, dans le pays. Et pour finir, l'hôpital de Limoges, l'amputation et la prothèse, les mois de rééducation et le cerveau qui pourrit, à se miner d'anxiété.

– Et il a recommencé à boire…

– Il faut le comprendre, Méline. D'abord, il y avait

la douleur à assommer. Et puis l'écœurement face à ce malheur, cette disgrâce. Qu'est-ce que c'est qu'un homme qui n'a plus qu'une jambe ?

– Un unijambiste.

– Ça devient surtout un poids pour tout le monde. C'est comme ça qu'il se voyait.

– Et il s'est vautré dans le malheur et la haine.

– Avons-nous été assez présents, alors qu'il était au fond du gouffre ? Ou est-ce lui qui n'a pas voulu de notre sollicitude, je ne saurais dire. Mais il s'est renfermé, et Mélodie a souffert, peut-être autant que lui.

– Elle prétend s'être beaucoup occupée de lui.

– C'est vrai. Tous les jours, elle faisait le trajet jusqu'à Limoges, elle lui portait des fleurs, des livres, des cassettes qu'il écoutait dans son walkman, du whisky. Elle lui faisait la lecture, comme sur la plage, jadis, et elle lui racontait leurs enfants qui courraient dans les prés, les bons feux de cheminée qu'ils feraient, leur réussite à tous les deux, avec leurs enfants. Ça l'a aidé à tenir, mais quand il est rentré au bercail, ça n'a plus été la même musique. Je crois qu'il n'y a pas cru et il s'est laissé désespérer par son inutilité, comme il disait. Incapable de l'aider, alors qu'elle était déjà grosse et que, peu après, c'est elle qui allait à l'hôpital pour accoucher.

– Elle dit que ça a été la pire épreuve de sa vie…

– Je crois que ça ne s'est pas très bien passé. Ça

arrive, certaines femmes accouchent vraiment dans la douleur…

– Et lui n'était pas présent.

– Il ne voulait plus remettre un pied à l'hôpital, disait-il. Et je crois qu'elle lui en a voulu.

– Elle lui en veut encore. Il n'a rien fait pour elle.

– Ils ne se sont pas compris.

– C'est un putain d'égoïste, oui !

– Mélodie…

– Elle est barrée, c'est encore un autre problème.

– Je ne le dirais pas comme ça.

– Tu essaies de ménager la chèvre et le chou, c'est ton métier.

– Enfin, la suite, tu la connais, elle a fini par fermer boutique et retourner à Paris…

– Avec son enfant sous le bras, comme elle dit. Et lui est resté ici à se morfondre, et depuis il n'a pas bougé…

– Il a déménagé une fois. Il a vendu la maison qu'il ne pouvait plus voir en peinture, disait-il.

– Et il s'est enfermé dans le sarcasme et le nihilisme.

– C'est toi qui le dis.

– Il ne s'est jamais occupé de moi !

– Il ne savait pas y faire.

– Avec un peu de bonne volonté, il aurait pu apprendre. Enfin, ce n'est pas grave, je me suis très bien passée de lui. Comme quoi, un enfant n'a pas besoin de père. CQFD !

– Alors, pourquoi es-tu revenue t'installer ici ? »

Elle a fait une grimace, puis a haussé les épaules.

« J'avais pensé qu'il pourrait être un grand-père, à défaut d'avoir été un père…

– Il vous aime, il ne sait juste pas y faire.

– À quoi sert un homme qui ne sait pas y faire ? »

Je n'avais pas de réponse à cette question. Bien sûr, elle était dure, Méline. Une sacrée carapace, qu'elle s'était mise autour du corps et du cœur, mais on ne pouvait pas lui en vouloir. Les histoires sont ainsi, chacun trinque pour les autres et on ne se rend pas compte qu'on transporte toute sa saloperie sur le dos de ses enfants, et que ça fait des lignées désastreuses, jusqu'à ce qu'un incident, ou un miracle, enfin quelque chose vienne briser la longue frise et fasse un rejet sain, ou moins taré. Ou y mette fin.

Il était temps qu'elle retrouve son fils, je l'ai reconduite au village. Sur la place attendaient le père et l'enfant, un petit gamin de quelques années, tout blond et tout dodu, un peu dissipé, mais brave gamin, rieur et enjoué, qui ferait peut-être un homme droit, plus tard.

Les jours de fête sont arrivés. Nous avions survécu à l'hiver, ce qui n'est pas une mince affaire, dans une campagne où à peu près rien ne se passe que le long défilé des jours semblables. On a beau l'avoir connue depuis sa plus tendre enfance, la longue caravane des jours glacés ; on a beau croire avoir le cuir endurci, la peau tannée et le cœur armé contre ses coups tordus, ses petites vilenies qui vous font flancher peu à peu, à l'usure, sournoisement, l'air de rien. On a beau l'avoir traversé plusieurs dizaines de fois, cet hiver pourtant de moins en moins rigoureux, de moins en moins hivernal, il paraît toujours aussi raide, aussi aride, à un moment ou un autre. Certaines années, c'est en novembre que le cœur nous flanche, tout à coup, à la fin d'une soirée qui n'en a pas fini de commencer, d'un hiver qui ne fait qu'éternuer mais nous paraît déjà un siècle de grippe, et l'on se rassure en songeant que la corde est toujours dans l'étable et que si elle n'a pas servi aux ancêtres, elle les a tenus rassurés, eux aussi, de sa présence toute proche, toute sûre. J'ai connu des hivers où tout allait très bien jusqu'en janvier, le temps était froid et sec, mais la terre avait été bien retournée, les bêtes n'étaient pas malades, Noël était passé à peu près sans encombre, on avait traversé la nouvelle année sans accroc, en y pensant le moins possible, et puis tout à coup, février nous lâchait d'immenses gelées de journées grises à t'abattre le moral le plus intrépide. Au bout de huit jours de froid et de grisaille continuelle, incapable de s'élever faute de chaleur, même les vaches ne voulaient plus se laisser traire, et mon ami Henri qui bosse à l'ESAT me disait que les trisomiques eux-mêmes connaissaient des élans de déprime, et pourtant il en faut, pour déprimer un triso, comme il disait dans ses grands rires d'homme qui en a vu. Ces jours-là, on se demandait ce qu'on avait fait au bon Dieu pour qu'il nous martèle ainsi l'âme, nous cloue avec telle rage à nous-même, et l'on se sentait si concerné par la tristesse et la mélancolie qu'on n'arrivait pas à trouver la force d'aller s'en jeter un puis plusieurs au Café, ce qui aurait pourtant été la seule chose à faire. Mais vous savez, la chose à faire, on la connaît tous – rationnellement parlant. On sait dans le fond de nous-même ce qu'il faudrait faire, le plus souvent, et pourtant on ne le fait pas. Par manque de foi, de courage, parce que c'est au-dessus de nos forces, de nos envies. C'est comme cela qu'on craque, hors de toute raison. Si vous croyez qu'ils ne savent pas que c'est une connerie, tous ces gars qui se suspendent au bout d'une corde – j'en ai connu plusieurs. Bien entendu, ils le savent, que c'est mal, pour ceux qui restent, pour leur famille, que ça ne résoudra rien, mais ils ont l'hiver profond dans le cœur, il n'y a rien à faire, ça ne se réchauffera plus. Alors, chaque fois qu'on s'en sort vivant, de cette période noire, on a comme un soulagement – un immense rire intérieur. Il ne nous a encore pas eus cette année, le salaud.

Aussi, ça faisait joie, ce printemps qui revenait avec ses airs de pas y toucher, comme un qui n'ose pas, mais qui va quand même y venir, finalement, car il a besoin qu'on le mire, qu'on l'accueille. Un jour je te caresse de soleil, je t'envoie des rayons de lumière, le lendemain je rentre dans ma tanière glacée, je fais le moribond, le froid, le pas intéressé – mais c'est semblant. Puis je t'en remets une couche de chaleur et d'étreintes tièdes, te laissant à peine le temps de sortir t'étirer sous ma cape, que je te verse des glaçons dans le dos et t'envoie tout un grêlon sur la face. Mars, c'est le soleil qui se fait désirer et nous attache plus sûrement à lui en jouant à cache-cache, une vraie donzelle, un grand Narcisse immature – ou un parfait manipulateur, on ne sait plus à ce stade. Il te fait espérer, puis il te lâche, jusqu'au moment où tu croiras l'avoir saisi pour de bon, que tu pourras l'étreindre tout un été, et tu croiras que c'est pour la vie, que c'est à jamais, qu'elle est enfin retrouvée l'éternité, et quand tu t'y seras bien habitué, à sa chaleur égale, elle diminuera sournoisement avant de s'éclipser et de te relâcher dans ta noirceur glaciale de solitude. Ainsi va la vie, ainsi va le monde, d'écueil en étreinte, et bêtes que nous sommes, ou n'ayant pas le choix, nous avançons en y croyant, qu'une chose peut être gagnée pour la vie. L'homme, décidément, n'apprend rien. Il tombe et se relève, perpétuellement, et d'aucuns s'en émeuvent comme devant un enfant, quel courage, quelle foi ! On peut tout aussi bien en être lassé, et trouver la répétition lancinante, un rien désespérante.

Pour l'heure, nous étions à la joie et nous avions oublié d'un seul coup, presque en un seul jour de beau temps plein, la noire mélancolie que nous remuions au fond de nous-mêmes la veille ou l'avant-veille, et tous ces beaux projets de suicide qui n'auraient pas de suite – et c'était tant mieux sans doute.

François avait mené le bal tout au long de l'hiver, sans doute sa manière à lui de surmonter le vide, de le tenir éloigné. Il se fuyait probablement dans l'occupation, comme beaucoup, c'est pourquoi il en avait toujours par myriades, des idées de festivités à organiser, de concerts, d'animations sociales ou culturelles – il lui fallait se répandre dans les autres, et d'être ainsi dissipé, il en oubliait son malheur ou que celui-ci eût pu le guetter. Bref, il avait tenu bon, pour que la grande fête des solidarités et de la planète ait bien lieu, en dépit des embûches, malgré la guerre des ego qui n'avait pas pu être évitée. On avait fini par sauver les meubles et il s'était dit que c'était grâce à lui, on avait fini par l'admettre, et porter cela à son crédit.

François, je peux vous en dire un mot. Lui aussi, je l'ai vu arriver, de sa ville lointaine, on ne pouvait pas le louper, son air fier et bravache, sa manière de tout dominer – c'est ce qu'il semblait vouloir donner. Quelque temps, il s'est cherché, lorsqu'il est arrivé. Il n'était pas seul, peut-être mal accompagné. Ou mal compagnon. Ils avaient eu une fille, tous deux, qui avait alors dans les trois ou quatre ans, ils l'avaient faite à la ville, mais trouvaient qu'elle n'y poussait pas bien, l'environnement malsain. Puis la ville, ce n'était pas une chose qui lui plaisait, à la mère, elle me l'a souvent dit – qui avait grandi à la campagne, dans la Loire, entre Saint-Étienne et Roanne, un petit village cerné par les vaches sous les contreforts des monts d'Auvergne, dans cette région de bonne nourriture qui est devenue une route de passage. Aussi ne trouvait-elle pas que cette ville où ils s'étaient rencontrés tous deux au cours de leurs études, et où ils avaient un peu vécu – Paris –, fût un bon endroit pour un enfant. Pour François non plus, d'ailleurs, elle jugeait qu'il buvait trop, même si elle était rarement la dernière à le suivre. Pourquoi s'étaient-ils transportés ici plutôt que de rentrer d'où ils venaient, la Loire pour elle, la Loire-Atlantique pour lui, c'est qu'ils ne devaient pas en avoir de si bons souvenirs. L'homme se dit souvent comme cela que l'herbe sera plus verte à côté. Il y a ceux qui retournent dans leur pays d'enfance, soit qu'ils l'aiment soit que cela les rassure – et ceux qui aiment mieux fuir, se retailler un monde à leur imagination. Même si, dans le fond, nous restons tous bloqués en nous ; contraints par notre être étroit. Alors ils devaient bien en avoir, des raisons d'être venus ici, dans ce village justement ; des raisons qui devaient ressembler à celles de bien d'autres. C'était un village « cool » ici, on se donnait le mot. Une vieille terre à cocos, comme dit le Fou. Un bled où avaient fini nombre de hippies qui n'avaient pas tenu dans le Larzac ou qui étaient revenus paumés de l'Inde, de Katmandou. Il y avait eu un genre de filière au départ, il avait suffi d'un au fort charisme, qui en avait aimanté d'autres. Mais il avait tiré sa révérence, depuis lors, et même si les nouveaux venus ne le connaissaient pas, ça avait fait boule de neige, ils avaient continué d'affluer, par le bouche-à-oreille.

François, il avait sans aucun doute déjà comme cela des idées libertaires avant d'arriver par ici. On ne peut pas dire que c'était une tradition familiale, il n'avait pas du tout été éduqué en ce sens, j'en connais un bout sur sa famille, ses parents viennent le voir de temps à autre et on discute le bout de gras, avec le père surtout, qu'est un gars tout à fait cultivé, passionnant ; ils se font un sang d'encre, de le voir tourner ainsi – c'est bien le rôle des parents. Non, il avait reçu une éducation solide, humanités, religion, morale, etc. Mais à la réflexion, peut-être pas si solide, qu'elle se soit ainsi effondrée, qu'il n'en reste que cendres – c'est mon avis. Quelque chose avait été mal transmis ; ou il avait subi des choses pas belles, François ; ou il manquait d'armature, et c'était de naissance ; ou il avait la paresse colossale, et c'était d'éducation. Donc il avait filé libertaire, ce qui arrangeait bien ses petites affaires, l'amour libre, l'oubli de tout, le désengagement total. On sentait qu'il avait reçu des lettres et de la culture, un vaste fonds d'intelligence remontant au loin des générations – qui lui conféraient l'emprise intellectuelle sur la plupart ici, et un rôle de toute première importance. On pouvait regretter la manière dont il s'en servait – de son intelligence. Qu'il manipulât si bien son monde. On pouvait comprendre que la position lui fût ici plus confortable qu'à la ville, où il se serait cogné à plus habile que lui. Au bourg, il régnait ; et ç'avait été tout échec pour sa compagne qui avait cru qu'en l'y menant, il serait plus sage, plus docile, plus attentif – à elle. C'est pourtant elle qui était partie, à la fin, mais elle aussi qui le regrettait, et maintenant, avec leur fille au milieu, elle ne pouvait plus quitter la région. François, il disait comme cela, pour se faire excuser, avec un petit sourire d'enfant pris en faute qui les désarmait toutes, il disait qu'il aimait trop les femmes, que ce n'était pas de sa faute, et qu'on ne pouvait pas le juger à mal pour cela, parce qu'il aimait les femmes et la liberté. Argumentaire imparable. C'est ainsi qu'après s'être un peu cherché, il avait repris la gestion du Café – il ne mettait pas un centime de son argent dedans, il se contentait de gérer celui des autres, très fort pour cela, et pour déléguer. Avec ça, faisant l'humble, « je suis un homme de peu », aimait-il répéter, ajoutant qu'il vivait de rien, ne prenant pas de salaire, mais sachant se débrouiller comme pas un pour être logé gratis, et se nourrissant sur la bête, mangeant et buvant au Café, réglant toutes les factures sur le Café, s'habillant de ce qu'on lui donnait, se laissant faire la charité à tous les niveaux, ne refusant jamais une aide, une paire de chaussures ni une coucherie, tout disposé pour autrui. Il s'était vite rendu indispensable au village, un carnet d'adresses long comme le bras, des contacts emmagasinés à la ville depuis l'enfance et par la famille au long des temps ; pour cela, l'origine lui était utile, mais c'est ici qu'il avait fait souche, rapidement. Et comme la place de gourou était vacante, il en avait disposé, berger bientôt de ce petit troupeau sans maître. Et l'affaire tournait bien – pour lui, en tout cas. Et il nous avait concocté comme cela, de main de maître et l'air de rien, un grand raout qui serait mémorable, en jouant de toutes ses relations, en séduisant tout ce qu'il pouvait, pour que la fête soit énorme. S'il ne faisait pas village avec ça, c'est qu'on était vraiment tous de mauvaise foi, se disait-il.

Lorsque le soleil revint, c'est un peuple affamé qui sortit de sa tanière. Ceux qui supportent l'hiver plus mal que les autres avaient fui, qui à Paris, dans les grosses villes, qui au Maroc, aux Antilles ou à La Réunion, j'en connais un certain nombre qui ont gardé des attaches dans leurs villes d'origine, la campagne on l'aime bien, mais surtout quand il fait beau, que la vie y est simple, le reste du temps on peut retourner dans la grosse cité où la société est plus plaisante dans les moments durs, on n'est pas assez tenace pour y demeurer toute l'année. Cela, ce sont surtout les retraités qui y ont droit, ou quelques privilégiés qui travaillent où bon leur semble et quand bon leur semble, ils n'ont pas de fortes attaches, pas de nécessité de terre ou de bêtes, ils sont où ils veulent quand ils veulent. Mais parmi les autres, les plus jeunes, il y a ceux qui prennent le camion aménagé et migrent comme les oiseaux vers le sud dès que l'hiver s'annonce. Pour quelques sous que leur octroient les aides publiques, sociales, ils trouvent à vivre en nomades au sud de la Méditerranée, là-bas l'accueil est facile et on peut rouler sa bosse sans stress, sans mélancolie, sous les ciels cléments des colonies d'autrefois. Et l'école attendra que les enfants reviennent. Après tout, la République n'est pas si exigeante, c'est ce que certains se disent, et je sais qu'à la mairie, on s'arrachait les cheveux pour savoir s'il fallait forcer ou si on devait laisser chacun dans sa pleine liberté et dans sa décision individuelle. Mais le gros du bataillon, si j'ose dire, s'était un peu confiné chez soi, et les gens de la terre avaient eu du travail. J'avais donné la main à Martial pour vêler les bêtes, la Jeanne avait perdu une compagnie de poules, bouffées par la renarde en un rien de temps, quand les petits s'annoncent la femelle s'autorise tout, il s'agit de manger et de faire manger la progéniture qui arrive, la descendance qui perpétuera l'espèce ; aussi, bien que la Jeanne, plus qu'aucun autre, fût au fait de ce péril, elle n'avait rien vu venir, à peine le temps de tourner le dos et le poulailler avait été vidé, il avait fallu que j'aille en chercher d'autres avec elle, de ces belles poules blanches, au marché de Piégut, et bien qu'elle veuille tout faire elle-même et seule, je l'avais aidée à renforcer les barricades contre le prédateur, ça m'occupait, elle devait bien me laisser cette petite joie, on avait creusé tout autour de l'enclos pour enfouir du grillage sur un mètre cinquante de longueur, qu'on avait recouvert de terre après, afin de tromper le renard, à goupil goupil et demi, disait-elle, il pourrait toujours gratter avec ses pattes, il tomberait sur le fil métallique, que ça lui couperait la faim.

Alors, quand chacun était ressorti de son trou, un peu comme les cigales, que le vent chaud nous avait rameuté tous les exilés du Sud et des villes, il y avait eu des festivités, mais surtout pour s'échauffer, et éparses, imprévues. On sentait dans l'air comme un pépiement fiévreux à l'idée du grand raout qui aurait bientôt lieu. On s'entraînait, on prenait ses marques, il y en avait des occasions de fêtes à célébrer, la Pâque, les longs ponts de l'Ascension et des fêtes de mai, et puis toute sorte d'occasions pour boire le coup au Café quand le soleil nous avait épuisés toute la sainte journée, Julien en savait quelque chose, que le travail exténuait, et puis encore l'avènement des pollens, que ça le faisait éternuer de tout son larynx, il était obligé de se laver l'intérieur à grandes rasades de pastis, le pauvre – car la médecine par les plantes, on le sait…

Donc, ce n'est pas qu'on fût tout exténués quand le grand raout s'imposa, mais on avait déjà les yeux asséchés et dans les veines l'excitation que provoquent le soleil et les journées de farniente, tout cela concourait à une excitation fébrile qui leur pissait dans les artères, surtout à ceux qui avaient participé à l'organisation, et ils étaient nombreux, chacun avait voulu contribuer, avoir son numéro, sa place ou son rôle, c'est ainsi que l'on faisait village, comme disait désormais

Claire en réunion de mairie, ayant repris l'expression de l'un ou de l'autre. Il y aurait des buvettes à tenir, des tickets à vendre, des barrières à installer, des voitures à garer, des badges à distribuer, et puis des repas à servir, des spectacles à organiser, toute une logistique d'ampleur. Moi, j'avais dans la mémoire des fêtes villageoises bon enfant, champêtres, de ces petits rassemblements qui me rappelaient des lectures de jeunesse, Giono par exemple, mais là, ce fut autre mesure. On n'en était pas à apporter son poulet engraissé sur ses terres, sa liqueur de contrebande, son vin confectionné pendant le temps qui reste après le travail, ses légumes, sa bonne femme, ses rigolades et son violon. Non, on était à plein dans le sérieux – je dois dire que ça épatait. Une montagne de fûts de bière qu'ils avaient fait livrer par Kronenbourg, sur la place, juste face à la fontaine où les bambins s'égosillent et s'ébrouent pendant les grosses chaleurs, avec les chiens et les beatniks qui y prennent leur bain par la même occasion. Une énorme scène tout en métal et en bois qu'ils avaient fait monter au centre de la place pour les concerts, et encore quelques roulottes qui serviraient de salles secondaires, de toilettes sèches ou je ne sais quoi. Avec cela des chapiteaux, des tables, des bancs, tout un fatras qu'ils avaient dû faire venir de toutes les mairies environnantes pour accueillir les centaines, peut-être les milliers de personnes qu'ils attendaient. Je dois dire que lorsque j'ai vu tout cela au matin du premier jour, ça m'a jeté sur le cul. Je ne m'attendais pas à ce que leur raout soit si apprêté. Qu'on y soit si sérieux, gilets fluorescents, talkie-walkie et compagnie. Ça bossait dur en logistique pour faire manœuvrer les camions, installer les scènes des artistes, et surtout gérer les individualités qui venaient faire représentation et qui attendaient d'être traitées comme telles.

« On a de la grosse pointure là, mon pote », me criait le Fou, tandis qu'on partageait le café en terrasse.

Il était encore bien tôt pour que la population soit levée, sinon les vieux comme nous qui ne dorment plus et ceux qui s'activaient pour finir dans l'urgence. Ça sentait le gros stress d'avant le branle-bas de combat.

« Ils vont nous faire un bastringue du diable, ouais, rock'n'roll ! » s'était-il mis à hurler en se dandinant malgré sa patte folle, mais la toux lui a coupé l'entrain.

« Putain, c'est plus de mon âge, Fils ! » a-t-il lâché quand il a enfin pu parler.

Moi, je sifflais entre mes dents en les regardant s'activer, je ne les avais jamais vus si affairés, si sérieux, si impliqués, mes gentils ruraux de la ville. Ils allaient nous refaire Cinecittà si ça continuait.

« Ils vont nous installer un foutu parc d'attractions, ouais ! » a beuglé le Fou.

On ne savait plus. Avec ce grand chapiteau au centre, la scène énorme qui finissait d'être montée et qui mesurait presque deux fois la taille de celle que l'on a d'ordinaire pour les concerts du 14 Juillet, quand on fait venir des musiciens d'orchestre qui nous réinterprètent tous les tubes des cinquante dernières années…

« Ça n'a rien à voir, m'a coupé le Fou. Vos orchestres de merde qui viennent l'été, qui se prétendent orchestres de bal alors qu'ils chantent faux des tubes déjà foireux à la base, avec des pétasses sur le retour qui se dandinent. Là, ça va être du lourd ! Du vrai rock, mon pote ! Et même peut-être plus que ça. »

Je pouvais pas dire, je n'y entendais rien à la musique, j'avais toujours vécu dans le silence de ma campagne, et c'est ce qui me plaisait, je crois. Même si, je dois l'avouer, j'aimais bien regarder les donzelles se trémousser sur la musique, peu m'importait laquelle. Même qu'avec la femme…, enfin bref.

« Mais qu'est-ce tu crois, mon vieux Robert ? Que ça va être tel un bal de pompiers de ton enfance ? Bleu-bite ! s'agirait de sortir un peu le dimanche ! Maintenant, c'est cocaïne et compagnie. Les jeunes, ils veulent de l'électro et des amphètes. Faut bien que ça s'envoie en l'air de toutes parties ! La bière qu'ils installent, c'est uniquement pour les enfants, et pour donner le change aux poulets. Mais crois-moi, il y a déjà tous les dealers des environs et des arrière-environs qui se sont radinés et qui ont commencé la distribution depuis l'avant-veille. Ça va nous péter dans tous les sens ! »

Il hurlait ça hilare, mon vieux Fou, et à la cantonade, si bien que la Marie, qui servait le matin, parce qu'on ne pouvait pas compter sur la présence de François, était obligée de lui demander de la mettre un peu en sourdine. Il y avait des touristes qu'il s'agissait pas de faire fuir, pour une fois qu'on en avait attrapé quelques-uns avant le plein été. Et puis, on ne parle pas de ces choses, ça ne se fait pas.

« Et pourquoi que ça se ferait pas ? tempêtait mon Fou. Tu vas voir s'ils vont pas le faire. Moi, je te dis ma vieille que ce soir j'en ramène deux dans le garage. J'aurais qu'à leur dire que j'ai réquisitionné la meilleure dope de tout le village ! »

Il est parti d'un énorme rire, et Marie de l'autre côté de la terrasse en haussant les épaules.

Et puis, le soleil est monté, et sur les coups de midi, il nous chauffait sacrément la tête quand le grand raout a été officiellement lancé. Beaucoup n'avaient pas attendu la bafouille de Madame le maire et des organisateurs pour commencer à s'enivrer, il fallait faire fête absolument. Aussi, quand ça a commencé en parades toutes gentilles d'enfants déguisés qui frappaient de leurs petites forces sur des ustensiles variés, dans la cadence d'un homme barbu, suant et fier de mener sa troupe d'enfançons confiants, ça poussait déjà les larges cris dans tous les coins, il y en avait qu'on n'avait pas su retenir, qui s'égosillaient dans la fontaine, buvant la seule eau qu'ils boiraient jusqu'à la fin de la semaine, et qui était peu ou prou celle de leur sueur à tous, on était à plein dans le grand échange, c'était la solidarité, on partageait les grands bonheurs. Les parents, tout de même, des enfants défilant, voulaient en avoir pour leur marmaille, et ils demandaient aux ivrognes aguerris de la fermer un peu, mais on avait aussi des chiens, à présent, qui jappaient dans tous les recoins et se faufilaient entre les jambes, ça a manqué de peu de nous faire comme un jeu de quilles, heureusement l'organisation avait prévu son service d'ordre qui t'a ramené tout ça au calme par quelques coups de pied bien placés. Donc, on a paradé. Il y avait tout un monde sur la vaste place du village, que je n'en avais jamais vu tant, la grande fête des solidarités avait rameuté de tous les environs force gens dépenaillés, mais même quelques bourgeois, comme ils disaient, au village, de ces hommes et de ces femmes qui s'habillaient autrement qu'eux – en citadins comme on en voit à la télé. Il faut dire qu'il faisait un temps à faire crever d'envie n'importe quel empaffé du Nord, le ciel bleu sec roucoulait du plaisir de se mirer sur les collines et les bois de tout le Périgord, le soleil cognait comme un sourd sur les petites têtes blondes, à ce rythme il ne tarderait pas à faire blondir les blés tout de même ; nous étions à l'orée de l'été et le raout finirait par un grand feu. Donc, ça paradait de tout son allant, on suivait un peu le cortège, mon Fou et moi, j'avais croisé notre Méline qui regardait fièrement son fils dans la parade, et puis des danseurs sont arrivés au beau milieu. D'importants villageois faisant service d'ordre, avec un petit air affairé de ministres en campagne, écartaient d'un coup sec la foule déjà limoneuse, comme ils eussent fait d'un troupeau de bêtes d'élevage, pour laisser passer les danseurs qui présenteraient un spectacle exotique de figures sud-américaines. Beaux et bronzés, les muscles ronflant sous la peau des bras et des cuisses, les lèvres épaisses comme les jugulaires qui leur saillaient sous la mâchoire, si bien que les femmes en étaient aux anges, tout émoustillées du dedans, je l'observais à leur air de ravissement, leurs sourires qui ne s'éteignaient pas, à la nervosité de leurs compagnons qu'elles avaient laissés s'affairer avec la marmaille pour ne rien rater du spectacle – elles –, et mon Fou, ça le faisait piaffer de plaisir, il voulait aller se dandiner au milieu d'elles tel un paon, un paon caduc. Puis, alors même que les danseurs finissaient, un concert a éclaté de l'autre côté de la place, dans une vieille roulotte qui avait été menée là et que tiraient quatre chevaux de trait. Au-dedans, cinq six lurons chevelus et dépoitraillés tiraient sur des cordes de guitare et de contrebassine, tapaient sur un ramdam de percussions, faisaient tournoyer l'accordéon et lançaient de joyeux olé-olé dans le micro. Le troupeau d'humains se déporta d'un même élan vers cette nouvelle réjouissance qu'on lui offrait. Très rapidement, il s'en est trouvé quelques-uns pour ôter leurs chaussures – ou ce qui en tenait lieu – et entamer des danses. Ça gloussait et ça cancanait en se déhanchant, on s'échangeait les bras et les rires, tandis que la foule applaudissait en cadence. Et déjà, ça commençait à sentir l'herbe et la bière, le Fou me le faisait remarquer, une partie du troupeau avait été menée vers une grande buvette où l'on servait des pressions à la tirette.

Il faisait une chaleur de bête, je suis allé m'en commander une, moi aussi. Je pensais m'abreuver à la tirette de la buvette, mais j'ai croisé Cédric qui m'a proposé que nous allions boire une vraie bière au Café, nous y serions à l'ombre et ce serait plus agréable pour discuter. J'ai acquiescé, mais quand nous sommes arrivés au Café qui était tout au bout de la place, un peu en surplomb, nous avons compris qu'il allait être difficile de s'y asseoir. Là aussi, c'était noir de monde comme on n'avait jamais vu. Le François avait bien embauché des extras, comme il disait, pour l'occasion, la petite escouade était débordée, d'autant plus que la plupart n'avaient jamais fait le service au bar.

« Il a raclé les fonds de tiroir », disait Cédric, et ce n'était pas faux, et j'aimais bien cette image, parce qu'il fallait voir un peu ce qu'il y avait comme jeunesse pour servir les clients venus de tous les lointains environs. En particulier deux ou trois jeunes filles qui n'avaient quasiment, pour cacher leur pudeur, que les tatouages et une collection de piercings à faire pâlir toutes les tribus d'Océanie.

« Ma parole, c'est le Quai Branly ici ! » s'écriait le Fou qui nous avait rejoints.

Les gamines avaient bien passé des genres de débardeurs sur leur poitrine, ça ne faisait que tomber sur l'épaule de gauche ou de droite, à croire que les bretelles ne voulaient pas leur tenir au corps. Avec ça l'une d'elles avait mis une jupe, qu'on savait pas si c'était pour cacher ou pour montrer, disait le Fou. Une autre portait un genre de bas de pyjama avec des guêtres, c'était étonnant, et la troisième un short imitation camouflage. Elles passaient plus de temps à rire et se faire pincer les cuisses qu'à servir, on pouvait toujours la poireauter notre bière, comme disait Cédric. Il y avait bien encore deux ou trois gars qui devaient assurer le service, mais ils avaient l'air épuisés d'être nés, et chaque fois qu'ils prenaient une commande, ils l'avaient oubliée le temps d'arriver au comptoir.

« Tu vois ça, mon con, c'est la dope ! hurlait le Fou. J'te l'avais bien dit que ça allait nous ramener toute la came des environs. Putain, mon pote, on va se payer un voyage, tu vas voir ! »

Au bout d'une petite heure, on avait réussi à se faire servir quelques bières fraîches, Cédric était retourné deux fois au centre de la place pour plonger la tête dans la fontaine tant il avait chaud. Il n'y avait pas de siège pour s'asseoir mais nous nous étions arrogé un petit pan de zinc pour taper la discute. Cédric était venu voir un peu l'ambiance, avant de ramener éventuellement la famille dans cette grande foule, si ça en valait le coup, et pour l'instant, il n'en était pas bien sûr. Et puis, il sortait tout juste de sa saison d'asperges, ça avait bien fonctionné cette année, il lui avait fallu trois ans de travail depuis qu'il avait planté les griffes, maintenant il avait fait une superbe saison, et l'asperge, si on se loupe pas, ça remplit les caisses de l'entreprise en quelques semaines tout juste. Il était épuisé de travail, mais heureux, et il s'était donc octroyé une petite récréation pour venir boire un coup ou deux ici.

« Qu'as-tu pensé du discours de Claire ? je lui ai demandé.

– L'inauguration ? Je crois que j'ai raté le début, mais ça m'a semblé bien dans le ton de ce qu'il faut dire. On aurait pu se demander à qui elle parlait, non ? Quand elle nous explique qu'il faut prendre soin de la terre et que l'écologie, c'est la vie, les gens le savent ici, non ?

– Du baratin ! a lâché le Fou.

– J'avoue que j'ai du mal à voir le rapport avec le

racisme et le repli nationaliste, comme elle dit. Quel est le rapport entre le réchauffement climatique et la société patriarcale ou le colonialisme ? Est-ce que nous avons encore des colonies ?

– Il ne me semble pas.

– Est-ce que nous avons une société patriarcale ?

– Des pères, y en a plus nulle part ! a gueulé le Fou.

– Ça, je ne te le fais pas dire ! lui a lancé Méline, qui se faisait servir une bière juste dans son dos, et qu'il n'avait pas vue venir.

– Il est où, le père de ton gosse, hein ? lui a-t-il lancé en se retournant.

– Et le mien, il est où ? Ah oui, il est là, juste au-dessus du caniveau.

– Tu vas en prendre une, petite, que ça va t'apprendre à me parler ! a rugi le Fou.

– Essaye seulement un peu, pour voir », a répondu Méline en se plantant juste devant lui, les yeux noirs.

Mon Fou s'est retourné vers son bock de bière avant de s'esclaffer :

« Ah, putain, on est bien baisés !

– Vous peut-être, nous non ! » a jeté Méline avant de tourner les talons, ce qui en a fait rire plus d'un.

Mais dans le fond, il n'y avait pas vraiment de quoi rire, c'était même un peu tragique cette histoire, je crois que c'est ce que voulait dire le regard attristé de Cédric.

« On veut nous contraindre à la paix, mais tout le monde se déteste, a-t-il dit doucement.

– Ça pue la jalousie à plein nez, toute cette histoire de bonnes femmes qui veulent leur revanche ! a crié le Fou, avant de demander qu'on lui en remette une.

– Qu'est-ce que t'as encore, vieux Fou ? Toujours dans la récrimination ! est intervenu Julien en lui tapant sur l'épaule. Allez, laisse-toi aller, a-t-il continué. Tu vois pas qu'il faut se libérer de toute sa colère ? T'es qu'un vieux mâle qui rabâche. Je vais t'expliquer, moi, comment il faut faire si tu en veux, des femmes. Tu la joues cool, tu souris, tu vas danser avec elles, tu leur fais des massages, tu leur parles des fleurs, c'est pas compliqué.

– Qu'est-ce tu me racontes, toi ? Tu fais des gamins dans tous les coins, mais t'en as pas gardé une.

– C'est toujours après coup qu'elles se rendent compte de ce qu'elles ont perdu. Crois-moi.

– Ouais. Quand elles se rendent compte qu'elles n'auront jamais de pension alimentaire.

– L'important, mon pote, c'est l'amour, c'est de se donner. Arrête de boire des bières et viens danser. »

Il voulait l'entraîner, Julien, il lui caressait la joue et lui palpait les épaules, au Fou, que ça l'énervait au plus haut degré.

« Pose pas tes mains là, a-t-il gueulé. J'bouffe pas à tous les râteliers, moi. »

Julien est reparti en riant et en fanfaronnant, d'avoir

amusé la galerie, il savait qu'il finirait par en avoir une, à l'usure ou à la boisson, il avait la patience de celui qui attend que poussent les légumes. Pour savoir à quel moment c'était mûr, il n'avait pas son pareil.

« Est-ce que j'en ai encore quelque chose à foutre, des gonzesses, à mon âge ? s'est rebiffé le Fou. J'en ai même plus l'envie ! Saint Andropause, priez pour nous ! »

Cette dernière salve a fait rire tout le monde, sauf mon Fou qui s'est embourbé dans sa toux, à tel point que nous avons cru qu'il n'en sortirait jamais. Il a fallu lui faire une place sur une banquette et lui apporter de l'eau pour qu'il se remette, mais il n'a pas voulu de notre verre.

« L'eau ne fait rien que pourrir les poumons ! » a-t-il hurlé.

Cédric m'a salué, il devait rentrer, il avait à faire à la maison. Ça semblait bien être le seul, à voir tout ce peuple qui se pressait au bistrot et sur la place. Il y en avait de toute nature, dans le village qui n'avait sans doute jamais connu telle affluence. Il se disait que des gens avaient pris plusieurs jours de vacances pour venir faire la fête ici ; que les gîtes, les chambres d'hôtes et les rares hôtels qu'on trouvait encore avaient été pris d'assaut, si bien que bon nombre d'habitants du village avaient mis leur logement ou une chambre à louer, afin de récolter des sous au passage. On s'entasserait bien dans la maison de l'un ou de l'autre pendant ce temps, de toute façon on ne comptait pas vraiment dormir, et puis cela paierait la semaine de festivités. Et les prix avaient grimpé, on m'en avait donné des exemples que je ne voulais pas croire.

« T'imagines comme ils doivent s'emmerder aux quatre coins de la France, Fils, pour venir jusqu'ici dans le trou voir des bouseux comme eux », m'avait dit le Fou.

Il y avait pléthore d'enfants et de touristes, et tout cela se mêlait à la population que je connaissais, et on ne faisait pas la part des spectacles pour les uns ou pour les autres.

« Les parents, ils ont bien le droit de s'amuser aussi », m'avait dit Méline qui lâchait son enfant dans la foule, il retrouverait bien ses copains, et comme cela tout le monde serait content, les gamins à faire leurs conneries, les adultes les leurs. C'est ainsi qu'elle voyait les choses, et je la trouvais déjà bien excitée pour un début d'après-midi.

En me penchant un peu plus sur la foule qui se pressait, je remarquai qu'il y avait certes des pieds-nus et des édentés, des punks à chien et des tatoués, mais aussi de plus apprêtés qui devaient venir de bourgades plus lointaines, peut-être même des alentours de Bordeaux et de Brive-la-Gaillarde. Certains avaient des allures et des airs de rugbymen à ne pas aimer outre mesure les chevelus à pieds nus. Et ces gars-là ne lâcheraient pas leurs femmes dans la foule, qui étaient juchées sur des talons et maquillées, ce qui jurait avec le gros de l'armée qui s'était plutôt aguiché de vieux treillis, de tricots de laine, de dreadlocks et de piercings. Les bourgeois, comme disaient nos amis d'ici, on les tolérerait tout de même, et il n'était pas question de les brusquer ou de les énerver, car on comptait sur eux pour faire tourner la boutique, c'étaient déjà eux qui avaient, pour la plupart, réservé les belles chambres, qui ne s'étaient pas contentés d'une vague piaule chez l'habitant.

« Putain, les beaufs », avait lâché l'un des jeunes du bourg en regardant un couple entrer dans le bistrot, et François l'avait rabroué. En ce moment on les choyait, nos beaufs, il fallait bien qu'il se mette ça dans le crâne, le jeunot, il y avait des affaires à faire avec eux, autant qu'ils servent à quelque chose.

Ceux qu'ils appellent les beaufs, mes villageois, ce sont des hommes qui mettent des chemises et qui portent les cheveux courts ou peignés. Des gars que les gars d'ici soupçonnent de travailler dans des entreprises, style Spanghero, de s'acheter de belles bagnoles, un barbecue électrique et de ne pas manger local ou bio. Des gars qui viennent en couple et repartent en couple ; qui ne sont pas contre l'idée d'un bon repas en terrasse et de boire quelques coups, mais qui repartiraient comme ils étaient arrivés, debout et sans avoir tapé dans le dos de tout le monde. Des gens qui, c'était sûr, faisaient des blagues grossophobes et racistes lorsqu'ils s'en envoyaient dans le gosier. À cause de qui les homosexuels sont obligés d'aller à Paris. Des mecs qui votent à droite, quoi. Ces beaufs, comme on les désignait dans leur dos ici, il fallait vraiment qu'ils dépensent leur pognon, sans quoi on les foutrait dehors.

Afin que le civisme soit parfaitement respecté au sein de la fête des solidarités et des diversités, un certain nombre d'affiches avaient été placardées aux endroits stratégiques du village, notamment à la buvette, au Café et à proximité des stands, invitant au plus grand respect et à la plus grande tolérance pour tou.te.s. Il était clairement spécifié que le validisme n'était pas non plus de la partie et quiconque serait confronté à des propos d'intolérance, de stigmatisation ou de discrimination était invité à aller en informer les personnes qui étaient au stand diversité, solidarité et information, Claire en avait parlé lors de son discours inaugural et elle avait largement insisté sur le caractère ouvert et fraternel de cette grande fête qui se voulait bon enfant et intégrative.

Quand le Fou était parti faire sa sieste, je m'étais dirigé vers ce terrain vague qui faisait le sud du village, entre les lotissements où plusieurs chapiteaux avaient été installés pour la fête. Avec sa patte folle, on ne pouvait pas se traîner jusque-là, lui et moi, mais maintenant que je l'avais raccompagné chez lui, je me sentais comme une mère qui vient de déposer ses enfants à la crèche, j'avais besoin de marcher, envie de tout regarder, n'ayant plus d'autre souci que de moi-même. J'avais hâte de voir ce qu'ils nous avaient installé et ce qui se proposait par là-bas, vers où j'avais vu affluer beaucoup de monde. Ils avaient bien fait les choses, il faut dire. Ce grand terrain plat, caillouteux, où l'on avait déversé force gravats de tous les chantiers alentour depuis des années, qui d'ordinaire avait cet aspect déprimant des friches, de ces terres dévastées et inutiles, où le soleil tape net en l'absence d'arbres et de plantes, et qui ne laisse pas de choquer l'œil et le nez, parce que l'on ne sait pas bien à quoi il est destiné sinon aux chats et aux chiens qui y font leurs besoins dans des tas de sable ou de cailloux abandonnés, parmi des déchets de plastique et de vieux sacs de ciment inutilisables ; ce terrain, qui n'avait pour l'instant reçu que les grandes bennes à ordures et que la mairie tergiversait encore à dédier à telle ou telle installation – il avait été question d'en faire une aire de camping-cars pour les touristes l'été, mais aussi un grand parking car il était parfois difficile de se garer dans le bourg l'été quand ça affluait au marché, ou même carrément un camping ; cette grande terre nue, que l'on avait arasée voilà des années et qui ne produirait plus rien de bon depuis le passage des engins de chantier ; ce grand espace autour duquel s'étendaient trois lotissements de petites maisons en parpaings avec leurs jardins rectangulaires, ceints de grillages et de haies de thuyas derrière lesquelles on pouvait s'observer faire barbecue ; eh bien, ils l'avaient nettoyé et arrangé à leur manière, qui n'était pas mal aimable ; de petits et de grands chapiteaux en distrayaient la monotonie, et puis des tapis y avaient été déroulés, sur lesquels on avait installé de vieux canapés, des poufs, tout un mobilier de récupération où les familles pouvaient prendre un peu de repos sous des toiles de couleur tendues ou à l'ombre de quelques plantes en pot disposées çà et là. Certains y avaient même installé des hamacs et l'on y retrouvait des jouets en bois de la ludothèque ambulante. Tout cela donnait un petit air de fête foraine sympathique, j'avais même du mal à y reconnaître mon village.

Tout d'abord, j'avais assisté à un spectacle de jongleurs, ma foi impressionnant, on se serait cru au *Plus grand cabaret du monde*, la voix de Patrick Sébastien en moins. Puis, j'avais suivi un groupe qui croyait savoir qu'un autre spectacle allait débuter un peu derrière – et c'était vrai. Ils m'avaient laissé sur le cul, les saltimbanques, je l'avouerais comme cela au Fou, le lendemain. Ils étaient six gaillards moustachus costauds comme Popeye à se porter sur les épaules, celui du dessous devait supporter trois ou quatre fois son poids, et à s'envoyer avec de grands tourniquets de corps sur des planches en équilibre qui en projetaient un autre sur les épaules que le dernier venait de quitter, et ainsi de suite, ça rivalisait de muscles tendus, d'abdominaux ronflants et de triceps saillants, que ça m'en donnait les vertiges. Ils nous avaient esbaudis de nombreux numéros qui nous gardaient chaque fois souffle coupé. Mais à la fin, les bougres nous avaient bien eus. Ils avaient pris un temps théâtral pour installer sur une planche de bois en équilibre des bouteilles de gaz montées les unes sur les autres. De grosses bouteilles de Butane bleues, qu'on sait que ça pèse lourd quand elles sont vides, et bien plus encore quand elles sont pleines. Là, on ne pouvait pas savoir si les bouteilles étaient vides ou pleines. Il n'empêche, vides ou pleines, ça faisait un certain poids et ça intriguait sérieusement de comprendre comment ils allaient s'en tirer avec de tels engins de guerre. Mais tout de même, trois bouteilles juchées les unes sur les autres, ça promettait une rafale de canons en batterie qu'il faut un puissant bouclier pour parer. Alors, avant de balancer les trois ensemble, ils voulaient faire le test avec une seule. Et ça nous rassurait, nous autres. On n'était pas là pour se faire mal. Donc, avec presque autant de théâtre, ils enlèvent les deux bouteilles du dessus pour n'en laisser qu'une. La bouteille était posée au bout de la planche, la planche était posée sur un gros rondin, un peu selon le principe du tape-cul. À l'autre extrémité, la planche était donc haute. Le plus moustachu se place, un de ses collègues lui monte sur les épaules et le troisième sur les épaules du deuxième. Ils étaient là, muscles tendus, à deux mètres de la planche et le gars du haut ayant toute la hauteur des trois pour atterrir sur le tape-cul et nous envoyer valser la bouteille. Ça puait le danger, leur affaire, mais ils étaient bien concentrés, les grosses gouttes de sueur le long du visage et les veines gonflées à sembler des cordes raides sous leur peau. Finalement, le gars du haut s'élance, il n'a pas sauté d'un coup à pieds joints sur la planche, il s'est diverti d'un petit tour sur lui-même dans les airs avant de tomber avec plus de célérité encore sur l'extrémité de la planche qui a envoyé valser la bouteille dans les airs, laquelle a été rattrapée par le compère qui était demeuré sur les épaules du fort moustachu. Ça n'avait pas fait un pli, leur affaire, c'était réglé au millimètre, l'angle, la trajectoire, tout avait été archirépété, il n'avait eu qu'à ouvrir les bras pour recevoir la bouteille qu'il avait accueillie comme un bouquet de fleurs, c'était impressionnant, mais ces gars étaient des tas de muscles tels qu'on en fait peu. Au deuxième essai, il y a deux bouteilles sur la planche et le même exercice recommence, sauf que le larron du haut saute de dos, effectuant un tour sur lui-même avant de tomber de tout son poids sur la planche. Les deux bouteilles sont parties comme des fusées et les deux autres gaillards, dont le deuxième avait sauté des épaules du premier, les ont impeccablement reçues, on a applaudi à tout rompre. À présent, ils allaient essayer avec trois bouteilles, et l'on comprenait que le troisième gaillard, celui qui sautait, devrait revenir vite pour en attraper une. Il n'allait pas falloir se mélanger les pinceaux, c'était sérieuse affaire, là, personne n'avait envie d'être écrasé par une bouteille de gaz, donc je commençais à me dire qu'elles devaient être vides, mais tout de même, ça reste un poids impressionnant et, mal rattrapées, ça peut causer de sérieux dégâts. Pendant ce temps, les trois qui ne participaient pas au numéro avaient fait bien asseoir tout le monde dans les cordes, car le numéro s'annonçait vertigineux et il en fallait de la discipline, tout beatniks que l'on fût dans l'assemblée. Aussi tout le monde était-il extrêmement attentif, avant qu'il effectue le troisième saut, on n'entendait même plus les mioches se gratter les poux, et les quelques chiens qui avaient le malheur de japper prenaient une volée de bois vert dans l'arrière-train. Il faisait une chaleur de trente-six diables en ce début d'été, et il y a peu d'ombre sur cette parcelle du village, comme je l'ai dit. Malgré que la rivière nous passe pas loin en contrebas, l'absence de souffle faisait qu'on n'en sentait pas le refroidissement. Les trois gars suaient à n'en plus rien voir, avec les rivières qui leur coulaient sur les yeux. Nous étions échaudés aussi, mais dans la toute concentration. Trois bouteilles, fichtre, c'était le clou du spectacle ! Alors, quand il s'est élancé avec un double salto, même les mouches se sont arrêtées de voler et je fiche mon billet que le Fou, s'il avait été là, aurait fermé son claque-merde. Le gros gaillard est tombé droit comme un piquet sur la planche, l'autre extrémité s'est soulevée instantanément, les bouteilles sont parties au ciel mais, nom de Dieu, du mauvais côté, c'est-à-dire vers la foule, au lieu de partir vers les gaillards qui regardaient éberlués le drame qui s'annonçait et que personne ne pourrait plus stopper, à moins que le bon Dieu nous envoie une armée d'anges à la seconde, mais encore, une seconde, ce serait trop tard, les mômes, les mémés, les pieds-nus défoncés par l'herbe, tout ce monde risquait de s'en prendre une sur la tête, sur la nuque ou les épaules, on a entendu une absence de souffle comme jamais peut-être, sinon à Hiroshima avant l'anéantissement, et puis ça a hurlé dans tous les sens, comme une bombe qui explose. C'était le drame absolu, le cataclysme, la fin des réjouissances. On l'a cru ! Tous autant que nous étions. Mais pas une petite goutte de sang, pas une bugne. Un mystère ! Et puis, d'un seul coup, un rugissement de rires, jaunes, crispés, mais hilares. Les bouteilles étaient en mousse, diable, il s'en serait fallu de peu qu'un vieillard nous fasse un arrêt du cœur, j'en étais presque rageux de cette frousse qu'ils nous avaient collée, on ne fait pas ça au public nom d'un chien ! Je serais allé leur dire tout ce que je pensais de leur humour douteux si à présent tout le monde n'avait pas ri à gorge déployée pour chasser les résidus de peur qui nous avaient collé partout au corps en une fraction de seconde. Alors, tout le monde a bien respiré et ça nous a donné une soif terrible, et nous avons voulu nous précipiter vers les buvettes, mais il fallait quand même mettre une pièce dans le chapeau pour les artistes auparavant, ces choses-là se font, et il faut dire qu'ils l'avaient bien mérité, ces gais lurons.

C'est un peu plus tard, en revenant vers le centre du village, sur la grand-place, que j'ai découvert le stand hygiène et prévention. Ils avaient dû l'installer pendant que j'étais de l'autre côté, car je ne l'avais pas vu avant, et il aurait fallu être sérieusement bigle pour ne pas le voir, puisqu'on ne voyait que ça. Ça m'a frappé tout de suite, quand je suis arrivé sur la place. Qu'est-ce que c'est que ce grand truc tout droit qu'ils nous ont foutu là, me suis-je demandé, et en m'approchant de plus près, j'ai été de plus en plus intrigué. Il me semblait bien que, mais non, ce n'était pas possible, j'avais l'esprit mal placé. Et pourtant si, c'était bien ce que j'avais cru imaginer un instant plus tôt, je ne pouvais plus avoir de doute une fois devant. Tout bonnement une capote géante gonflée comme un de ces châteaux pour enfants qu'on installe sur les plages l'été ou dans les fêtes foraines. En plastique rose. Et si haute qu'elle dépassait le clocher de l'église, devant laquelle elle avait été installée. Un grand préservatif juste devant le parvis, qu'on aurait pu croire que c'était fait exprès, mais non, il ne fallait pas penser toujours à mal, me dirait Claire à qui j'en parlerais par la suite, c'est simplement qu'il ne restait de place que devant l'église et qu'on avait pris un peu de retard pour l'installer, ce stand, parce que les gars étaient arrivés à la bourre, ils s'étaient d'abord trompés de village – et j'imaginais le village qui avait dû voir arriver cet engin incongru dans ses rues sans comprendre pourquoi une grande bite s'y promenait. Mais bien sûr, ils ne promenaient pas leur bite à l'air, comme cela, ils l'avaient gonflée sur place avec une grosse machine vibrante, et puis, ce n'était pas une grande bite, c'était un préservatif, m'avait tout de suite repris la femme qui tenait le stand. Il ne faudrait tout de même pas que j'aille raconter n'importe quoi et qu'on croie des choses qui ne sont pas justes. Le message était clair, il faut se protéger. D'ailleurs, il n'y avait que ça, des protections contre tout, sur la table de la dame. Des préservatifs offerts à qui voulait, il y en avait pour les hommes mais aussi pour les femmes, car il n'y avait pas de raison que les femmes soient tributaires du bon vouloir de l'homme, ou de sa supposée dextérité pour disposer le latex correctement, afin qu'il ne finisse pas au fond du sexe de la femme, ça arrivait souvent, m'affirmait la dame, ou qu'il soit enfilé déchiré, c'est si fin ces petites parois de latex, car bien entendu il ne faut pas gâcher le plaisir, alors un petit coup d'ongle maladroit, ça peut causer d'immenses dégâts. On se transmet le sida, mais pas que, il existe des tas de maladies sexuellement transmissibles, même des cancers, comme celui du col de l'utérus, via les papillomavirus, la dame semblait en connaître un rayon, elle aurait pu m'en faire une liste longue comme le bras ; et sinon il arrivait que la fille tombe enceinte, et même en dépit de la pilule ! insistait la dame. Et elle m'assurait qu'elle avait déjà vu des cas de résistance de fœtus incroyables ! Des trucs qui avaient commencé par déborder de la capote, puis qui avaient été plus forts que les hormones de la pilule, et qui avaient résisté à la pilule du lendemain. Heureusement, la pilule abortive finissait généralement bien le travail, et l'on en connaissait peu qui en réchappaient. De toute façon, il y avait sinon l'IVG à l'hôpital, si l'IVG médicamenteuse avait échoué.

Diable, après cette diatribe, j'étais sonné. Vous reprendrez bien un petit peu d'amour ? Ça ne m'avait pas tout à fait empêché de voir que les gamins venaient par grappes pour piquer les capotes et les kits de shoot, mais ça, elle ne voulait pas les laisser faire.

Autant les préservatifs, disait-elle, elle en avait de pleins cartons, c'était gratis, il y avait tant d'associations qui en donnaient et d'entreprises prêtes à payer pour cela, ça ne comptait pas, et puis, il fallait bien qu'ils apprissent, les garnements, ils en passeraient tous par-là, alors autant qu'ils sussent le plus tôt possible…

« Même à huit ans ?

– Même à huit ans. L'éducation à la sexualité, ça doit commencer très tôt ! »

Autant, les kits de shoot, elle ne voulait pas les leur laisser comme cela.

« Ce n'est pas de la rigolade. Il y a des gens qui en ont vraiment besoin, c'est pour eux. Pas pour que les gamins aillent jouer avec. »

Elle prenait son rôle à cœur et ça se voyait, elle était tout à fait impliquée. Tout de même, ça m'intriguait, et je voulais en savoir un peu plus, car si elle avait si belle exposition, c'est que ça devait en avoir, de l'importance.

« C'est obligatoire, monsieur, m'a-t-elle expliqué. Dès lors qu'il y a concert et alcool, donc rassemblement.

– Et ivresse.

– Nous savons que ça peut arriver, il vaut mieux encadrer. C'est pour ça que nous avons aussi des éthylotests.

– Ah, c'est intéressant. Mais les kits de shoot, c'est étonnant, vous ne trouvez pas ?

– Eh bien non, pourquoi ?

– Parce que la drogue est illégale. »

Elle avait l'air affligée, ma bonne dame, mais moi, j'étais curieux. J'aurais bien aimé voir ce qu'il y avait dans ces kits. Ce n'était pas bien compliqué, m'a-t-elle montré : une seringue stérile, une dosette de sérum physiologique, un élastique pour se faire un garrot et un mode d'emploi.

« À quoi sert le sérum physiologique », j'ai demandé.

Mais un couple d'adolescents venait d'arriver, qui lui a donné l'occasion de ne pas me répondre, je crois que je commençais à l'ennuyer avec toutes mes questions.

Les deux gamins, je les connaissais, elle leur donnait des préservatifs, mais aussi des conseils pour les enfiler, le garçon était rouge de honte sous son acné, à moins que ce ne fût l'effet du soleil qui avait tapé fort toute la journée. En tout cas, elle leur a fait presto un petit cours d'éducation sexuelle, qu'il ne faudrait pas qu'ils se plaignent si elle se retrouve enceinte, la petite Mélissa. Si toutefois elle était déjà nubile, ce qui n'était pas certain. Et pourtant, elle n'avait aucune gêne à me voir là, elle était même venue m'embrasser, j'avais bien essayé de lui poser la question gentiment, que comptait-elle faire de ça à son âge, elle m'avait regardé droit dans les yeux pour me dire qu'elle allait s'en servir tout de suite, elle avait très envie de baiser son copain. J'en étais à la renverse, je dois dire, et le copain en question, le petit Sevan, n'en menait pas plus large que moi.

Il paraît que dans les campagnes, on a toujours été plus précoce qu'à la ville pour ces choses-là, m'enfin tout de même, elle n'était pas encore au collège la petite Mélissa, ça me paraissait un peu trop précoce cette affaire.

« Détrompe-toi, elle est en sixième, me dit Claire à qui je confiai cela. Elle n'est plus à l'école chez nous, elle est à la ville, et elle a toujours été précoce.

– Mais toi, ça ne te choque pas ?

– Robert, ne sois pas vieux jeu.

– Mais alors ta fille, tu crois qu'elle… aussi ? »

Elle m'a jeté un regard froid, et puis un administré qu'elle devait absolument voir est passé juste à ce moment-là, et j'ai continué mon périple. À la terrasse du Café, il y avait Frédé, Marion et Juliette.

« Viens boire un coup, Robert ! »

Vous le savez, je ne sais pas dire non, et il faisait une soif de tous les diables, alors un petit verre de rosé, ce n'était pas de refus.

Ça m'a diablement rafraîchi les papilles. Après deux verres, je me suis senti un peu plus en confiance et ça m'est sorti tout droit comme ça avait tourné à l'intérieur de moi, ainsi une pelote de laine qu'on dévide d'un seul élan.

« Vos gamins, vous les laissez sans surveillance ? »

Elles se sont regardées et ont éclaté de rire.

« Hé, Robert, on est au village, on est chez nous, il n'y a aucun danger, a dit Juliette.

– Qu'est-ce que tu veux qu'il leur arrive ? a demandé Marion.

– Je ne sais pas moi, ils pourraient faire des bêtises.

– Comme ? a lâché Frédé.

– Fumer du shit. »

Elles ont gloussé toutes les trois.

« Et après ? a fait Juliette.

– Tu crois qu'ils n'en fumeront pas parce qu'on les en empêcherait ? a demandé Frédé.

– J'en ai vu des tout jeunes qui venaient chercher des préservatifs et qui disaient qu'ils allaient baiser », j'ai finalement lâché en rougissant.

Elles ont éclaté de rire.

« Hé, mon Dieu ! a dit Marion. Laisse-les s'amuser, ces pauvres petits.

– Tant qu'ils mettent les capotes, a dit Frédé.

– C'est bien qu'il y ait ce stand, a dit encore Juliette. Moi, ça me rassure.

– C'est la fête, Robert, a repris Marion, on s'amuse, pourquoi pas eux ? Ils ont bien le droit de s'éclater.

– Oui, c'est la fin de l'année, laisse-les décompresser.

– Moi, je lui ai tout filé, à la gamine, disait Juliette. La pilule, les préservatifs, on a même regardé un tuto pour qu'elle sache comment ça se met, parce que les gamins, à cet âge, c'est des morts de faim, ils font ça à toute vitesse.

– Hé, comme leurs pères ! » a lancé Marion.

Elles ont éclaté de rire, qu'on les aurait entendues jusqu'à Nontron, si la fête n'avait pas battu son plein dans le village. Quand elles ont pu reprendre leurs esprits, Juliette a dit :

« Non mais les MST quand même, c'est du sérieux… »

Elle n'a pas pu aller plus loin, le Fou, qui était de retour, venait de chiper le mot au vol :

« MST ! Putain, ça y est, je vais deux heures au plumard, et quand je reviens, les pimbêches parlent de MST. Tu veux que j't'en refile, moi, des maladies, chérie ? »

Elles ont ri de plus belle, ont recommandé du rosé et tout ça est parti en grands cris ravis, le Fou en rajoutait des couches, et plus il en faisait, plus elles gloussaient, on était dans le grand amusement et la nuit tombait. Il a commencé à faire frais tout à coup, non pas froid, mais juste cette fraîcheur que l'on aime et que l'on avait espérée toute la journée. Quant à moi, j'étais fatigué et je ne comptais pas me soûler la gueule, j'étais soûlé de bruit et de cris, déjà. J'ai tergiversé un moment, me demandant si je rentrerais ou si je resterais dans les parages pour avoir un œil sur les gamins, mais après tout, ce n'était pas spécialement mon rôle, ils avaient des parents, et puis, ils étaient trop nombreux pour que je les aie tous à l'œil, ça courait de partout, mais chacun finirait par retrouver ses petits, comme disait Claire. Aussi suis-je rentré, je ne voulais pas avoir l'air du mauvais coucheur ou du rabat-joie, j'ai filé à l'anglaise et je crois que je n'ai manqué à personne au village. Mon Kylian, en revanche, je lui avais manqué, ça se voyait à l'accueil qu'il me faisait, j'avais dû l'attacher parce que je craignais qu'il s'échappât, attiré par les bruits de la fête au village, dont on entendait encore l'écho lointain, ou par l'odeur de ces nombreux chiens qui s'étaient dispersés dans la région. Nous avons dîné de concert, et puis je me suis couché tôt, avec les volets de châtaignier bien fermés, même les bruits des basses ne transperçaient pas ce bon bois bien solide. Au milieu de la nuit, j'ai été réveillé par des cauchemars, ce qui ne m'arrive jamais. J'ai finalement compris que c'était Kylian qui aboyait, et que j'ai dû faire rentrer dans la maison. N'empêche, j'avais eu les rêves salopés par un je-ne-sais-quoi fort désagréable et dérangeant.

Le deuxième soir, il y avait eu un problème avec des teuffeurs, comme ils disaient. J'avais appris ça à la mairie où on avait tenu grand conseil extraordinaire (du reste, tout le monde était au courant). Le maire avait réuni comme une cellule de crise avec le capitaine de gendarmerie. Je n'avais rien vu venir de mon côté, il faut dire que je n'ai pas l'œil très aguerri dans ce domaine. J'étais venu dans l'après-midi au bourg, après que l'épaisse chaleur avait commencé à retomber, curieux tout de même de voir ce qui se passait, et comment se déroulait la fête. J'avais bien remarqué que l'excitation était montée d'un cran, de ce que certains avaient dû peu dormir, voire pas du tout, comme le claironnait Méline, qui tanguait déjà à seize heures en cherchant son petit qu'elle ne savait plus où elle avait laissé. Elle me racontait ça en riant, je constatais bien qu'elle n'était pas dans un état tout à fait naturel. Je l'avais aidée à le trouver, son bambin, il était dans la fontaine, avec d'autres enfants et des chiens, ainsi que quelques hommes dépoitraillés qui riaient fort en s'éclaboussant et se projetant dans l'eau.

« Ah ben, tu vois ! me criait Méline, qui devait croire qu'elle parlait normalement et qui, chaque fois qu'elle criait, partait à l'oblique comme pour poursuivre son cri. Il ne faut pas s'en faire, on les retrouve toujours, ça ne disparaît jamais ces trucs-là. »

Elle avait la bouche pâteuse et l'articulation difficile, certains mots lui sautaient de la bouche comme des dents mal tenues.

« Tu devrais tout de même le sortir de la fontaine, lui avais-je conseillé.

– Mais non, pourquoi ? Il est très bien là. »

Je lui ai montré le groupe d'hommes qui me paraissaient assez éméchés et les chiens qui commençaient à s'exciter au milieu.

« Ce n'est pas le meilleur endroit pour des enfants, à cette heure-ci. »

Et comme je la voyais incapable de prendre une décision raisonnable ni même de tenir droit, j'ai moi-même fait sortir les gamins de la fontaine, il ne faudrait pas qu'il arrive un bête accident, et Méline n'a rien dit, elle s'arrangeait bien de ce que je prenne les décisions. Toutefois, il en allait autrement de la raisonner. Je m'étais mis en tête qu'il fallait qu'elle rentre chez elle, elle s'était assez vantée de n'avoir pas dormi de la nuit et, que cela soit juste ou un peu exagéré, je voyais bien qu'elle n'était pas dans un état normal et qu'elle avait le regard tout à la fois épuisé et excité par quelques substances.

« Je vais pas aller me coucher maintenant, t'es fou, la soirée n'a pas commencé ! » répétait-elle, et j'avais beau tâcher de la raisonner, ça ne faisait qu'envenimer l'affaire.

« Il faut que tu ailles sécher et changer ton fils, lui disais-je. Et puis, est-ce qu'il a mangé cet enfant ? » ai-je encore demandé.

Est-ce qu'il avait mangé, elle ne savait plus, elle avait des trous de mémoire, elle croyait se rappeler que si, mais ce n'était pas certain.

« Oh, et puis, tu m'emmerdes ! » a-t-elle lâché, et comme un gars en état d'ébriété qu'elle connaissait plus ou moins passait à côté, elle est partie en courant vers lui.

« Emmène-moi, il veut que j'aille me coucher, l'autre ! »

Tu parles si le gars ça l'intéressait cette affaire. Ni une ni deux, voilà qu'il l'embarque et que je me retrouve avec le petit tout trempé. Je le prends sur mon épaule et je rattrape Méline. Mais il ne s'agissait pas de chercher à lui en imposer, elle serait aussitôt partie dans les cris d'hystérie. Cette gamine-là ne supporte pas les ordres, je la connais. Alors j'ai essayé de la jouer finement, en arguant que son fils avait faim et que j'allais les emmener manger un sandouich.

« Un sandouich ? J'ai pas faim, moi, je veux boire. J'ai soââf ! »

J'avais honte tout de même un peu, pour elle, pour son fils. Qu'il la voie comme ça, qui ne tenait plus vraiment debout et qui parlait comme un ivrogne.

« Lui, il a faim, allez viens ! », et je l'ai prise par le bras pour la diriger vers le stand sandouiches.

Comme le type sentant l'embrouille venir s'était tiré, et que Méline devait avoir oublié son existence, croyais-je, elle m'a suivi, mais alors que nous allions aborder le stand sandouiches, une connexion s'est rétablie dans son cerveau et elle a freiné des quatre fers, comme un bourricot impossible.

« Il est où Freddie ? s'est-elle soudain mise à hurler.

– Il est parti. Viens, allons manger.

– Mais je veux pas manger ! »

Elle se débattait comme un diable, mais je ne pouvais pas la laisser partir, qu'aurais-je fait de son marmot qui commençait à la regarder avec des larmes dans les yeux.

« Lui, il veut manger ! » j'ai dit.

Enfin, elle a baissé les yeux sur son fils, dont elle semblait avoir oublié l'existence l'instant d'avant, et elle l'a attrapé dans ses bras en lui mangeant les joues mais le gamin terrifié s'est mis à crier, si bien qu'elle a trébuché et que je les ai rattrapés avec deux autres qui étaient à côté, sans quoi mère et fils se seraient étalés de tout leur long.

À présent, elle le serrait dans ses bras, beaucoup trop fort, tout contre sa poitrine et elle pleurait en lui faisant des baisers, elle allait lui acheter le plus beau sandouich du stand, il aurait aussi des frites s'il en voulait, et même du coca, oui, et puis on rentrerait à la maison. On rentrerait à la maison ? Non, la fête n'était pas finie. Mais il était tout mouillé. Ah oui, il était tout mouillé, eh bien, on irait le changer et on reviendrait faire la fête.

« Hein ? N'est-ce pas ? »

Le gamin était un peu choqué, il n'osait pas la contredire, moi non plus d'ailleurs.

Julien était là, qui confectionnait les sandouiches avec les deux migrants que la mairie logeait dans ce qui avait jusqu'alors tenu lieu de presbytère, mais qu'elle avait réquisitionné pour la bonne cause et que tout le village avait retapé, aux frais de la municipalité, pour les loger. Et pendant la grande fête des solidarités, qui était aussi la leur, parce que c'était quand même cette histoire de migrants qui avait donné l'élan, conjuguée aux discours de la jeune autiste suédoise, ils faisaient sandouiches, sous la houlette de Julien et de quelques autres. Julien avait laissé son labeur pour venir taquiner Méline, il aimait bien jouer le taquin avec les filles qui avaient trop bu, ça lui donnait comme une facilité pour leur faire la leçon. Il riait mais il lui en envoyait dans les dents aussi, la traitant de poche à gnôle et de sac à mégots, mais toujours avec son air bonhomme, si bien que ça te la faisait rire et qu'il pouvait lui envoyer tout ce qu'il voulait, elle le prenait en riant, et même pour un compliment, et il en profitait pour lui toucher un peu la mamelle dans le même temps. Elle était flattée qu'on honore son ivresse, qu'on la prenne pour un dur, dans le fond – pour un gaillard. Elle entrait dans le jeu, et c'était comme si j'avais deux vieux potes de beuverie à côté de moi.

L'air de rien, quand le gamin a eu son sandouich, j'ai rappelé à sa mère qu'il fallait qu'on aille le changer, et je me suis inclus dans la mission, sachant que je ne pouvais pas la laisser faire seule et qu'elle serait soulagée que je l'accompagne, parce qu'elle n'était plus capable de prendre une décision toute seule, sinon celle de boire, et parce que j'avais à l'idée de la coucher elle aussi et de tout faire pour qu'elle ne ressorte pas. Il y avait tout de même quelques centaines de mètres à parcourir, qui nous ont pris un certain temps, chaque fois qu'elle rencontrait quelqu'un de sa connaissance ou dont la tête lui revenait, elle partait lui demander un verre ou se mettre à danser, mais j'ai tenu bon, j'avais un objectif en tête et j'irais jusqu'au bout.

On est finalement arrivés chez elle, un peu plus

au calme, et je lui ai dit que je me chargeais de changer le petit, qu'elle n'avait qu'à me donner les vêtements secs. Mais même ça, c'était trop demander, pour l'heure.

« Hé, vas-y, débrouille-toi, c'est dans sa chambre. Il faut que je me repose une minute. »

C'était exactement ce que je voulais, aussi n'ai-je pas insisté. Je suis parti avec le gamin et nous avons bien pris notre temps pour choisir les vêtements, je lui ai suggéré d'aller au bain, parce que l'eau de la fontaine n'était pas très propre, et ça lui a tout de suite plu comme idée, j'ai eu de la chance. Quand nous en avons eu fini, elle s'était endormie sur le canapé, j'ai expliqué à son fils que nous allions faire un jeu très amusant, qui consistait à ne pas faire de bruit pour ne pas réveiller maman, et ça l'a effectivement amusé.

« Maman est très fatiguée, tu sais », je lui ai expliqué, et il n'y voyait pas d'objection. Comme je supposais qu'il n'avait pas dû beaucoup dormir lui non plus, je lui ai raconté deux histoires et hop, au lit !

Quand je suis ressorti, tout ça dormait paisiblement, il ne faisait pas encore nuit dehors, mais j'étais prêt à parier que le vacarme du concert ne les réveillerait pas. En me dirigeant vers la place, j'ai remarqué un stand qui a attiré ma curiosité. Deux filles y fumaient des joints, je commençais à être bon pour en repérer l'odeur. Devant elles, des livres et des prospectus vantaient l'intersectionnalité, si je lisais bien. J'étais intrigué.

« Bonjour mesdemoiselles, pourriez-vous m'en dire un peu plus ?

– Tu sais pas ce que c'est que l'intersectionnalité ?

– Je dois vous avouer que non. »

Elles ont gloussé, et j'ai entendu que ça marmonnait des trucs dans leur langue, d'où ressortait le mot *boomer*, si je comprenais bien.

« C'est pas grave, on va commencer par la base. L'intersectionnalité, c'est hyper simple à comprendre, c'est quand t'es victime de plusieurs discriminations. »

J'avouai que je ne voyais toujours pas très bien.

« C'est normal, mec, que tu comprennes pas. T'es un mâle, t'es blanc, t'as plus de cinquante ans, right ?

– Heu, oui, c'est ça.

– Eh bien, essaie de te mettre dans la peau d'une femme noire pauvre et lesbienne. »

J'ai réfléchi un peu. Des femmes noires, je n'en connaissais pas beaucoup, des lesbiennes non plus, enfin il me semblait, mais j'imaginais que ça ne devait pas être si désagréable, et que si j'avais été une femme, j'aurais peut-être eu une expérience homosexuelle. Alors qu'avec les hommes, ça ne m'avait jamais tenté.

« Alors tu vois, déjà t'es une meuf, t'as perdu, parce qu'on est dans une société patriarcale.

– Je…

– Tu quoi ? Bien sûr qu'on est dans une société patriarcale. Il y a combien de chefs d'entreprise du CAC 40 qui sont des femmes ?

– Je… n'en sais rien.

– Zéro, mec.

– Tu connais combien de présidentes de la République ?

– Eh bien, en Allemagne, au Danemark…

– Non, en France. Zéro, mec !

– Oui, ce n'est pas faux.

– Non, c'est vrai ! C'est les hommes qui dirigent tout.

– Pour l'instant, a ajouté sa copine.

– Mais donc, je ne vois pas…

– Des noirs au pouvoir, tu en connais beaucoup en France ?

– Écoutez, je…

– Zéro, mec !

– Alors, imagine-toi ce que souffre une femme noire ici.

– Et qui serait en plus homosexuelle !

– Mais, ce n'est pas bien d'être homosexuelle ? » j'ai essayé de demander.

Elles se sont regardées, ont fait un genre de sourire qui ressemblait à une grimace et m'ont toisé.

« C'est pas la question. Tu crois que les gens ont du respect pour les homos ?

– Ben oui, moi j'aime bien ça… Enfin, je veux dire, ça ne me dérange pas.

– Ah putain ! Voilà, le vieux fantasme du mâle blanc macho. Parce que tu crois qu'on passe nos journées à se brouter le minou, et ça t'excite ?

– Tu nous prends pour des objets ?

– Je…

– Hein ! Tu quoi ? »

J'étais un peu déconfit, mais ça m'est sorti comme ça : « Toutes les deux, vous êtes lesbiennes ? »

L'une des deux m'a lancé un regard agressif et j'ai cru que j'allais encore en prendre pour mon grade, mais l'autre l'a attrapée à pleine bouche et elles ont mêlé leurs langues pendant une bonne minute. Après quoi, elles m'ont offert de boire une bière avec elles. Je sentais que ça se détendait, en tout cas pour elles, car ça m'avait bien tendu quelque chose, il faut avouer. Et nous avons fini par rire tous les trois ; dans le fond, elles n'étaient pas si mauvaises, ces deux goudous. Ah, quand j'allais raconter ça au Fou, il en serait mort de jalousie.

« Et la musique, ça ne vous intéresse pas ? je leur ai finalement demandé. Vous n'avez pas envie d'aller danser ?

– Sûr que ça nous intéresse, mais on est d'abord en mission. »

Respectable, il fallait le dire, car pendant que tous les autres s'amusaient, elles bossaient dur.

« On a du pain sur la planche pour changer le monde », disaient-elles sérieuses, et j'avoue que j'en avais rarement vu, des filles de leur âge aussi sérieuses.

« Mais, vous faites ça souvent ?

– Nous bouffer la figue ? »

J'en suis devenu tout rouge et elles ont éclaté de rire. Je crois que ma naïveté les amusait bien. Finalement, nous nous sommes quittés bons amis, mais je ne suis pas très sûr d'avoir retenu ce que c'était que l'intersex… je ne sais quoi.

Un peu plus loin, il y avait le stand de la Terre, avec de grandes pancartes pour sauver la planète, les ours polaires et les pandas, mais je me suis dit que j'aurais le temps d'y aller le lendemain, il ne s'agissait pas de tout faire en une fois, je risquerais de finir par une indigestion – et puis, on n'était pas dans un parc d'attractions tout de même.

Ce soir-là, j'étais resté un peu plus tard, on avait bu quelques coups avec le Fou et d'autres vieux de notre génération avec qui d'ordinaire on tape les cartes, la nuit était douce et, malgré le vacarme des concerts sur la place, on arrivait encore à s'envoyer quelques blagues et à regarder les filles, c'était notre petit bonheur à nous, pas bien reluisant peut-être, mais pas bien méchant.

Le lendemain, on avait appris que la nuit s'était éternisée pour certains, et pas de jolie manière. Que les gens fassent la fête, oui, c'était le principe, on n'avait pas à leur enlever cette liberté, et chacun pouvait faire ce qu'il voulait, mais tant que ça n'empiétait pas sur les libertés de ses voisins, avait dit Claire après sa réunion avec le sous-préfet. Or, manifestement, il s'était formé un grand attroupement illégal après que les feux avaient été éteints à deux heures du matin. Et le mot avait été passé rapidement, si bien qu'en une heure, plusieurs dizaines de personnes, peut-être même une centaine, dansaient sur une terre de Joël, sous la Tonnelle. Qu'ils dansent, on ne pouvait rien avoir contre, nous étions là pour danser la vie, c'était bien l'objet de cette semaine festive, mais ils ne pouvaient pas danser sur les plantations d'un agriculteur, martelait Claire. Et puis, ils avaient monté des murs d'enceinte, à ce qu'elle disait, et j'essayais d'imaginer à quoi pouvait ressembler un mur d'enceinte, mais je ne voyais pas. Le fait est que ça faisait sacrément de bruit, puisqu'ils avaient empêché de dormir jusqu'après le village, Chez Marconnet, aux Fayes, et même aux Forges. Les basses avaient résonné dans toute la campagne, se cognant contre les roches qui surplombaient l'Isle, du côté de Beauvoir, et renvoyant leurs ondes dans toutes les directions.

« Si les gens n'ont pas dormi, les bêtes n'ont pas dû dormir non plus », me suis-je permis de dire, ce qui m'a étonné moi-même, car d'ordinaire, je la ferme et j'écoute.

Claire m'a regardé et a acquiescé de la tête.

« En effet, pour une fête écologiste, ce n'est pas l'idéal. »

Tout était finalement rentré dans l'ordre, enfin presque, parce qu'il allait maintenant falloir faire jouer les assurances pour dédommager Joël qui avait perdu presque un hectare de luzerne dans la bataille. C'est qu'ils avaient sillonné tout le champ avec leurs gros camions, me dirait-il plus tard, quand j'irais me rendre compte des dégâts, et en effet les pneus lui avaient fait du sale boulot sur le terrain. Et ils avaient piétiné tout ce qu'ils pouvaient dans leurs danses, les uns et les autres étaient partis dans toutes les directions, il avait repéré des traces de pas qu'il avait suivies comme il aurait fait pour du gibier, jusque dans les buissons où il avait ramassé du latex, du plastique, une culotte, une seringue et même relevé six galettes de vomi.

Un hectare de luzerne, ce n'était pas bien méchant, dans le fond, mais ça avait énervé le sous-préfet, que ça fasse un tel tapage et qu'on retrouve tant de drogue sur ceux qui avaient été appréhendés, comme dit la gendarmerie ; et qu'ils soient si nombreux à conduire en état d'ivresse. Il avait sermonné Claire, qui à présent nous sermonnait, et qui sermonnerait encore plus les organisateurs du raout, car ça donnait mauvaise image et on ne pouvait pas se le permettre. Surtout – et même s'il fallait que l'enquête de gendarmerie le confirme –, il y aurait eu des cambriolages. Les maisons à l'entour avaient déploré des pertes. Trois poules manquaient à l'appel, mais pas uniquement : du matériel de bricolage, des pneus, deux vitres brisées pour un cubi de vin et des bouteilles de gnôle volées, ça faisait mauvais genre.

Enfin, on n'était pas passés loin de la catastrophe, car le Joël, excédé que l'on piétine son champ et qu'on l'empêche de dormir, par-dessus le marché, avait fini par sortir le fusil de chasse et, avant les gendarmes, c'est lui qui leur avait fait couper le son et quitter la place, aux jeunes drogués, comme il disait, en les menaçant de les dégommer comme une vile harde de sangliers. Et l'un des larrons appréhendés par les gendarmes qui avaient fini par arriver jurait qu'il avait tiré deux cartouches en l'air, le vieux, et qu'il leur avait foutu la frousse de leur vie, mais Joël soutenait qu'il était avare de ses cartouches et que, s'il leur aurait volontiers mis du gros sel dans le cul, comme il faisait aux sangliers hors période de chasse, il n'aurait pas gâché ses munitions pour une telle bande de jean-foutre. Mais comme tout le monde (les gendarmes les premiers) savait que Joël n'avait jamais tiré de gros sel dans le cul des sangliers, que ce soit en période de chasse ou hors période de chasse, mais qu'il tirait à balles réelles, quelle que fût la saison, dès qu'il voyait une de ces bêtes approcher d'un de ses champs, on doutait qu'il n'eût pas tiré quelques cartouches pour effrayer les blancs-becs.

« Je suis chez moi, merde ! », se défendrait-il simplement quand je lui poserais la question, et je savais que cela signifiait qu'aucune règle ne prévalait sur la sienne, dès lors qu'on était sur ses terres. C'était peut-être voir les choses un peu à l'ancienne, comme dirait mon fils, mais je le comprenais, Joël. Cinq générations que ça suait sur cette terre, dans sa famille. Qu'ils l'engraissaient à la sueur de leur front et y faisaient pousser tout ce dont les éleveurs avaient besoin, sainfoin, luzerne, maïs, avoine... Cinq générations au moins, mais la mémoire familiale ne remontait pas plus haut, et c'était déjà une belle mémoire ; peu d'entre nous pouvaient prétendre remonter aussi haut et savoir ce que leurs trisaïeux avaient fait de leur foutue vie, et dans quel patelin. On pouvait comprendre qu'il se crût chez lui. Qu'il se vît chez lui, et qu'il leur maraudât le cul à grands coups de chevrotine quand ils lui piétinaient la pitance.

« Ça n'a aucun respect pour rien, cette génération. À part pour sa technologie, s'énervait-il.

– Tu sais, c'est pas nouveau, essayai-je de le raisonner. Les hippies, déjà...

– Nouveau ou pas, ils prendront toujours du plomb dans le cul quand ils viendront chez moi. C'est pas possible, on va pas me faire remettre du barbelé partout, quand même ! J'aurais jamais dû écouter le fils qui m'a fait enlever toute cette ferraille du diable, comme il disait, sous prétexte que c'est un truc de la guerre. Moi la guerre, j'ai rien contre, et j'y crois pas à leur connerie d'amour universel. Les hippies, ils nous ont déjà fait chier, mais ils savaient encore distinguer un champ de luzerne d'une prairie en jachère. Ces jeunes cons-là, ils ne savent plus rien. Ils te parlent de défendre la terre mais ils confondent un chêne et un peuplier. Ils ne savent pas où vit le blaireau et qu'il nous saccage les cultures tous les ans. Ils te prendraient un chat sauvage pour une chouette et ils n'ont aucune idée du travail qu'on fait. Mais pour donner les conseils, ils sont forts. Ils savent tout sur tout mais ils n'ont jamais rien fait. Et ils nous bousillent la terre en prétextant la célébrer. »

Ils nous l'avaient sérieusement énervé, le Joël, et je leur aurais vivement conseillé de passer très loin de chez lui à l'avenir, si j'en croisais quelques-uns, mais je ne savais pas qui ils étaient, et je me félicitais d'avoir couché Méline ce soir-là, qu'elle ne fût pas de la partie, car certains d'entre eux étaient encore au poste ou en cellule de dégrisement.

Dans l'urgence, le sous-préfet avait pris un arrêté qui n'autorisait aucune forme de fête sauvage et aucun rassemblement extérieur après deux heures du matin, et jusqu'à la fin de la semaine. Claire lui avait promis que tout irait bien, et les organisateurs, qui n'étaient pas contents de cette mauvaise image, lui assurèrent que cela ne se reproduirait pas, ils allaient parler à qui il fallait, et les camions pleins de son et de drogues chimiques ne réapparaîtraient pas dans le paysage local, on pouvait continuer à fêter la planète et tous ses occupants.

Le troisième jour, ça avait débordé, et l'on avait accusé les Pancraciens. Ça s'était cogné sec, paraît-il. Je l'avais raconté à Martin et à la mère Martin. Lui haussait les épaules et marmonnait dans sa barbe, elle disait que c'était une jeunesse qui devait passer. Mais après que je lui ai eu expliqué toute l'affaire, elle ne l'a plus dit sur ce ton.

On était pourtant en pleine joie solidaire, il y avait eu une parade tout arc-en-ciel de gens travestis comme on aurait fait au Moyen Âge en plein carnaval, le sérieux, les pancartes, et un rien de revendications en plus. Ils avaient placé au-devant de la farandole quelques migrants des environs, ça faisait un peu fourre-tout leur affaire, m'avaient dit certaines langues peut-être médisantes, et des voix s'étaient élevées, qui disaient qu'elles ne voulaient pas de ça pour leurs enfants, on ne savait pas bien qui avait parlé, et ça n'avait pas duré longtemps, mais suffisamment pour que le ton monte, entre quelques-uns, et que les choses s'enveniment, après qu'il y avait eu quelques sarcasmes. Des gars de Saint-Pancrace avaient été reconnus et immédiatement pris pour cible.

« Les effets de l'alcool », disait Martin en haussant les épaules et en nous resservant un Ricard.

Il aimait bien boire des coups, lui, mais toujours chez lui, ou chez des copains, le bistrot, c'était pas son affaire, les foules encore moins, il tenait que ça n'était que nids à emmerdes, ces rassemblements de foule.

« Et d'où tu tiens tant de principes ? » lui demandait sa mère, qui ajoutait qu'il vivait comme un ours.

– Un ours, ça a sa dignité, dit-il avant de boire son verre.

– Et alors, m'a-t-elle demandé, comment ça a fini ? »

Ça a fini comme ça devait finir, en pugilat gaulois, la haine en plus, car on avait bien vite traité les Pancraciens, que l'on soupçonnait d'avoir prononcé de vilaines paroles, de fascistes, de réactionnaires et de nazis. Et ça, ça choquait terriblement la mère Martin, que l'on pût employer des mots pareils. Elle en connaissait beaucoup, de ces habitants du village voisin, depuis le temps qu'elle était là, c'est-à-dire depuis sa naissance ou presque, parce qu'elle n'était pas née précisément là où elle vivait aujourd'hui, là où elle mourrait ; ça, c'était la maison de son défunt mari, mais elle n'était pas née très loin d'ici, dans l'arrondissement voisin peu ou prou, donc elle connaissait tout ce beau monde, et si ce n'étaient pas les gars eux-mêmes – que l'on accusait de tous les malheurs qui arrivaient au bourg –, c'étaient leurs mères et leurs grands-mères, et encore leurs pères, qui bossaient dans les champs, à l'usine, ou qui faisaient l'artisan, et elle savait qu'il n'y avait rien de fasciste là-dedans, de nazi encore moins. Du reste, elle ne comprenait pas qu'on pût employer ces mots avec tout ce qu'ils portaient de malheurs et de honte sur notre territoire. Son père à elle y était resté là-bas, au stalag, et ça lui avait brisé la vie, alors on ne pouvait pas prononcer ces mots à la légère. Pas pour de vagues histoires de beuverie. Ça n'était pas raisonnable, elle trouvait. Ça ne se faisait pas. C'étaient des choses mauvaises que d'employer les mots à tort, et ça, c'était à cause de la mauvaise éducation qu'on leur avait mise dans le crâne.

« Mais pas à la maison, ça vous pouvez me croire ! C'est l'éducation de l'école qui leur a mis ces mauvaises idées. Et la télévision.

– La télévision que tu regardes toute la journée, a ricané son fils.

– Mais moi, j'ai l'esprit assez bien fait pour savoir ce qui est juste et ce qui ne l'est pas, dans leur télévision. Eux, les jeunes gens, ils ne savent plus. »

Vraiment, elle trouvait qu'il y en avait encore de bien gentils, au village, mais qu'il y en avait qui ne pensaient pas droit. Et que ça allait se multipliant, et qu'elle ne savait pas comment ça deviendrait, dans une génération.

« Qu'est-ce que ça peut te faire, tu n'y seras plus pour voir, lui a envoyé le fils, à qui j'ai dit que ce n'était pas correct de dire ça à sa mère.

– Bah, penses-tu, disait-elle. Il m'en envoie tellement toute la journée, des cochonneries comme celle-là, que je ne les entends plus. Je ne l'emporterai même pas au paradis, parce que je ne m'en rends plus compte.

– Finalement, j'ai expliqué à la mère Martin et au Martin, ils ont eu ce qu'ils voulaient, nos bons amis. Ils ont réussi à chasser tous les Pancraciens du village le temps de la grande fête.

– Ils ont chassé ceux qui ne sont pas comme eux, ce n'est pas une bonne chose », a dit la mère, et elle avait peut-être raison. Ils allaient poursuivre leur grand rêve confinés entre eux, si ça se trouve c'était ça, leur solidarité.

En tout cas, après que c'était revenu dans l'ordre, que la maréchaussée, appelée une fois de plus, avait ramené le calme et décrété que les Pancraciens étaient interdits de séjour dans le village le temps des festivités, la fête avait repris de plus belle.

« Et personne n'a trouvé à redire qu'on les prive de venir au bourg ? a demandé la mère.

– Non. Tu comprends, ça aurait tout mis en l'air, si on avait discuté la décision des autorités. »

Donc, le concert avait eu lieu, et quand j'avais quitté le village, sur les coups de six heures, la fête battait son plein.

« Ils ne sont pas fatigués ? a demandé la mère Martin.

– Pourquoi qu'ils seraient fatigués ? a dit le fils. Ils sont pas des vieux comme toi.

– Moi qui ne suis pas si vieux, j'ai dit, ça me fatigue pourtant.

– Alors pourquoi t'y vas ? a demandé Martin.

– Aujourd'hui, je suis allé voir le Fou, il n'était pas bien. Ce matin, il devait travailler, mais il n'a pas pu. Les bronches, a dit le médecin. Il faudrait qu'il arrête de fumer, mais il ne veut pas, ce con. Il est en train de se bousiller, et ça le fait encore rire. Quoiqu'il rie moins, parce que ça l'étouffe chaque fois.

– Faudrait pas qu'il nous crève, des fois, ton ami, a dit Martin, plein de sollicitude.

– Parle pas de malheur », a fait la mère en se signant.

Je me suis gratté le front. C'est vrai ça, je n'y avais jamais pensé, mais il était mortel lui aussi, mon Fou. S'il venait à clamser, c'est mon meilleur ami que je perdrais. Même si l'amitié était chose étrange avec lui, et que le mot n'était pas tout à fait tel qu'on l'entendait pour les gens ordinaires, il y avait quelque chose dans ce goût-là, entre lui et moi. Une vieille relation pleine de non-dits et de vacheries, ça devait avoir quelque chose avec l'amitié. Quoi qu'il en soit, c'était celui qui remplissait le plus ma vie, avec Kylian, depuis que les gamins étaient loin. J'ai chassé l'idée loin de moi.

« Bah, il est immortel, ce vieux con. Il a résisté à un tracteur, et à mille autres choses immondes que la vie lui a mises sur le travers de la route, ce n'est pas une petite bronchite qui l'emportera.

– Une bronchite, en cette saison ?

– Au diable si j'en sais quelque chose. Paraît que certains sont sensibles au pollen, c'est peut-être ça. »

Martin a haussé les épaules, il ne voulait pas enfoncer le clou davantage, il a dû comprendre que ça me peinait, il avait bien quelques notions de ce que peut être un ami, dans le fond.

*

À présent pourtant, vous en voulez du malheur, je vous l'avais promis. J'y viens, vous n'allez plus pouvoir en souper, bientôt. J'irai jusqu'au bout, malgré que j'en aie le cœur gonflé de peine, et peut-être que si vous me suivez là-bas, vous la partagerez, ma peine, ça m'en fera moins à porter. Ça me soulagera, c'est ce qu'il faut que je me dise. Alors voilà comment ça s'est passé. La fête a continué les jours d'après, je ne vais pas vous les raconter tous un par un, ce serait fastidieux, tant pour moi que pour vous, je crois que vous avez compris l'idée, le décor vous l'avez. Ça a fanfaronné dans les coins, il y a eu des spectacles, de bons et de moins bons, c'est ainsi, et ça importe peu, en ce domaine chacun fait aussi bien qu'il peut – il en va de son ego. Bien qu'on soit pas tous logés à la même enseigne, c'est évident. Ainsi est arrivé le jour du solstice, comme ils disaient. Moi, je préfère dire la Saint-Jean. Raison personnelle. Ils ont allumé le grand feu sur la grand-place. Ça a été tout un bataclan d'organiser ce feu avec les normes modernes, les interdits, les impératifs, les précautions. Bien sûr, on n'est pas là pour se faire mal, mais on n'est pas tous des enfants non plus. C'est à force qu'on le devient. Alors il y avait pompiers, gendarmes, gens d'organisation, les vieux qui donnaient leurs conseils, les jeunes qui s'énervaient, et tout ça pour brûler des palettes, de ce qu'on ne pouvait pas brûler du vrai bois, ça aurait mis trop de temps à consumer, disaient-ils.

« C'est eux qui nous consument l'âme, avec leurs précautions », j'aurais bien dit au Fou s'il avait été là. Que c'est tout du toc, même pas un vrai feu. Pourtant, ça brûlait bien, mais ça dégageait sûrement des fumées pestilentielles. Et il n'était pas là, ce con de Fou. Tout grippé au fond de son lit, comme une buse. D'avoir trop fait la nouba certainement. À son âge. Et voilà que je sombre noir et délétère, à y penser à cette fin.

Alors tout de même, on s'est amusés autour de ce grand feu, il y en avait encore quelques vaillants, debout, qui avaient résisté à la longue semaine de bacchanale – mais c'étaient surtout des enfants, quelques adolescents ennuyés, et les vieux dans mon genre ; des plus vieux, même, encore, qui donnaient des conseils à tout-va, que ça agaçait les pompiers volontaires. C'était assez dépenaillé, tout ce qu'il restait, il faut dire. Ça ne se tenait plus vraiment. Les filles poussaient d'immenses cris pour enruter les mâles, et les enfants partaient dans tous les sens, suivant l'exemple. Le feu devait laver l'année qui s'était écoulée, ouvrir de nouveaux cieux pour de nouvelles promesses. Après le feu, il y aurait feu d'artifice pour clore en beauté la grande fête des solidarités, contre toutes les peurs et pour la planète. Ça promettait des étoiles plein les yeux, du baume plein le cœur et de la bière plein le ventre. On voyait que ça leur causait un effort, à beaucoup, qui avaient les yeux fatigués, les rides bien marquées, mais finalement ils étaient presque tous là. Des étrangers, des inconnus, et puis tout le peuple du village. François, Julien, un tas que je connais mais dont je ne peux pas énumérer tous les noms, et puis Méline, avec son gosse. Avec des gars. Certains que je connaissais, d'autres pas. Pas de filles autour d'elle, elle préférait la présence plus directe, plus excessive des gars. Elle était comme eux, m'avait-elle dit un jour, se sentant un loup, n'étant pas attachée par ses sentiments, préférant l'aventure, les rires forts, la liberté. Son enfant, elle faisait tout ce qu'il était de son devoir de faire pour lui, mais tout de même, souvent, ça lui pesait d'avoir des obligations envers lui. D'avoir à materner, toutes ces choses ridicules, comme elle disait. Quand le brasier s'est calmé, que les palettes eurent bien brûlé et que les flammes ne furent plus bien hautes, il a été question de sauter par-dessus, tout de même. Une de ces traditions qui ne se perdent pas. Elle a été la première à sauter, ma Méline, en poussant de grands cris, que tout le village était au courant qu'elle franchissait le tas de braises. Elle est retombée à côté de moi, du coup.

« Alors, je lui ai fait comme ça, tu as plongé dans le grand brasier purificateur ? Tu as brûlé tous les mauvais souvenirs ?

– Oh, la barbe ! m'a-t-elle répondu. Je fais ça parce que ça m'amuse. Et puis maintenant, c'est fait, on va pouvoir passer à autre chose, j'ai soif ! »

Si elle avait fait ça juste pour s'amuser ou si elle pensait vraiment que ça aurait un effet, que c'était un rituel à respecter et qu'on ne savait jamais, je ne saurais le dire. Qui a jamais eu accès à ses sentiments me le dise. Mais je crois qu'elle ne les dévoilait à personne, elle s'était fait une armure de gaillard tout autour du corps, de ses rires trop forts et de sa grande gueule, pour qu'on n'y entre pas. Et en effet, ils restaient tous sur le bas-côté, elle leur prenait ce qu'elle voulait. C'est si bête un homme que ça ne comprend jamais rien, ça s'arrête à ce que ça voit. Son petit avait couru pour la rattraper, il avait fait tout le tour du feu, un grand cercle qui avait dû lui paraître un tour du monde. Elle ne l'avait tout d'abord pas vu, puis elle l'avait accueilli avec un sourire impatient. Il allait falloir qu'il se trouve des amis, parce qu'elle comptait bien célébrer la dernière soirée, déjà qu'elle s'était couchée tôt deux soirs de la semaine pour être avec lui, il fallait qu'il comprenne que maman aussi avait besoin de s'amuser. Elle avait soudain eu l'idée de l'envoyer voir son père, au moins pour une heure ou deux, il pourrait bien s'en occuper, du fils, même s'il faisait partie de l'organisation et qu'il allait maintenant falloir tout ranger, tout démonter. Je les voyais qui parlementaient tous les deux, et je savais bien qu'il n'avait aucune chance, le père. Il essayait de se débattre, mais il était noyé, de toute façon. À tout niveau, il était plus petit qu'elle. Méline avait décrété qu'il garderait son fils jusqu'au coucher de l'enfant, donc ça se ferait.

« Je dois filer un coup de main pour le démontage, arguait-il.

– Tu iras après.

– Tu peux bien le garder, disait-il encore, tu n'as rien à faire, toi. »

C'était la phrase à ne pas dire, sinon pour embraser le volcan :

« Je me le suis frappé toute la semaine pendant que tu faisais semblant d'être occupé, maintenant c'est à ton tour, tu es son père, non ? »

Il était énervé lui aussi, ça se voyait bien, mais elle était déjà partie ayant oublié la dispute, elle poussait là-bas des cris d'excitation ayant rattrapé son groupe, elle sautait en l'air comme une jeune fille qui va au bal.

Je suis rentré chez moi peu après. De leurs festivités,

j'avais assez soupé, et mon Kylian m'attendait. J'avais été obligé de l'attacher pour qu'il ne me suive pas, ce jour-là encore, et ça me faisait de la peine. Mais c'était un jeune chien, je ne souhaitais pas qu'il fréquente les sales cabots du village, ça aurait pu lui donner des idées – à tout le moins des puces. Aussi m'a-t-il fait grand fête quand je suis revenu, et j'ai songé que c'était un bonheur agréable, tout de même, d'avoir à la maison quelqu'un qui nous attendait et nous léchouillait pour le dire. La nuit, je ne l'attacherais pas, il n'y avait aucune raison qu'il file, maintenant que j'étais là, et puis il en avait assez enduré, ce pauvre chien.

C'est bien arrivé le dimanche, mais nul ne s'en est aperçu. Ce n'est que lundi que l'effarement a gagné les esprits. Nous étions le 25 juin. Ce qui m'a d'abord étonné, c'est que Kylian ne fût pas là. Ni pour venir gratter derrière la porte ni pour réclamer sa gamelle ni même à aboyer dehors. Il faisait chaud, et c'était tôt. Une vraie chaleur à crever, et j'ai songé que mes petits amis paysans allaient damner le ciel de leur envoyer tant de sécheresse et si peu de douceur. Ça permettrait au moins de sécher les foins qui avaient été fanés. Je me disais cela quand j'ai entendu un aboiement lointain. Lointain, sans aucun doute, mais qui était celui de Kylian – pour sûr. Brave Kylian, qu'était-il allé faire si loin ? Quel gibier avait-il reniflé ? Il reviendrait bien, me dis-je, quand il aurait marre de courir. J'ai ainsi musardé un moment, traînant à prendre mon café, j'étais un peu las et je ne comptais pas sortir tout de suite. Pourtant, Kylian ne rentrait pas, ça a commencé à me faire du souci. Puis, l'aboiement s'est changé en plainte, longue et déchirante. J'ai enfilé des vêtements et je suis sorti, il s'était peut-être passé quelque chose, il avait pu lui arriver du malheur. Dehors, j'ai vu Martin au loin, qui me faisait un signe.

« C'est ton chien qui aboie ? » demandait-il.

Lui aussi avait reconnu sa voix. La plainte s'étendait du côté des Fayes, semblait sortir de l'épais de la forêt. Marchant d'un bon pas, j'ai bientôt rejoint les terres de Julien, à l'orée du Bandiat. Les yeux collés, à son habitude, il sortait du lit, puant comme trente-six cochons. Ses sales clebs qui me sautèrent dessus, je les chassai à coups de pompes, je n'étais pas d'humeur.

« Dis donc, l'artiste, lui dis-je, c'est mon clébard qui geint comme ça depuis une heure, ça ne t'a pas alerté ? »

L'artiste du poireau a levé les épaules, sorti une crotte de son nez et grasseyé :

« J'ai des légumes à ramasser, alors ton chien, tu parles si…

– C'est toi, le légume ! » je lui ai lancé avec un peu de méchanceté avant de me diriger vers la rivière.

Je suis entré dans le bois, plein de sombreries et de vilenies à l'esprit, je ne sais pas pourquoi cela m'était venu d'un seul coup, une espèce d'urgence que je sentais, sans doute. Pourtant, la fraîcheur de l'ombrage des hêtres et des chênes aurait dû calmer ma nervosité. D'ordinaire, la proximité des arbres m'apaise, elle me faisait tout l'effet inverse. Les aboiements de Kylian ressemblaient un peu plus à des cris, au fur et à mesure que j'avançais. Je m'étais enfoncé dans le bois, j'avais longé le Bandiat avant de le traverser par le petit pont de pierre, j'atteignais le profond de la forêt et mon cœur s'emballait, il faudrait peut-être que je marche moins vite à mon âge, me disais-je, mais la longue plainte de mon chien me faisait hâter le pas, et surtout le cœur, car ce n'était pas uniquement la marche qui me le faisait délirer ainsi – c'était tout autre chose. Quand je suis arrivé aux abords de la maison abandonnée, celle qui m'avait toujours donné des sueurs froides, j'ai commencé de perdre la sensation de mes jambes – du diable si je savais pourquoi ! Arrivé au faîte du petit promontoire qui la domine, j'ai trébuché, perdu l'équilibre et mis un genou à terre dans le creux au fond duquel la maison m'attendait. J'ai naturellement penché en avant en voulant me rattraper sur un genou, si bien que j'ai roulé dans la pente sur trois ou quatre mètres jusqu'à l'entrée de la maison. Kylian avait cessé d'aboyer, il me regardait d'un air de chien battu, sans même sembler s'interroger sur la raison de ma chute grotesque. Il avait tout compris, car il avait déjà tout absorbé. Il me coulait un regard affligé, et puis il m'a léché le visage, bravement. Après quoi, il s'est allongé juste à l'entrée de la maison, laissant tomber sa gueule entre ses pattes et tournant le regard vers l'intérieur. Il ne poussait plus sa plainte, j'ai pourtant entendu un gémissement – comme de pleurs empêchés. Je n'avais presque plus peur, faisant un pas pour entrer dans la maison, comme sachant que ce que j'y trouverais serait affreux. J'aurais pu m'y attendre, mais veut-on jamais prendre conscience de ce dont l'inconscient nous préserve ? Accroupie au milieu de la pièce sombre où j'entrais pour la première fois, Martha gémissait en se balançant lentement d'avant en arrière. Elle portait dans les bras le corps d'un enfant de trois ou quatre ans. Elle lui chantonnait des berceuses entre deux gémissements et lui chuchotait à l'oreille des prières et des mots de réconfort, de paix, de douceur. Il avait pourtant les yeux grand ouverts sur la nuit de la pièce, il était froid et mort.

Il m'a fallu du temps, tant le choc fut grand, pour reconnaître l'enfançon qu'elle avait dans les bras, la douce Martha. Mes yeux voyaient mais refusaient de croire. Que cet enfant blond au regard éteint maintenant, c'était le petit de Méline. Que diable s'était-il passé, que fallait-il faire, et pourquoi Martha était-elle là, et mon Kylian ? Qui arriverait pour nous réparer tout ça ? Les pensées qui se mélangeaient m'empêchaient de penser. Martha tenait entre ses bras ce petit corps déjà froid et continuait de se balancer accroupie, et j'étais planté à genoux, et Kylian avait repris son lamento affligeant. Que faire ? C'est une pensée qui ne peut pas avoir lieu dans cette situation. Nous étions aussi figés que le petit l'était, aussi froids du dedans, l'âme aussi brisée, et l'esprit tout autant emporté. Peut-être sommes-nous restés ainsi longtemps et c'est sans doute une drôle de crèche, comme une macabre nativité, qu'a découverte Martin qui était venu lui aussi. Le silence peut-être, plus encore que les piaulements du chien, l'avait attiré en ces bois. Il aurait pu être saisi du même effroi que nous, rendu pierre telle une statue, mais il était homme pragmatique. Il m'a fait lever et, sans lui, peut-être ne m'en serais-je jamais relevé. M'en suis-je relevé ? Il a voulu prendre le petit pour décharger Martha mais ses bras de mère ne pouvaient en lâcher le cadavre. Aucun de nous ne pouvait plus poser les yeux sur l'enfant. Ainsi soutenant la pietà avons-nous fait cortège funèbre jusqu'en sa maison. Pourquoi là, je ne saurais dire, sinon que nous l'avons suivie, qui avançait tel un somnambule, et nous après. La gendarmerie fut appelée et aussi les pompiers, qui ne purent que constater que le petit était mort, et aussitôt il fut emporté non pas chez son père ni même chez sa mère, mais directement à l'unité médico-légale de Poitiers, comprenez, il faut l'examiner, il faut l'analyser, l'autopsier, pauvre petit, nous avons bien vainement protesté, fait-on entendre raison à la loi ?

Ce n'est pas une gueule de bois qu'avait le village en s'éveillant le lundi, c'est son innocence qu'il perdait, pour peu qu'il lui en restât. Qui a prévenu les parents, je ne saurais le dire, et je n'aurais pas aimé que ce fût moi. Sans doute ont-ils mis du temps à les trouver, les informer, les emmener, je voulais être le plus loin possible des cris de souffrance de la mère, de l'effondrement évident du père, je voulais m'éloigner c'est certain, mais dans le même temps, j'aurais voulu être là, au cas où j'aurais pu être utile, j'aurais voulu être un ange pour secourir sans que l'on me voie, mais nous ne sommes que des hommes, et l'on fait rarement ce qu'il aurait fallu. Il faudrait que je vive avec un nouveau fantôme, maintenant, et je ne vous parle pas de la mère et du père du petit enfant, dans quelle autre dimension, au bout de quel autre temps vivraient-ils, s'ils survivaient ? On a beau croire que l'on a usé toutes les parcelles de son être pour le laver de l'innocence originelle, on a beau s'adonner aux vices, aux drogues, aux saletés – au cynisme et au machiavélisme même, ou au plus profond désespoir –, il nous en reste toujours, de cette innocence qui fait crier l'âme, qui jette le cœur dans l'effroi et nous met à nu face à nous-mêmes. Tous, nous en serions touchés, parce qu'un enfant qui crève comme cela, ça remue le plus sale endiablé d'entre nous. Il n'est pas jusqu'à Kylian qui en soit resté traumatisé. Les chiens ont de l'attention pour ces choses-là. Ces choses-là arrivent, on les lit dans les journaux, que ça nous colle de l'effroi. Alors quand ça arrive près de chez nous, que ça se fait juste là, c'est un malheur à ne plus parler à personne, parce que rien ne pourra jamais plus valoir la peine d'être dit.

Maintenant que vous êtes là, que je vous ai dit tout cela, vous voudrez connaître la suite, je ne vous parle pas de fin, mais il est évident que l'on veut savoir, la raison toujours nous reprend le dessus, c'est la part la plus incoercible de notre être.

Le malheur, mon Fou, ça me l'a emporté d'une seule bourrasque. C'est qu'il l'aimait, son petit-fils, il faut croire. Qui est-on pour juger des choses de l'amour ? On s'y connaît comme un aveugle au milieu d'un jeu de quilles. Il a viré muet en un jour, le lendemain il n'y était plus. Quand je suis allé le voir, finalement, parce qu'il fallait bien que je quitte l'état léthargique, moi aussi ; parce que même au plus profond du deuil, on est obligé à des choses concrètes, à des parlotes, des paperasses, des doléances, des échanges sociaux ; quand je suis allé le voir, il ne parlait plus. Il marmonnait par moments des jurons, et puis il toussait. Paraît qu'il avait une saloperie carabinée aux poumons, un cancer, je crois. Ils ont dit cela quand ils l'ont emmené à l'hôpital, et qu'il aurait dû s'en soucier bien plus tôt, qu'il le savait de longtemps, et que ça lui mangeait depuis un moment le dedans. Mais moi, je sais que c'est le malheur qui me l'a tout déchiqueté, des entrailles aux poumons. Ça lui a mangé la voix, puis le souffle. Oh, je sais, tout cela ne s'est pas fait en un jour, il y en a eu quelques-uns avant qu'il crève, mais il était si inconscient qu'il était déjà parti.

J'ai été une fois le voir dans son hôpital, et je n'y retournerais pas. Les hôpitaux, moi, ça me crève. Cette odeur de détergent, ce personnel tout en blanc, qui semble être à l'usine, et qui ne vous regarde pas, affairé à tripoter des corps comme s'il était encore à l'université, apprenant sur les cadavres. Ce faux silence, cette froideur, ça me mine. Nous étions partis un soir, Kylian et moi, de conserve en voiture jusqu'à Angoulême. Direction plein ouest, ce n'était pas l'heure la plus favorable, quand les rayons du soleil vous rasent le capot et rendent aveugle complet, à ne pas voir les bêtes qui surgiraient des fossés pour chercher à boire, moins encore les voitures qui foncent tout sur vous. S'agissait pas de perdre une jambe dans la bataille comme mon Fou. Ou encore ses poumons. Paraît qu'il les avait brûlés jusqu'à la plus petite alvéole. Un sac à goudron, qu'il avait dans le buffet. Plus de cyanure que dans le corps de l'espion anglais tué par des Russes. C'est ce qu'il prétendait le médecin. Même que le Fou l'aurait su depuis un an, et qu'il ne s'était pas fait soigner. Exprès. Pour emmerder la médecine. Au moins il n'aurait rien coûté à la collectivité, j'ai essayé de lui représenter. Je ne l'aimais pas ce médecin. D'ailleurs, je crois que c'était une infirmière. Tout cela est un peu confus, mais j'étais sous le choc. Et puis je savais que tout ce qu'elle allait dire, la médecine, quelle que soit sa gueule, quel que soit son grade, sa blouse ou ce qu'il y avait dessous, ce serait pour me tuer les sentiments par la raison. On allait tenter de me convaincre que tout cela était rationnel, scientifique, il avait fumé donc il mourait. Les émotions, les sentiments, tout l'invisible qui nous porte et nous fout à plat, aussi bien, ça n'entrait pas en ligne de compte, pour eux.

C'était comme pour mon Kylian. Exactement la même chose. Qu'on lui avait refusé l'entrée, sous prétexte que « nos amies les bêtes ne sont pas admises dans l'enceinte de l'hôpital ». Et alors ! Il fallait qu'on crève, mais qu'on le fasse sans affection ! Mon Fou, il aurait été content que Kylian vienne lui lécher les joues, et même si le médecin ou l'infirmière avait prétendu qu'il ne ressentait rien, à cause des médicaments, à cause de la maladie. Ils me l'avaient foutu en soins palliatifs, les bougres. Pour ainsi dire, on attendait qu'il crève, « mais avec le moins de souffrance possible ». Au moins, s'il ne souffrait pas… N'empêche, ça m'a tordu le foie, cette affaire. Moi, j'étais venu avec une fiole de gnôle dans la poche, quelques bons cigares, un chien plein de tendresse, et rien n'avait été possible. Ce con de Fou ne répondait pas. Il végétait sur son lit blanc. Un légume flottant dans un potage. Je pouvais toujours parler, mais je ne savais pas s'il entendait. Alors, je lui ai quand même confié quelques secrets qu'il emporterait dans la tombe, je le savais.

Et puis finalement j'ai trouvé que ça sentait mauvais, j'ai demandé à l'infirmière ou l'aide-soignant, je ne sais plus, de prendre grand soin de lui, de bien le traiter, parce que c'était mon meilleur ami et qu'il avait mérité une belle mort, ayant eu une sale vie, et je l'ai quitté pour toujours.

Il y a des conjonctions comme cela. On parle d'alignement des astres. Tu parles s'ils étaient alignés, pour la famille. Pendant que son père crevait, on enterrait son fils. Elle avait refusé la crémation, comme on aurait fait d'ordinaire. Comme on voulait la convaincre de faire. Après une autopsie c'est plus propre, lui disait-on. Une crémation, c'est moins de frais, lui disait-on encore. Les arguments ne manquaient pas, mais aucun ne la toucherait. Elle ne ferait pas subir une deuxième mort à son fils, voilà ce qu'elle finit par dire pour qu'on arrête de lui en parler. Il aurait une sépulture digne, il se promènerait une dernière fois dans son petit cercueil, sous un monceau de fleurs, il entendrait le chant des oiseaux, il sentirait la chaleur du soleil, il serait porté par ceux qui l'avaient vu naître, pousser… Le père n'avait rien pu dire non plus, mais il n'avait pas dessoûlé depuis une semaine, paraît-il. Méline s'est chargée de tout. Elle a refusé l'aide de tout le monde, l'entourage de toutes ces belles âmes qui se réveillaient maintenant, qui voulaient encore la garder un peu pour elles. Elle n'était plus de leur monde. François avait organisé une collecte au bistrot, faute de mieux, et on ne savait pas très bien pour quoi faire, mais on mettait tout de même des pièces dedans, pour avoir l'impression de contribuer, et puis on avait installé un livre d'or, sur lequel chacun inscrivait des cœurs, des poèmes de circonstance, des dessins, même les enfants y lâchaient leurs gribouillis. Qu'est-ce qu'on pouvait faire, après tout ? Elle ne voulait pas. C'est ainsi qu'ils disaient. Et ça leur faisait un grand vide de ne rien pouvoir entreprendre. Alors, ils avaient eu l'idée d'un banquet solidaire pour après l'enterrement, mais ça aurait pu rappeler de mauvais souvenirs. On prendrait juste un verre de l'amitié au bar, et c'est François qui inviterait. S'il y en avait qui voulaient préparer des toasts…

Et ce fut beau. Parce qu'elle était debout, digne comme nul n'aurait imaginé, et seule, dans une robe noire impeccable. Le père n'osait pas tout à fait se mettre à côté, il avait naturellement gardé un pas de recul pendant la cérémonie républicaine, qui avait été vite expédiée par un maire point trop à l'aise. Derrière, la cohorte villageoise ne savait pas très bien comment se tenir. C'était tout dépenaillé, que ça me faisait tristesse. Mis à part quelques vieux dont je faisais partie, aucun n'avait songé s'habiller. Aucun n'avait enfilé d'habits de deuil, ils ne savaient plus. Et Méline s'en détachait d'autant plus dans son voile noir, derrière l'immense bouquet de fleurs qu'elle portait, qui cachait ses larmes, sans doute, mais explosait de vie aussi, elle avait voulu des lys, d'immenses gerbes de lys blancs pour son petit enfant. Elle n'a pas dit un mot, sinon tout doux, à la fin de la procession, pour qu'on la laissât seule avec l'enfant, et le père lui-même n'a pas osé rester dans le cimetière, c'est comme s'il ne s'était pas senti à la hauteur – une chose étrange. Méline imposait le respect, c'était une évidence si puissante qu'il semblait que le silence s'était fait dans tout le comté.

En rentrant chez moi, j'ai eu cette pensée. Peut-être était-ce cela qui les rendait dignes, les femmes de jadis. D'avoir survécu à la mort d'un fils. D'avoir saisi le sérieux de la vie ; son tragique. De l'avoir subi, et d'y avoir survécu. Ça faisait voir les choses tout autrement. Ça donnait une dignité à la vie – cette mort. Pas une joie, certes, mais une pesanteur, comme une assise. Elles avaient senti le poids du monde, et comme il est composé de tous ces morts dont la matière revient là, juste sous nos pieds. C'est finalement l'enfant mort qui les portait. Ce sont des choses qu'on sait encore, dans nos campagnes, où l'on peut écouter la terre. Mais sous le goudron, qu'ont-ils encore à nous dire, nos morts, que nous puissions entendre ?

Je n'avais pas voulu participer à leur pot, où Méline n'irait pas, d'ailleurs, et ils ne comprendraient pas pourquoi, certains trouvaient même que ce n'était pas correct. Ils se sentaient abandonnés, c'était bien la meilleure, celle-là, et pourtant c'était vrai. Ils avaient l'impression d'avoir perdu une des leurs, et ça leur était plus affligeant que la perte de l'enfant, somme toute. On devait faire groupe, faire village en toute occasion, c'est ce qui se prêchait au bistrot, me raconterait-on. Ils avaient tant fait pour elle, et maintenant elle les lâchait ? Tout de même, on n'avait pas laissé dire cela trop haut, il fallait un peu de tenue, mais certaines le pensaient, qui croyaient avoir été toujours de bonnes amies, des proches, et qui ne recueillaient que le silence de Méline.

« C'est dans ces moments qu'on a besoin d'une amie », disait l'une.

« Elle ne doit pas se murer dans le silence, elle va exploser », disait une autre.

« Je ne comprends pas, on a toujours tout partagé », entendait-on dire.

Les hommes étaient moins à l'aise. Certains croyaient l'avoir connue, que leur avait-elle donné, laissé ? Ils se rendaient compte qu'ils n'avaient rien à serrer entre leurs mains. Ils s'étaient abusés, en croyant s'être amusés.

Alors tout cela, toutes ces soirées, toutes ces rigolades, toutes ces ivresses et ces élans, et ces aventures, ça ne comptait pas, ça ne laissait pas de trace ? Il fallait croire que non. Finalement, dirait l'un qui était plus sage, on croit connaître les gens, on ne les connaît pas.

François s'était un peu moqué de celui-là, il n'aimait pas le sérieux, ça lui donnait des angoisses, il préférait qu'on ricane, alors il a offert quelques tournées jusqu'à vider le cubi de vin blanc qu'il était allé chercher à la cave, pour Méline. Elle aimait ça, le vin blanc, il le savait, mais pas ce soir, visiblement.

Les jours suivants, elle ne s'est pas montrée, et on se demandait ce qu'elle faisait. Tout de même, les uns et les autres avaient repris leurs activités, mais parfois, à l'heure de l'apéro, ou à la pause de midi, ils s'interrogeaient, l'avait-on vue, que faisait-elle, etc. Elle m'avait autorisé à passer chez elle, et nous avions parlé. Je l'avais trouvée calme, droite, forte et décidée. Elle n'en voulait pas à son père, d'être mort juste après son enfant, c'est comme ça qu'elle me le dit, tout net. Elle lui en voulait seulement encore un peu de n'avoir pas pu régler avec lui cette dette qu'elle portait sur les épaules.

« Mais est-ce qu'on règle jamais ses dettes avec ses parents ? » demanderait-elle, à quoi je ne pus répondre.

Elle ne savait pas si elle trouverait à l'avenir d'innombrables raisons de le haïr ou quelque raison d'avoir finalement une forme de respect pour lui, tout au moins de pitié.

« Parce qu'il a tout de même été ton père, lui dis-je.

– À peine mon géniteur », a-t-elle murmuré en haussant les épaules.

Elle m'a remercié d'avoir fait le nécessaire pour ses funérailles à lui, elle n'aurait pas eu le courage, après celles du petit. Un élan soudain m'a poussé vers elle, et je l'ai prise dans les bras, et elle s'est laissé faire, elle s'est laissée pleurer.

« Maintenant, que vas-tu faire ? ai-je demandé.

– Rester debout. »

Elle m'a raconté que le père de l'enfant lui en voulait, disant que c'était de sa faute, tout ce qui était arrivé, et qu'il l'enverrait en prison parce qu'elle avait été une mauvaise mère.

« Bien sûr, j'ai été une mauvaise mère. Mais est-ce que tu crois que je ne peux pas me rattraper ? »

Disant cela, elle me serrait le poignet, ses yeux avaient une profondeur que je ne lui avais jamais connue, et j'ai vu que son visage avait fondu, comme perdu une épaisseur en une semaine. Il y avait sur sa tête plusieurs cheveux blancs que je n'y avais jamais remarqués.

« Peut-être que j'irai en prison mais cela ne me fait pas peur. À présent, je n'ai plus peur de rien.

– Tout de même, dis-je, tu n'es pas plus coupable que lui.

– Je me fiche de lui. Il vit la peur au ventre, ça ne me concerne pas. Bien sûr, c'était aussi son fils et il aurait dû s'en occuper, il aurait dû le protéger, mais il en était incapable, je le savais. Incapable de se protéger lui-même, que veux-tu ? Le pauvre garçon tremble devant sa mère, comment veux-tu qu'il soit un père ? Alors, il me mettra tout sur le dos, et je le porterai. Parce qu'il n'en serait pas capable. »

Il y a eu un silence, puis elle a repris :

« C'est moi qui étais responsable de l'enfant, en toute circonstance. Affectivement, et légalement. Lui n'avait qu'un droit de visite, donc c'est moi qui suis responsable de sa disparition. Je le sais. Mais je croyais qu'il était avec son père. Et puis, j'ai oublié... »

Elle n'avait pas besoin de me dire la suite, je la connaissais, je l'imaginais. Elle avait été prise dans l'effervescence de la fête, elle avait eu envie d'aller jusqu'au bout, elle ne savait pas faire autrement, on ne le lui avait pas appris, et l'ivresse aidant, elle avait oublié son fils. Le père, de son côté, croyait qu'il était avec sa mère, quand il ne l'avait plus vu jouer sur la place. Elle était comme cela, elle ne prévenait pas, et il avait du travail, il avait passé une partie de la nuit à ranger. Pendant qu'elle... Au vrai, je ne voulais pas savoir les détails, et il en circulait déjà tant dans le bourg, des faux, des modifiés, des sordides. Des ragots de deuxième, troisième main. Car ceux qui savaient vraiment ce qui s'était passé cette nuit-là ne le disaient pas. Ils ne le diraient pas que la justice ne les y contraigne. D'abord ils étaient peu à se souvenir, ensuite ils avaient honte, ou peur. Je ne demandais pas à Méline de me raconter, de se confesser. Je ne voulais rien de cela, ça m'aurait affreusement gêné et j'aurais eu l'impression d'y avoir participé, d'avoir ma part de responsabilité. Elle le savait, c'est pourquoi elle n'a rien dit. Elle ne voulait pas me salir avec cette histoire. C'est pourquoi elle a dit qu'elle ne se souvenait pas, qu'elle avait trop bu. C'est ce qu'elle m'a dit, à moi. Et je préférais m'en tenir à cela.

Ça ne résolvait pas toute la question, car il faudrait bien savoir, à la fin, qui avait fait ce qui avait été fait pendant que les parents étaient loin. Mais cela, on ne le saurait pas tout de suite.

Je dois dire qu'à l'inverse de Méline, que cette tragique histoire avait élevée, beaucoup en avaient été abaissés. On aurait eu honte à moins que cela. N'avaient-ils donc aucun respect de rien ? La mère Martin n'en revenait pas, ne décolérait pas, d'avoir appris ce qui s'était passé le jour des obsèques. Son fils avait beau dire qu'elle n'y allait pas souvent, à l'église, il n'empêche qu'elle mourrait dans la religion de son baptême et qu'elle ne ratait aucune des grandes fêtes religieuses.

« Et puis, une église, c'est sacré, on ne fait pas n'importe quoi. »

J'étais d'accord avec elle, il y avait tout de même des limites à ne pas franchir. Martin, lui, marmonnait que c'était à la flicaille de faire son boulot avec des gars de ce genre. Qu'il n'y avait qu'à faire respecter les lois de la République.

« Et la loi de Dieu, alors ! lui disait sa mère. Elle n'est pas encore au-dessus de la loi des hommes ? »

Il haussait les épaules et essayait de resservir mon verre qui n'était qu'à moitié vide. Mais je n'en voulais pas plus. Tout ce qui arrivait me désolait jusqu'aux tréfonds. À m'en couper l'envie de boire.

« Ils ont donc si peu de respect ? » a repris la mère Martin.

Oui, certains d'entre eux en avaient si peu qu'ils s'en étaient pris aux cloches de l'église, le jour des obsèques du petit. Sous prétexte que le curé béninois avait fait sonner le glas. Et que ça leur tapait sur les nerfs, cette note lancinante, incessamment répétée, qu'on croyait qu'elle ne s'arrêterait jamais. Ils prétendaient que ça ajoutait à leur douleur. Ils disaient encore que la religion n'avait rien à voir avec ça, et qu'elle devait rester à sa place. Qu'on était un pays laïc et que le curé ne devait pas se mêler du deuil des pauvres gens.

La vérité, c'est que le curé ne l'aurait pas fait de lui-même, c'est Cédric qui était allé le voir et qui lui avait demandé de dire une messe à l'heure de l'enterrement, pour le repos de l'âme du petit. Il s'était avisé que personne ne ferait dire de messe pour lui et qu'il s'en irait dans les limbes, ou ailleurs, sans même qu'aucune âme ait recommandé la sienne au bon Dieu. Cédric, ça ne l'avait pas laissé en paix. Du reste, cette histoire ne pouvait pas le laisser en paix, du fait que ce soit Martha qui ait retrouvé le petit cadavre, qu'elle l'ait ensuite ramené à la maison et qu'elle n'en soit pas remise ; que les enfants aient chaque jour prié pour ce petit gamin mort. Il en était chamboulé mon Cédric, aussi profond que je l'étais, et peut-être plus, parce qu'il avait moins l'habitude de la vie, et de ses coups tordus – rapport à l'âge. Alors, il était allé trouver le curé dans son presbytère et il lui avait demandé de célébrer une messe, et il lui avait dit qu'il serait là pour y assister. Et il y était, quand les cloches avaient sonné. Il y était quand le curé avait dit sa messe basse, et Cédric y était presque seul. Il avait fallu le bousculer un peu, le curé, pour que la messe soit dite à l'heure de l'enterrement, il y tenait Cédric. Moi, j'étais arrivé à la fin. Méline, plus tard, elle me dirait que ça ne l'avait pas gênée, cette cloche qui cognait lancinante. Que même, elle se sentait un peu moins seule dans sa douleur. Elle n'aurait pas imaginé un enterrement religieux pour son fils, parce qu'elle n'avait pas de religion, elle, mais ça ne la dérangeait pas que d'autres prient pour son fils, s'ils y croyaient, à ce pouvoir invisible. Et puis, avec ces choses-là, on ne sait jamais. Qu'avait-elle à y perdre qu'elle n'eût déjà perdu ?

Mais eux, une tripotée d'entre eux, ça les avait gênés ; carrément énervés. Ils prenaient ça pour de la provocation. Ils trouvèrent là le moyen de se passer la colère, la rage, la culpabilité peut-être. Ils n'iraient pas jusqu'à dire que l'église était coupable, tout de même non, encore qu'avec les curés, on ne savait pas, mais que la mauvaise conscience qu'elle essayait de nous enfoncer dans la tête à grandes volées de cloches, c'était trop. Ils avaient fini par se rassembler devant l'église et avaient crié qu'on cessât. Certains, plus remontés que d'autres encore, avaient fait mine d'escalader pour en décrocher les cloches. Chose impossible, bien sûr, mais c'était pour le symbole. On n'en voulait plus de cette église qui trônait au milieu du village comme un archaïsme. Ça avait provoqué un début de scandale, tout cela, si bien que le maire en personne avait dû intervenir et menacer de faire venir la gendarmerie, et leur avait expliqué que ce n'était vraiment pas le moment, parce que la gendarmerie en avait soupé du village, et qu'il valait mieux la mettre en sourdine, ces temps-ci. Qu'il y avait eu assez de drames comme cela. Alors, oui, elle comprenait que les cloches de l'église, ça indispose, et qu'on était dans un État laïc, mais elle leur rappelait que c'était un bruit de la campagne comme un autre, auquel on s'était habitué.

« Vous ne voudriez tout de même pas que l'on vous juge comme ces Parisiens qui se plaignent du chant du coq ou du bêlement des moutons ? Vous êtes plus intelligents que ça ? »

Et puis, leur avait-elle rappelé, les cloches ne sonneraient pas éternellement, car bientôt il n'y aurait plus de fidèles, alors les cloches se tairaient d'elles-mêmes. C'était une question d'années, on pouvait bien prendre son mal en patience, ça valait mieux que de créer une nouvelle fracture sociale, il fallait vivre en paix les uns avec les autres, on savait bien au bout du compte que la vérité gagnerait. Que la lumière effacerait les ombres de l'obscurantisme.

Ça les avait calmés, pour une part, cette diatribe, mais tout de même, le curé avait dû sortir par la porte de derrière, à l'issue de sa messe, on lui avait fait comprendre que c'était plus prudent, et il avait obtempéré. Cédric était sorti presque seul sur le parvis, il n'avait pas relevé les protestations du groupe qui campait devant.

Quand je passerais le voir, plus tard, il me confierait que le prêtre lui avait dit que ce village était maudit, comme damné. Qu'il existait des terres comme celle-là, où le vent de Satan soufflait plus qu'ailleurs. Qu'ils avaient dû la souiller, cette terre, avec quelques bacchanales, par des actes qu'il ne connaissait pas, mais dont il soupçonnait la puissance. Depuis qu'il avait été envoyé ici, il y avait senti une emprise démoniaque, des puissances maléfiques. Ça lui rappelait certaines régions infestées par les démons du vaudou dans son pays. Et il y croyait ferme, à ces choses-là, parce qu'il avait vu des signes qui ne trompaient pas. Il avait vu de ses yeux l'action des mauvais esprits, et combien ils peuvent envoûter des personnes, même des lieux, et faire commettre des choses atroces. Il en avait de nombreux exemples au Bénin, mais il estimait qu'il pouvait y en avoir partout. Il savait que ce n'était pas de la rigolade, et que le démon peut hanter des terres où on lui a laissé toute liberté. Il avait expliqué à Cédric que, de toutes ses paroisses, celle-ci était la plus difficile qu'il ait eue. Qu'il n'avait pas la possibilité de se laisser aller à la désespérance, mais que beaucoup d'éléments l'y poussaient parce qu'il constatait bien qu'on ne voulait pas de lui ici, et que ce qu'il essayait de faire ne prenait pas. C'est pour cette raison qu'il n'avait pas voulu vivre dans le presbytère du village. Les curés qui l'avaient précédé avaient tous fini par jeter l'éponge. L'un avait même jeté ses habits de prêtre. C'était trop dur, il fallait être un saint et il n'avait pas l'étoffe d'un saint. C'est ainsi qu'il l'avait dit à Cédric, et quand il me l'a rapporté, tout au fond de moi, j'ai repensé à cette vieille histoire d'aristocrate que nos ancêtres avaient découpé et fait cuire ici, et que certains avaient mangé. On nous avait envoyé la guillotine, pour punition. Il avait fallu plusieurs jours pour qu'elle descende depuis Paris, portée sur une charrette. Mais ça n'avait puni que des hommes, ça n'aurait pas pu chasser les démons, s'il y en avait. J'ai pensé cela en moi-même et j'ai revu cette maison perdue dans le bois vers laquelle je ne remettrais jamais les pieds, et j'en ai eu des frissons, mais je n'en ai rien dit à Cédric.

Martha était alitée, elle avait du mal à se remettre de l'émotion qu'elle avait eue. Elle n'avait pas plus de force qu'une autre, disait Cédric, et il fallait qu'elle prenne du repos.

« Mais elle a peut-être été touchée par la grâce », dit-il timidement.

C'est ainsi qu'il expliquait qu'elle ait découvert ce petit corps mort dans la maison, le sauvant du festin des bêtes, étant arrivée trop tard pour le sauver de la mort. Elle ne pouvait pas justifier ce qui l'avait poussée à se lever à l'aube ce matin-là, sinon quelque chose d'invisible, de surnaturel. Une intuition si l'on voulait, un pressentiment. Laissant ses enfants, son mari, sa maison, elle avait été guidée par les aboiements du chien. Comme si on l'y avait poussée, vers cette maison obscure où elle n'avait pas hésité une seconde à entrer. Et elle n'avait pas eu peur, avait-elle dit à Cédric. Non, nulle crainte. Elle ne s'était même pas rendu compte que la maison était plongée dans l'obscurité, elle avait tout de suite compris ce qu'il y avait et ce qu'elle avait à faire. On l'avait menée là pour qu'elle prenne l'enfant dans ses bras et rassure son âme. Pour qu'il ne quitte pas la Terre tout seul.

Les inspecteurs à qui elle avait expliqué cela, dans toute sa candeur, s'étaient montrés ébahis, puis brutaux. Les prenait-elle pour des idiots, avec ses histoires de grâce et de forces invisibles ? Ils savaient qu'il y avait des gens comme cela par ici, qui croyaient au pouvoir des ondes, qui se faisaient chamaniser, qui te parlaient des plantes et qui avaient toute une armada de théories conspirationnistes dans la besace. Mais le coup de l'intuition divine, on ne le leur avait encore pas fait. Alors, ils l'avaient remuée, notre Martha toute douce, parce que c'était quand même elle qui l'avait découvert, le petit cadavre ; c'est elle que j'avais trouvée avec le petit corps dans les bras, je ne pouvais pas le nier, ils m'avaient interrogé à mon tour ; ils nous avaient interrogés tous les deux, dans deux pièces différentes, pour comparer nos versions, et avec un peu de brutalité, pour nous déstabiliser sans doute, savoir ce que nous avions dans le ventre, et si ce n'était pas un coup arrangé pour maquiller notre méfait. Ça aurait pu, après tout. Je les comprends, ils font leur tâche, aussi ingrate soit-elle. Je ne dis pas, on aurait pu être d'immondes prédateurs d'enfants, tous deux ; des couples atroces comme cela, on en a bien l'exemple dans notre histoire. Mais ce n'était pas le cas, et ça devait tout de même bien se lire sur le visage tout pur de la douce Martha. Ils auraient dû le voir tout de suite. Il n'y avait pas besoin d'être un fin psychologisant pour comprendre que cette fille, c'est l'innocence incarnée. Au lieu de quoi, ils l'ont brutalisée, et ça te lui a provoqué comme un deuxième traumatisme. Qu'on la soupçonne, elle ! Et qu'on veuille la pousser à révéler. À se livrer. Bien sûr, elle leur pardonnerait. Enfin ! Qu'ils aient pas été sympathiques avec moi, c'était pas grave, j'ai de la carapace, je les connais ces bougres d'ânes, ils croient extorquer des aveux en jouant le chaud-froid, d'abord bêtes brutaux, puis contrefaisant les gentils compréhensifs, tout le baratin. On les laisse faire, on les a vus venir à trois kilomètres et on n'a rien à se reprocher. On encaisse. Ils peuvent toujours nous pisser leurs questions tordues dans les oreilles, on s'en tient à son discours qui est juste vérité. Mais elle, la petite qui n'y connaît rien, c'était injuste de la passer au supplice, alors qu'elle avait déjà tant souffert.

« Et qu'est-ce qui nous prouve que vous l'avez trouvé là, cet enfant, dans cet état ? Et que ce n'est pas vous qui l'avez tué par malveillance ou par accident ? Et comment êtes-vous venue ici alors qu'il ne faisait même pas jour ? Et pourquoi ? Alors que vous prétendez ne pas connaître le lieu ? » Etc.

Et elle, inlassablement, donnant ses explications de peu, elle ne savait pas pourquoi, mais quelque chose d'intérieur l'avait guidée. Et puis, elle avait dit que je lui avais déjà décrit ce lieu, alors elle l'avait vu de l'intérieur avant d'y être allée ; s'en était déjà fait une représentation mentale. Elle avait été sensible à ce que je leur en avais dit. Elle l'avait tout de suite imprimé, ce paysage maudit. Moi, je ne savais pas, je n'aurais pas cru, pas pensé ; mais il se trouve que cela les a d'autant plus énervés, nos féroces commissaires enquêteurs. Ils croyaient tenir là une piste, un indice peut-être, alors que c'était hasard ; non, pas tout à fait, le hasard n'existe pas. Prémonition peut-être, ou ce que vous voudrez, mais n'ayant rien à voir avec l'organisation du crime. Seulement, pour leur faire entendre ça... Presque deux jours plus une nuit, on y était restés dans leur commissariat. À pas se voir l'un ni l'autre, mais sachant juste qu'elle y était aussi ; y avait été. Ne sachant pas ce qu'elle leur avait dit, ni de quelle sorte ils lui avaient trituré les méninges. Il avait finalement fallu la déposition de Méline pour qu'ils nous croient. Fassent mine de. Elle n'avait aucun doute sur notre sincérité, Méline, même ne connaissant pas Martha. Elle ne voulait pas qu'on s'acharne contre elle, qu'elle avait seulement aperçue mais dont elle ne doutait pas de la sincérité et de l'honnêteté ; quant à moi, j'étais presque un père pour elle, dirait-elle, mais ça avait failli aggraver la situation. De ce que ce genre de crimes abominables arrive très souvent en famille, disaient-ils. Et il est vrai que nos journaux en regorgent, de ces petits faits divers immondes. Du beau-père qui maltraite l'enfant jusqu'à la mort, sous les yeux indifférents ou avec la complicité de la mère. Que je te brûle l'enfant avec la cigarette ; que je le roue de coups, l'enferme et le tue petit à petit par la privation d'amour. Ça arrive, hélas. On la connaît, l'abomination de l'homme. Mais finalement, j'avais honorable réputation, ça aurait aussi pu se retourner contre moi, parce que des gens d'honorable réputation... Enfin bref, il n'y avait aucune preuve, ni contre Martha ni contre moi, c'est pourquoi ils nous ont relâchés – surtout. Ça ne m'a pas été agréable, mais pas un traumatisme tout de même – ce passage chez les poulets. La pauvre Martha, en revanche. Elle est restée alitée un bon moment après ça. Double traumatisme, que ça lui avait causé. Si bien que Méline était venue la voir. Elle avait hésité au début, m'en avait parlé. Elle voulait mais n'osait pas, ne savait pas comment elle serait reçue ; puis, tout de même, elle avait besoin de connaître les mots de celle qui avait recueilli son enfant – une mère, comme elle. Oui, c'était ça, elle aussi était une mère, murmurait-elle, comme si elle en prenait conscience, soudain. Elle avait besoin du réconfort d'une mère ; de celle qui avait vu son petit en dernier ; qu'elle lui dise comment il était, quelle expression il avait sur le visage, s'il avait l'air d'avoir souffert... Et puis, également, la remercier. Tout cela. Elle m'avait demandé conseil, si bien que j'avais fini par la mener chez Martha.

Méline tout en noir, bloc de silence posé sur la poussière des Fayes, vides à cette heure du jour – un début d'après-midi d'été, de toute façon jamais débordantes de vie. Les odeurs de fumier. La saleté de la campagne, les taons qui attaquaient raide. Je l'ai introduite dans la maison, intimidée soudain, ma Méline. Et Cédric l'a menée dans la chambre.

Ce qu'elles s'y sont dit là-dedans, toutes les deux, et si elles se sont dit des choses, nous ne le savons pas. Je sais seulement que Méline est redescendue de l'étage plus d'une heure après, nous avions eu le temps de boire le café et le pousse-café avec Cédric, dans la fraîcheur de la vieille maison de pierre, sans entendre rien d'autre que le murmure des grillons, que le vol lourd des mouches et le bêlement sporadique de quelque bête plaignant la sécheresse de sa gorge. Elle est revenue les yeux rouges, mais le visage souriant, apaisé, un visage de femme dont l'âme ne tremble plus. Non pas qu'elle revînt de confesse et qu'elle n'eût rien pu nous dire, mais on avait tout de suite senti que c'était leur affaire, que ça resterait leur affaire, à elles deux, et qu'il n'était pas dans nos attributions de poser des questions. Alors, Cédric a juste demandé gentiment, en la regardant comme il sait faire, bien droit dans le regard, si elle voulait un café, et Méline a fait oui de la tête.

Il a mis à chauffer le café, elle s'était assise buste droit et regardait loin, un très mince sourire, comme le souvenir d'une beauté entrevue, demeurant au coin de ses lèvres. On la sentait ailleurs, mais bien. Quand Cédric lui a présenté une tasse de café, elle a simplement tourné la tête vers lui, puis vers moi, nous adressant un sourire poli, égaré, qui présentait ses excuses pour le silence qu'elle ne quitterait pas et qui disait qu'elle était bien, merci. On n'avait pas été prolixes,

Cédric et moi, pendant le temps du café, nous étions désormais cois. Qu'y avait-il à dire ? Rien. Le silence faisait son œuvre, qui n'était pas moins belle que la nôtre, au contraire.

Le reste est venu plus tard. On a tous repris le cours de nos vies, avec plus ou moins de désinvolture. Pour ce qui me concerne, je dois avouer que les choses ne sont plus vraiment les mêmes. Que j'y ai moins de goût, à cette vie. Non pas que je me laisse aller, personne ne fera jamais les choses à ma place et il faut bien continuer à faire pousser les légumes pour gagner quelques sous qui permettront de mettre du lard dans la soupe ; il faut bien entretenir la maison, s'occuper de Kylian, expédier les affaires courantes, comme on dit. Mais à présent, je n'attends plus rien ni personne. Et le monde se refermera sur moi, un jour, sans que j'y trouve à redire, sans que cela fasse plus de bruit que le souffle étouffé d'un renard écrasé sur la route. Il reste bien Cédric et Martha, qui me rendent visite de temps à autre et dont je suis avec un intérêt lointain la croissance, le développement des marmots, des affaires. Tout ce qui retient notre attention, malgré nous, parce que c'est l'habitude. On constate que la lumière diminue, que la chaleur se fait moins épaisse, et l'on se dit, comme ça, que l'automne s'en vient, qu'il va falloir retourner la terre, bientôt, pour les semailles, qu'il faut faire provision de bois. Et ce n'est pas que l'on ait spécialement envie d'y penser, au retour de ces choses, mais elles sont plus fortes que nous, elles ont la puissance de l'habitude et du cycle naturel. Elles sont une rengaine inscrite dans notre patrimoine génétique, comme on dit pompeusement, pour se rappeler que l'on appartient à un ordre plus vaste ; et je plains ces petits vieux cacochymes, ces vieilles pituitaires qui flétrissent dans un appartement en pleine ville, dans une maison pour vieux où la boussole des jours et des saisons ne leur permet même pas de se rappeler qu'ils sont terre et redeviendront terre. Que leurs aïeux crevaient en fauchant les blés ou en écoutant chanter le merle. Alors, je ne me plains pas. Loin de là. J'ai même une certaine chance. Et le toit de la grange ne m'est toujours pas tombé sur la tête. Je crois même que je n'aurai plus jamais la force de me passer la corde au cou. Voici encore un privilège que l'âge abolit. Oui, je suis plutôt bien loti, mais depuis que le Fou m'a laissé, et que sa fille est partie, la vie a pris un goût fadasse. Comme une soupe au navet qu'on me servirait tous les soirs à dîner.

Comment aurait-elle pu rester par chez nous, c'est bien une chose que je peux entendre. Dans ces conditions, c'était trop inhumain. À moins qu'elle n'eût voulu se fondre dans la masse, faire paysage, être l'un d'eux, indifférenciée. Mais elle craignait désormais ce village. Pour ce qu'il lui avait donné, et surtout pris. Elle avait commencé par emménager à Saint-Pancrace, après l'affaire. Elle ne pouvait plus rester chez elle, et je lui avais proposé de venir loger chez moi, si elle le voulait, mais c'était encore trop près du bourg, disait-elle. Elle n'était pas partie trop loin, parce qu'elle ne savait pas encore ce qu'elle voulait devenir. Et qu'elle voulait être près du petit. Au début. Pour pouvoir fleurir sa tombe tous les jours. Mais elle s'était sentie trop oppressée par la région. Par le père de l'enfant qui commençait à l'accuser de tous les maux, à lui mettre tout sur le dos, parce qu'il n'avait pas fait correctement son deuil, me dirait-elle, et qu'il lui fallait décharger sa hargne sur quelqu'un. Alors, elle a pensé qu'elle devait se retirer plus loin, et tant pis pour la tombe de l'enfant, il serait bien toujours dans sa chair, c'est ce qui importait. Et tant pis pour le qu'en-dira-t-on. Elle voulait fuir cette terre pour elle maudite. Et les persiflages qui lui venaient jusqu'aux oreilles. Qu'elle aurait trahi les siens en quittant le village. Qu'elle serait passée à l'ennemi en habitant Saint-Pancrace, lui avait lâché François dans un rire épais. Qu'elle n'était pas loin de virer facho comme eux. Qu'elle allait travailler et vouloir gagner de l'argent. Virer capitaliste, etc. Qu'en fin de compte, elle était restée une Parisienne. Tout cela, elle l'entendait comme moi, comme nous tous. Ça se colportait tellement d'une bouche à l'autre qu'on ne pouvait y échapper. Comment pouvait-elle oublier d'où elle venait, se demandait-on.

On la traiterait de traîtresse, peut-être, mais elle ne deviendrait pas comme eux. C'est tout ce qui lui importait à présent. Elle avait déjà trop perdu. Elle m'avait écrit cela, finalement. Après qu'elle était partie, loin cette fois. Après plusieurs mois d'absence qui m'avaient plongé dans une inquiétude grise, j'avais reçu une lettre d'elle. Elle avait déménagé et ne reviendrait pas. Faire son deuil, c'est jeter des cendres sur son passé, écrivait-elle. Malgré tout, elle ne m'oublierait pas, mais je devais comprendre qu'elle ne veuille plus avoir affaire, de près ou de loin, à cette région. À nous tous. Elle me devait tout de même des explications, car c'est tout ce qu'elle pouvait me donner, bien qu'elle sût qu'elle me devait plus que cela, écrivait-elle encore.

Elle ne savait pas qui était coupable des atrocités commises sur son enfant, car il avait bien subi d'atroces choses avant de mourir. Des choses qu'elle aurait voulu ne pas connaître mais qu'on lui avait tout de même révélées, parce que la justice ne fait pas dans la dentelle, ce n'est pas son rôle, la police encore moins. Et aussi dur que cela fût pour elle, cela lui avait ouvert les yeux. Sur l'ordure dont les humains sont capables. Avant cela, elle était encore un peu naïve, confessait-elle. Elle savait qu'il y avait des bassesses, elle-même n'en était pas exempte, mais des ignominies comme celle-là, elle ne l'aurait pas cru. Elle aurait pensé que c'était pour les films, pas pour les vraies gens. Elle n'avait pas conscience que le mal existait vraiment, disait-elle. Elle croyait que la vie était faite pour qu'on s'amuse, qu'on rigole, qu'on prenne du bon temps. Comment se pouvait-il que des gens soient si méchants, si pervers ? C'est une chose à laquelle elle n'avait pas trouvé de réponse, mais elle était prévenue : cela arrivait. Elle ne dirait pas que cela pouvait arriver à tout le monde, car elle avait sa part de responsabilité dans cette histoire, mais tout de même, avait-elle mérité pareille chose ? Elle était responsable, mais pas coupable, c'est ce que lui avait expliqué son avocat, alors même que le père de son enfant aurait voulu la savoir coupable. Qu'il voulait qu'elle paie. Elle la paierait, sa dette, jusqu'à la fin de ses jours, m'écrivait-elle, et c'est ce qu'il ne comprenait pas, cet idiot. Car elle ne s'en remettrait jamais. Mais elle avait été dépassée. Par les événements ? Par elle-même ? Elle ne saurait dire. Quoi qu'il en soit, l'enquête n'était pas finie, et elle craignait que cela dure des années, qu'elle n'en ait jamais fini avec la recherche du coupable. Des coupables ? A priori non, il n'y aurait eu qu'une personne, un homme, selon toute probabilité.

Ce qu'elle ne savait pas, ma pauvre Méline, c'est que toute sorte de bruits couraient ici à ce sujet. Certains prétendaient savoir, qui accusaient ceux qu'ils n'aimaient pas, et ceux dont on pouvait soupçonner qu'ils sussent se taisaient. C'est d'ailleurs à cela qu'on les reconnaissait. Ceux qui étaient les moins diserts semblaient en savoir le plus. Il y avait ainsi un groupe dont François faisait partie, qui haussait les épaules ou se renfrognait quand on évoquait le sujet. Et tandis que les plus idiots accusaient un Pancracien d'être à l'origine du meurtre. Avec leurs têtes de fachos et leurs airs de n'être pas sortis de chez eux depuis quatre siècles, il était évident que c'étaient eux, disait l'un, que j'avais entendu au comptoir, après qu'il avait bien picolé. On aurait dû leur faire la peau pour de bon, rétorquait son compère. C'étaient des racistes et des frustrés, reprenait l'autre, ça ne pouvait être qu'une saloperie dans leur genre qui avait fait cela. J'avais voulu leur demander s'ils avaient la moindre preuve avant de porter des accusations, et puis j'avais laissé tomber, ça ne servirait à rien. Je remarquais bien que ça amusait le patron, à son petit sourire en coin. J'avais essayé de le cuisiner un jour, mais il avait joué l'innocent. Il l'avait trop bien joué pour que je le croie. C'est d'ailleurs à cela que j'avais compris qu'il devait connaître des rumeurs plus fondées que d'autres. C'est comme s'il avait voulu que je le devine qu'il m'avait joué la vierge effarouchée. J'en avais déduit que ce n'était pas un Pancracien, sans quoi nul ne se serait gêné pour aller voir la gendarmerie et lui faire part des soupçons, des bruits. Alors, ce devait être quelqu'un qu'on connaissait, et qui avait son importance dans le bourg, d'une manière ou d'une autre, pour jouir ainsi du silence. À moins que François et ses acolytes ne voulussent pas que cela se sût pour ne pas faire de tort au village. Les affaires sont les affaires, et le grand raout s'était déjà si mal terminé à cause de cet accident, comme on disait pudiquement. Ça avait ramené la presse locale, tous les charognards, marmonnait François qui n'avait répondu à aucun. Ça avait tout de même fait du bruit dans le comté, et encore un peu plus loin. Ça aurait pu résonner jusqu'à la capitale s'il n'y avait pas eu une grosse actualité, une affaire de corruption politique à l'époque, qui avait préempté tout le temps des journalistes. Au bout du compte, je n'arrivais pas bien à saisir les motivations d'un tel silence, mais je sentais que cela étouffait quelque chose de lourd. La gendarmerie apprendrait-elle quelque chose ? Elle en avait interrogé plus d'un, mais tous avaient fait la même réponse, ou approchant : ils étaient ivres, ne se souvenaient de rien. Et il est vrai que la plupart avaient été testés positifs à l'une ou l'autre drogue, quand ce n'est pas plusieurs, si bien que l'on ne trouvait aucun témoin de l'enlèvement de l'enfant. Et les prélèvements effectués sur son petit corps n'avaient pour l'instant rien révélé, si bien qu'on courait le risque de le sortir de son caveau pour s'y reprendre. Méline ne voulait pas de cela, mais elle se sentait impuissante contre la machine justicière. La procédure était lancée, rien ne l'arrêterait. Elle voulait savoir, bien sûr, m'écrivait-elle, mais pas à n'importe quel prix. Et puis, qu'est-ce que cela lui apporterait, de mettre un visage sur le bourreau ? Est-ce que ce ne serait pas encore plus douloureux ? Est-ce que cela lui rendrait ses heures insouciantes ?

J'avais parlé de cette lettre à Martha, qui, elle aussi, avait eu quelques nouvelles de Méline. Les deux femmes s'écrivaient, mais pas très souvent, car Martha avait beaucoup de mal à ordonner ses idées et les coucher sur le papier. Ou ça lui sortait en torrent et elle écrivait des pages entières qui lui occupaient l'esprit pendant trois jours et trois nuits, y mêlant tous ses états d'âme, des poèmes, des pensées, et ça faisait quelque chose qu'elle jugeait un peu difficile à comprendre. Ou elle restait paniquée devant la page blanche et finissait par n'envoyer qu'un dessin naïf d'enfant à Méline. Elle ne mettait désormais plus les pieds au village, elle non plus. Alors que c'est elle qui allait fleurir la tombe du petit, depuis que Méline était partie. Mais elle sentait des choses mauvaises à son égard, quand elle y passait. Et de toute façon des choses malfaisantes à l'égard de tout ce qui avait de la pureté, disait-elle.

Un jour, j'ai moi aussi cessé de m'y rendre, au village, c'était après que j'ai entendu dire au Café une fille, que je ne nommerai pas, que, dans le fond, la Méline, elle l'avait bien cherché, ce qui lui était arrivé.

J'ai démissionné de mon poste à la mairie peu après, je ne les observerais plus vivre, ça me désolait trop le cœur. Je me contenterais de regarder au loin ce village blotti sur lui-même, comme un chat qui dort en boule, le nez dans son cul. Et j'irais faire mes courses à Saint-Pancrace. J'ai soupé de leurs histoires et je suppose que vous en avez assez, vous aussi.

DU MÊME AUTEUR

Un bon Samaritain, éditions Gallimard, 2018.

« Jean-Claude Michéa », in *Réprouvés, bannis, infréquentables*, collectif, éditions Léo Scheer, 2018.

Composition : Nord Compo
Impression : CPI Bussière en mai 2021
Éditions Albin Michel
22, rue Huyghens, 75014 Paris
www.albin-michel.fr
ISBN : 978-2-226-45778-3
N° d'édition : 24287/01 – N° d'impression 2057176
Dépôt légal : août 2021
Imprimé en France